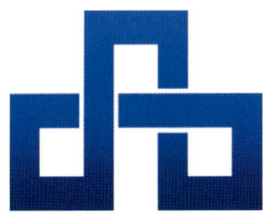

宁夏文艺评论

2022 卷 上

宁夏文学艺术界联合会
宁夏文艺评论家协会　编

黄河出版传媒集团
阳光出版社

图书在版编目（CIP）数据

宁夏文艺评论 . 2022 卷 / 宁夏文学艺术界联合会，
宁夏文艺评论家协会编 . -- 银川：阳光出版社，2023.7
ISBN 978-7-5525-6845-5

Ⅰ . ①宁… Ⅱ . ①宁… ②宁… Ⅲ . ①文艺评论 - 宁
夏 - 当代 - 文集 Ⅳ . ①I209.943-53

中国版本图书馆 CIP 数据核字（2023）第 130104 号

宁夏文艺评论　2022卷

宁夏文学艺术界联合会　宁夏文艺评论家协会　编

责任编辑　金小燕
封面设计　马惟军
责任印制　岳建宁

黄河出版传媒集团
阳　光　出　版　社　出版发行

出 版 人　薛文斌
地　　址　宁夏银川市北京东路 139 号出版大厦（750001）
网　　址　http://www.ygchbs.com
网上书店　http://shop129132959.taobao.com
电子信箱　yangguangchubanshe@163.com
邮购电话　0951-5047283
经　　销　全国新华书店
印刷装订　宁夏报业传媒集团印刷有限公司
印刷委托书号　（宁）0026550

开　　本　710 mm×1000 mm　1/16
印　　张　34.5
字　　数　500 千字
版　　次　2023 年 7 月第 1 版
印　　次　2023 年 7 月第 1 次印刷
书　　号　ISBN 978-7-5525-6845-5
定　　价　68.00 元（全 2 册）

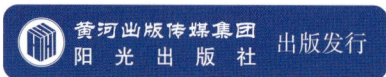

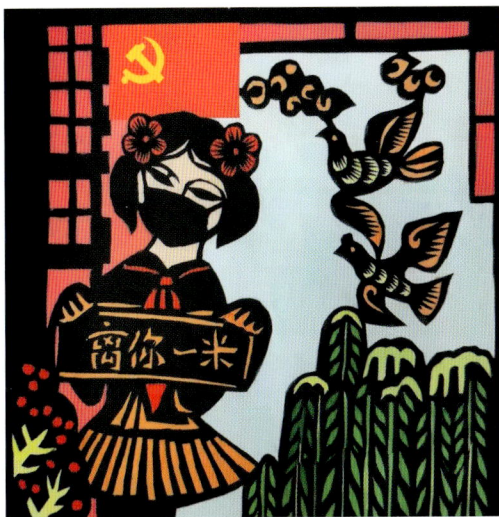

剪纸　井春霞

是日也天朗气清惠风和
畅仰观宇宙之大俯察
品类之盛所以游目骋怀
足以极视听之娱
信可乐也 集兰亭集序
庚寅岁辛卯 杨冬青

杨冬青 书

插画 《风物》 《大年》 许译文

中国画 《天香》 王清霞

版画《时间之锁》 罗贵荣

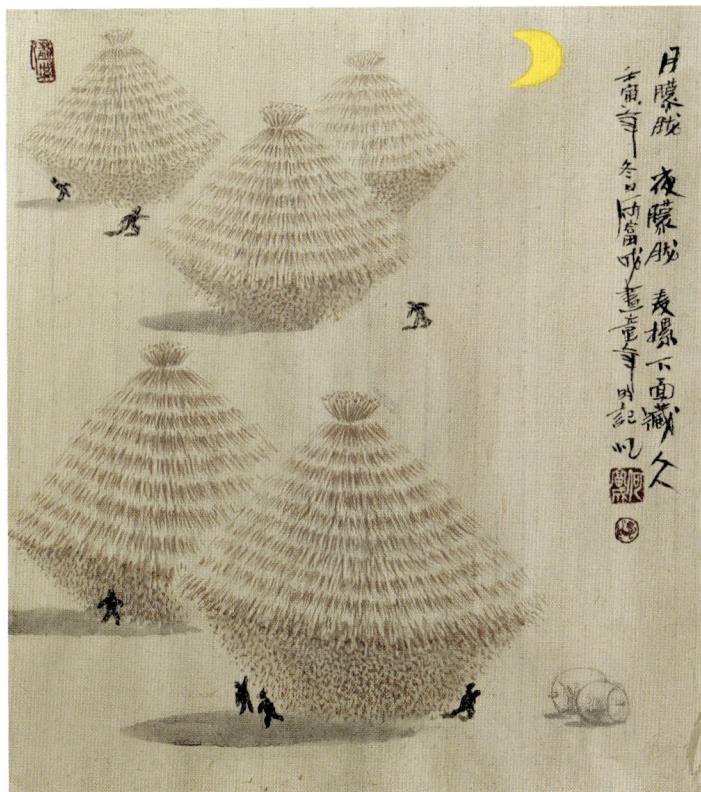

漫画 《把秋天装满背回家》 《捉迷藏》 何富成

摄影 《尕海湿地》《万人锅庄》《白龙江景区》 王 健

序

2022年,党的二十大的胜利召开,为新时代我国文艺事业高质量发展进一步指明了方向与路径。全面学习领会党的二十大报告中的新思想、新战略、新要求,特别是关于"推进文化自信自强,铸就社会主义文化新辉煌"和"坚持以人民为中心的创作导向,推出更多增强人民精神力量的优秀作品,培育造就大批德艺双馨的文学艺术家和规模宏大的文化文艺人才队伍"的部署要求,切实加强党的领导,严格落实意识形态工作责任制,深化职业道德和行风建设,建设山清水秀的文艺生态,是文艺界应该完成的重要任务。宁夏文联以学习宣传贯彻党的二十大精神为主线,充分发挥组织优势和专业优势,紧扣高质量发展,坚持以人民为中心的创作导向,把"做人的工作"与"创作生产优秀作品"作为核心和关键,充分地激发全区文艺界创新创造活力,创作推出更多彰显宁夏新时代特征、增强人民精神力量的优秀文艺作品,为建设美丽新宁夏、铸就社会主义文化新辉煌贡献出了力量。

　　宁夏文艺评论工作在其中发挥了积极、独特而重要的作用。宁夏文艺评论家们坚持以正确的政治方向、舆论导向和价值取向，以前瞻性的思考、丰富的学识、敏锐的洞察力、深刻的感受力、优美清晰的表达力评论了文艺现象、精品佳作、新人新作，展现了不俗的实力和切实的担当。文艺评论是文艺创作和文艺事业的有机组成部分，是文化传承和发展的重要组成部分，是推动文艺健康发展的一支生力军，也是党领导文艺工作的重要手段和有效方法。它不仅可以帮助我们更好地理解文艺作品，还可以为文艺的发展提供重要的参考和指导。所以，为推进文化自信自强，铸就社会主义文化新辉煌，特别需要广大文艺评论家牢固树立起中华文化的主体自觉与自信，运用马克思主义文艺理论的观点和方法，加强文艺评论的专业性和深度，探索新的评论形式和渠道，增强文艺评论的社会责任感，为中国文艺事业的繁荣发展做出贡献。宁夏文艺评论家们亦应如是。

　　宁夏文艺评论工作在宁夏文艺评论家协会成立以来的这几年，在自治区党委宣传部与文联党组的大力支持下，上下贯通，一体响应和落实中宣部等五部门联合印发的《关于加强新时代文艺评论工作的指导意见》，取得了明显的发展与进步，《宁夏文艺评论》的连续出版，《朔方评论》创刊，评论家队伍日渐壮大，老中青结构日趋优化，评论佳作频频发表出版，各种研学活动高质量开展，以人民为中心、把握时代脉搏、真诚评论作品、聚焦新作佳作蔚然成风，正走在从寡到众、由弱到强的发展的道路上，为推动宁夏文艺事业整体繁荣发展做出了应有的贡献，取得了显著的成效。

当前文艺评论在取得重要成绩的同时，也日益面临着一些新挑战。一方面，随着社交媒体的兴起，越来越多的人开始通过微博、微信等平台进行文艺评论，这些评论往往缺乏深度和专业性，甚至存在一些低俗、恶意的评论，给文艺评论带来了一定的负面影响。另一方面，随着文化市场的不断扩大，文艺作品的数量和种类也在不断增加，文艺评论家需要更加努力地去挖掘和发掘优秀的作品，提高评论的质量和深度，用扎实的文学、艺术、哲学等方面的知识和素养，对文艺作品进行深入的分析和解读，提供有价值的评论和思考。同时，形势和任务还需要文艺评论家们加强文艺评论的社会责任感，积极引导公众提升对文艺作品的审美能力和价值判断能力，为文化建设和文化自信做出贡献。自然，文艺评论也需要积极探索新的评论形式和渠道，充分利用互联网等新媒体平台，将优秀的文艺评论传播给更多的读者和观众。

问题是现实的声音，问题是工作的导向。客观分析，宁夏文艺评论工作面临着以上所述的新挑战与问题，还存在很大的进步空间，所以我们在悦享宁夏文艺包括文艺评论的成绩的同时，更需要以新的昂扬的姿态和精湛的技艺面对明天。

同时，文艺评论不仅是专业人士的事业，也是广大读者与受众的事业。每个读者和受众都可以通过自己的阅读体验和理解来进行文艺评论，从而为文艺的发展做出自己的贡献，这是文艺的人民性的真正所在与体现。希望宁夏的文艺评论家、作家、艺术家及广大读者朋友们不忘文艺初心，继续携手前进。

是为序。

郎伟

2022年12月

目录 CONTENTS

文章·观点

诗歌·评论

年度·王佐红

年度·房继农

影视·评论

年度·杨开飞

年度·张九鹏

主题·聚焦

理论·探索

重温《讲话》伟大精神　用心用情抒写新时代

◎杨冬青

1942年5月,党中央在延安用22天时间召开文艺座谈会,毛泽东同志发表了著名的《在延安文艺座谈会上的讲话》(以下简称《讲话》)。此后由中国共产党领导的各抗日根据地遵照这次座谈会制定的文艺方针,全面展开了文艺整风运动。可以说这次座谈会对新文学的发展产生了重大而深远的影响,从此揭开了中国文艺发展的新纪元。

第一,《讲话》所阐述的精辟理论观点和光辉思想令人折服,是一篇非常伟大的鸿篇巨制。尽管《讲话》发表距今已80年了,但《讲话》的基本精神和所揭示的文艺创作基本规律,依然具有前瞻性和历史性的指导意义。特别是80年来在《讲话》精神的指引和鼓舞下,一代又一代文艺工作者不忘初心、牢记文艺为人民群众服务的责任和使命,积极投身火热的生活,扎根于人民之中,坚持与时俱进,在继承中创新,在创新中完善,在完善中发展,不断丰富了《讲话》的精神内涵,努力创造反映人民心声,符合时代发展,体现中国特色,融思想性、艺术性、观赏性于一体的优秀作品,为促进社会主义文化大发展大繁荣、实现中华民族伟大复兴履职尽责。

历史是一部很好的教科书。20世纪初期,"十月革命"一声炮响,震惊世界,各国无产阶级、被压迫人民、被压迫民族争取解放的斗争日益高涨,东西方知识分子积极投身其中。在日军挑起全面侵华战争，国家民族危难当头的中国，抗日救亡运动迅速掀起，解放区成为全国有识之士尤其是进步知识青年向往的圣地，越来越多的文艺工作者从四面八方奔赴延安。1940年，抗日战争进入艰难时期，各种思潮也在延安如雨雾般弥漫开来，文艺工作者之间的争论、分歧、对立和不团结现象普遍存在，对于文艺创作者的立场、文艺与时代的关系等问题存在广泛争议。为此，毛泽东同志审时度势，因势利导，针对这些现象思潮和实际问题，他明确而又深刻地提出并解决了文艺工作中的根本问题，即文艺和工农兵群众结合的问题，并由此给文艺工作者指明了如何为工农兵群众服务的正确道路。

一是《讲话》全面认真地总结了中国革命文艺运动的历史经验，解决了长期以来没有解决好的革命文艺方向问题，丰富和发展了马克思列宁主义文艺理论，有力推动了文艺界整风运动，对中国革命文艺运动的发展具有现实指导作用和里程碑意义。

二是《讲话》是中国共产党建党以来，第一次科学地回答了我们文艺工作的基本方针，以及我们的文艺为什么人服务和文艺如何为人民服务两大根本问题。这是核心问题。《讲话》还论述了文艺与人民、文艺与政治、文艺与生活、文艺与时代、内容与形式、继承与创新、普及与提高、世界观与文艺创作等一系列主要问题。它把马克思主义文艺理论与中国革命文艺运动具体特征相结合，从而奠定了革命文艺发展的理论基础，有力地指导和推动党领导文艺事业蓬勃向前发展。

三是《讲话》照亮了我国革命文艺的前途和道路，在我国革命文艺发展史上具有划时代意义和深远的影响。因为它为新中国文艺发展指明了方向，改变了无数文艺工作者的人生观、世界观和价值观取向，唤醒了人民大众的思想觉悟，争取了更多无产阶级支持中国革命，让更多人的精神得到武装和洗礼。

四是《讲话》有一句经典名言，80年了一直在我们耳畔回响，那就是"人民生活是文艺创作的源泉，而且是唯一的源泉"，这深刻揭示了文艺创作与现实生活的辩证关系，强调人民生活是一切文学艺术取之不尽、用之不竭的源泉。提出文艺创作源于生活、高于生活，文艺工作者要深入生活、深入群众、深入实践。正是这句话，鼓励和鞭策着众多文艺工作者贴近实际、贴近生活、贴近群众。

五是《讲话》通篇体现了求真务实的作风。特别《讲话》提出的"普及与提高，一方面是文艺家帮助群众、指导群众；一方面又是文艺家向群众学习，吸收群众中的养料，充实自己、丰富自己，使自己的专业性不致成为脱离群众、脱离实际、毫无内容、毫无生气的空中楼阁"，这些思想告诫我们，文艺面向人民群众，不仅使人民受惠，也使文艺受益。优秀作品和艺术成就，只有在与人民的密切联系中才能产生。

六是《讲话》坚持理论联系实际。《讲话》指出："文艺和其他工作都要坚持从实际出发。我们是马克思主义者，马克思主义叫我们看问题不要从抽象的定义出发，而要从客观存在的事实出发，从分析这些事实中找出方针、政策、办法来。"所以《讲话》是在延安整风运动中产生的，是在党内反对主观主义、宗派主义、党八股作风，确立实事求是精神的思想教育中，毛泽东同志带头调查研究、理论联系实际的产物。

第二，《讲话》承前启后，不断丰富发展。20世纪50年代，毛泽东在《讲话》精神的基础上进一步提出，文化艺术要百花齐放、推陈出新。党的十一届三中全会以来，党中央把我国社会主义文艺方向确定为"为人民服务、为社会主义服务"。改革开放以来，邓小平强调，我们要继续坚持毛泽东提出的文艺为最广大的人民群众、首先为工农兵服务的方向，坚持百花齐放、推陈出新、洋为中用、古为今用的方针。江泽民同志强调，广大文艺工作者要坚持为人民服务、为社会主义服务的方向和百花齐放、百家争鸣的方针。在全面建成小康社会的新形势下，胡锦涛同志强调，繁荣社会主义先进文化，建设和谐文化，就要坚持为人民服务、为社会主义服务的方向和百花齐放、百家争鸣的方针。2011年的十七届六中全会《中共中央关于深化文化体制改革推动社会主义文化大发展大繁荣若干重大问题的决定》，强调全面贯彻"二为"方向和"双百"方针,为人民提供更好更多的精神食粮,推动社会主义文化大发展大繁荣。党的十八大以来,习近平总书记先后对加强文艺工作的一系列重要论述,深刻回答了新时代文艺事业发展的方向性、全局性、战略性问题,为我们指明了前进方向,提供了根本遵循。特别是2014年10月15日,习近平总书记在北京主持召开全国文艺工作座谈会并发表重要讲话,为新时代我国文艺创作指明了方向。他指出:"改革开放以来,我国文艺创作迎来了新的春天,产生了大量脍炙人口的优秀作品。同时,也不能否认,在文艺创作方面,也存在着有数量缺质量、有'高原'缺'高峰'的现象,存在着抄袭模仿、千篇一律的问题,存在着机械化生产、快餐式消费的问题。在有些作品中,有的调侃崇高、扭曲经典、颠覆历史,丑化人民群众和英雄人物;有的是非不分、善恶不辨、以丑为美,过度渲染社会阴暗面;有的搜奇猎艳、一味媚俗、低级趣味,把作品当作追逐利益的'摇钱树',当作感官刺激的'摇头丸';有的胡编乱写、粗制滥造、牵强附会,制造了一些文化'垃圾';有的追求奢华、过度包装、炫富摆阔,形式大于内容;还有的热衷于所谓'为艺术而艺术',只写一己悲欢、杯水风波,脱离大众、脱离现实。凡此种种都警示我们,文艺不能在市场经济大潮中迷失方向,不能在为什么人的问题上发生偏差,否则文艺就没有生命力。"其实,说到底那就是艺术家的社会服务方向、社会责任感和社会服务意识的淡化甚至是缺失问题。为此,在新的历史条件下,要始终坚持为人民服务的立场,必须把防止脱离群众的危险作为重要课题来抓,牢固树立以人为本、执政为民的理念,始终把人民利益放在第一位,把实现好、维护好、发展好最广大人民的根本利益作为一切工作的出发点和落脚点。2021年12月14日,习近平总书记在中国文联十一大、中国作协十大开幕式上的讲话中再一次指出:"广大文艺工作者要增强文化自觉、坚定文化自信,以强烈的历史主动精神,积极投身社会主义文化强国建设,坚持为人民服务、为社会主义服务方向,坚持百花齐放、百家争鸣方针,坚持创造性转化、创新性发展,聚焦举旗帜、聚民心、育新人、兴文化、展形象的使命任务,在培根铸魂上展现新担当,在守正创新上实现新作为,在明德修身上焕发新风貌,用自强不息、厚德载物的文化创造,展示中国文艺新气象,铸就中华文化新辉煌,为实现第二个百年奋斗目标、实现中华民族伟大复兴的中国梦提供强大的价值引导力、文化凝聚力、精神推动力。"所有这些论述都与毛泽东同志80年前《在延安文艺座谈会上的讲话》的立场完全是一脉相承的,是党的宗旨的充分体现。

第三,《讲话》对文艺思想作了非常深刻系统而又富有创造性的精彩阐述,这是对马克思主义文艺理论的重大发展,也是无产阶级政党领导文艺思想的一次巨大飞跃。特别《讲话》经过80年的沉淀、丰富和发展,对于文艺理论基本问题的论断显示出历久弥新的强大生命力,值得我们认真学习和研究思考。

第四,在《讲话》发表80周年的今天,重温《讲话》内容,意义重大而深远。就是再一次告诫我们要准确理解和把握《讲话》的精神实质,更好地继承和发扬《讲话》的基本精神,高举习近平新时代中国特色社会主义思想伟大旗帜,坚持中国特色社会主义文化发展道路,推动社会主义文化大发展大繁荣,使文化积极反映人民心声,成为推动社会主义现代化建设的强大精神力量。

对于书法工作者,要始终坚守初心和使命,坚持人民立场、书写人民情怀,守正创新,弘扬正道,把优秀的书法作品送到千家万户和寻常百姓家,使之发扬光大,并长久地影响一个民族的精神世界。正因为这样,书法艺术创作就不仅仅是传达个人的才情气质,更要承载时代的精神气象;书法艺术创作就不仅仅是单纯的个人行为,更是具有很强社会性的劳动。这就对我们书法工作者的职业素质提出了更新更高更严的要求。

为此,我们一定要站在新时代文艺复兴的大平台上,坚定文化自信,坚持以人民为中心的创作导向,把人民放在心中最高位置,为人民抒写、为人民抒情、为人民抒怀。积极主动作为,用对中国书法艺术的这份信仰、坚守和热爱,自觉承担起举旗帜、聚民心、育新人、兴文化、展形象的使命任务,心系民族复兴伟业,倾听时代发展的铿锵之音,与时代同向而行,扎根人民,深入服务基层,送文化与种文化,汲取文化滋养,传播书法美育,繁荣书法创作,发展书法事业。用手中的笔用心用情用力写好中国汉字书法,讲好中国书法艺术故事,努力创作出更多"有筋骨、有道德、有温度"的文艺精品,服务人民,讴歌时代,不负时代,不负韶华,为繁荣社会主义文艺事业和建设社会主义文化强国砥砺前行。

　　杨冬青,宁夏书法家协会会员,宁夏作家协会会员。现供职于宁夏固原市政协办公室。

文艺评论莫施"障眼法"

◎闵生裕

文艺评论何时变味的，我不知道，我只知道自改革开放以来，西风东渐开拓了我们的文艺视野，深化了我们对文艺的认识。据说大约从20世纪八九十年代起，文艺评论开始洋气了起来。时尚有时就像一阵风，刮来的时候不讲道理，比如当年流行的喇叭裤、T恤衫、蛤蟆镜。然而，历经多年，人们发现，曾经的时尚很滑稽。如今，一些人一味追随西方文艺批评的话语体系，以洋为美，以洋为尊，就连概念语式都是欧式的。西方先进的文艺批评理念我们固然要学习借鉴，但是，切不可邯郸学步，最后丢了我们中国文艺评论的传统、文化积淀，更遑论中国精神、中国气派、中国风格。

我们不得不说，中国的文艺评论病了，而且病得不轻。就像许多人喜欢"掉书袋"一样，我们的一些评论家喜欢"拽洋词"，有"理论炫富"之嫌。有的人撰写文艺评论热衷于新近译介的西方文艺理论的大幅"征用"，形成了文艺批评的本末倒置现象，将评论文章的行文重心落在理论演绎，对文艺作品主体的审美鉴赏着墨太少。部分文艺评论者存在刻意追求文艺评论的"陌生化"倾向，大量使用专业术语，有意推崇佶屈聱牙的行文风格，似乎唯有受众读不懂才是好的评论文章。看不懂，但你又说不出什么，如果说出什么，似乎会暴露你的无知和浅薄。于是，大家一起盛赞"皇帝新装"的华丽。

　　文艺评论固然应该是科学是美学是哲学,高山仰止的大家和曲高和寡的高论固然存在,但是文艺评论也是为人民服务的,所以,好的文艺评论必须让大众看懂。文艺评论应该回归朴素的追问,比如,我们为什么要读这本书,听这场音乐会,欣赏这幅画,看这部大戏(大片)?近些年来我出于作品对自己的触动,也写点艺术评论。我觉得,就像我吃了一道美食,我要把它的美妙告诉大家,说其食材,言其味道,谈其做法,与大家分享。如果你言必称含氨基酸、蛋白质、维生素、卡路里,可能别人就搞不懂了。我们的文艺评论不是学术论文,自然不能写给专家,应该写给作者和广大读者,得让作者有如遇知音的感觉,他想努力表达的你都已领会,最好是还有意外的惊喜,即对作品思想、审美和主题的升华。

　　关于文艺评论,我们也要有文化自信。既不能在迷惘中自慰,也不能在麻木中自宫。中国自古不乏文艺评论的经典。鲁迅曾高度评价刘勰的文艺理论和批评见解,并且毫不迟疑地将他与亚里士多德相提并论。这个评价不仅论定了《文心雕龙》在中国文学理论批评史上无与伦比的地位,而且也论定了它在世界文学理论批评史上的崇高地位。如何保证文艺评论的客观性呢?刘勰还看到,楚国人见到色彩鲜艳的野鸡就把它当作凤凰,魏国老百姓捡到块美玉却说是奇怪的石头,那么一定也会有人在文学评论中,把“野鸡”当“凤凰”,把“美玉”当“石头”。

　　怎样才能在文学鉴赏中避免认知偏差呢?在《知音》篇中提出了做好文学鉴赏的方法:“操千曲而后晓声,观千剑而后识器。”全面客观鉴赏评价文学作品的方法,就是多读多看多思考。看过高峰,就更明白小山丘;见过大海,就更明白小沟渠。作家的作品你不好好品读,相关的作品你不关注,而是一味地玩概念搞噱头。这绝不是负责的文艺评论态度。诸葛亮何以草船借箭?其实他是通过长期观察的经验实现的。他是发现天气变化规律的人。赤壁之战的结果不是“东风不与周郎便”,只眷顾诸葛亮,而是掌握规律的诸葛亮巧借天时地利与人和而已。

　　我们常说文无定法,文艺评论没有放之四海而皆准的话语体系。如果作为学术研究和理论研讨,用专业术语进行交流并无不妥。如果是面对广大受众的评论,即为人民而鸣的评论,一定要摒弃晦涩难懂的小圈层术语,一定要摒弃为人捧臭脚的红包评论,将文艺评论放置在人民群众和时代的语境中,我们的文艺评论才能显示其生命力与亲和力。

封山头、树大旗,玩深沉、打太极,堆砌、滥用甚至生造新词是这类评论家惯用的伎俩,他们言必称这个主义那个学派。我觉得,文艺评论最好还是回归文本,就我们所读的这部作品,论其妍媸,言其得失。比如王僧虔的"书之妙道,神采为上,形质次之,兼之者方可绍于古人";比如刘熙载在《书概》中说的"书者,如也,如其学,如其才,如其志,总之曰如其人而已";陆机在《文赋》里说"笼天地于形内,挫万物于笔端",即将广阔的天地概括进形象之内,把纷纭的万物融会于笔端之下。对今天的作家来说,不就是胸怀灿烂的梦想,脚踩坚实的大地吗?不就是深入生活,扎根人民吗?

文艺评论应该注重科学性和理论性,尊重文艺规律,要有一说一,有二说二,不乔装打扮,不涂脂抹粉,不贴金,不抹黑,不拔高,不护短。习近平总书记在《在文艺工作座谈上的讲话》中说:"文艺批评就要褒优贬劣、激浊扬清,像鲁迅所说的那样,批评家要做'剜烂苹果'的工作,'把烂的剜掉,把好的留下来吃'。"这个比喻十分贴切,形象地阐明了文艺批评家的工作特征。它呼唤的是有公信力有胆识有力量的文艺批评。

文艺评论更应该注重艺术性和审美性。文艺评论的主要对象是文艺作品、文艺现象,而文艺作品是以艺术形象反映生活,以情动人,能够给受众以美感。评论文艺作品应情感真挚,运用优美、形象的语言,使接受者能从中获得美的享受。比如钟子期对俞伯牙鼓琴的那句"巍巍乎若泰山""汤汤乎若流水"评价,其言近而旨远,这是最精湛最准确的文艺评论。比如鲁迅对司马迁《史记》的"史家之绝唱,无韵之《离骚》"评价。无论音乐创作,还是其他文艺创作,都需要有懂得的知音。而我们的评论家,往往是虚晃一枪跳出圈外,自说自话,自我陶醉。然而,这种评论往往不招人待见,基本上是写谁谁看,谁写谁看。

在繁荣发展社会主义文艺的当下,文艺批评应担起引领和推动文艺创作的使命。守正创新是文艺评论的不二法门。在继承中国古代文艺批评理论优秀遗产、批判借鉴现代西方文艺理论的基础上,努力构建中国特色的文艺评论话语,在学习中实践,在实践中学习,就成为当代文艺批评家义不容辞的责任。只有如此,才能使文艺批评在为文艺创作鸣锣开道和助力鼓劲的过程中,不断提高自身,进而完善自己。

闵生裕,中国评论家协会会员,宁夏作家协会理事。

名作·欣赏

江山如此多娇

——略谈毛泽东的诗词创作

◎张树仁

柳亚子先生评价毛泽东诗词是"推翻历史三千载，自铸雄奇瑰丽词"。诗人、中国毛泽东诗词研究会原会长贺敬之先生说："以数量不多的诗作而能在我们这个诗词古国及世界上产生巨大影响者，当首推毛泽东。"

著名哲学家冯友兰先生在《中国哲学简史》中指出人生有四种境界：自然境界、功利境界、道德境界、天地境界。其中天地境界是消除了"我"与"非我"的境界，是天人合一、万物一体的境界，这是一种超越了自我的有限性的审美境界。毛泽东便是具有天地境界的历史伟人，他的诗词作品就是人生境界与艺术境界相统一的最高典范。

有位外国友人说，毛泽东是"一个诗人赢得了一个新中国"的历史巨人。用史写诗，也用诗写史，诗史合一，是毛泽东的诗词最为显著的特征。正因为如此，毛泽东诗词与中华历史上其他著名诗人相比，有三个显著的特点：

第一个特点是有气势，即有革命家的气势——"俱往矣，数风流人物，还看今朝"；

第二个特点是有高度，即有思想家的高度——"怅寥廓，问苍茫大地，谁主沉浮"；

第三个特点是有个性,即有政治家的情怀和艺术家的文采——"江山如此多娇"。

毛泽东诗词文采斐然,气势宏大,意境深远,这从他创作的诗词作品中就可以看出来。因而其诗作的艺术境界独树一帜,在我国当代诗坛树立起一座壮丽的奇峰。

毛泽东8岁进私塾,读的是"四书五经"等儒家典籍。他回忆说,在私塾里没有学到什么有用的知识,收获最大、享受最多的是读旧小说,特别是那些"造反的故事",如《水浒传》《三国演义》等书籍给他留下了深刻印象。不久,父亲让他辍学回家,帮家里干农活。后又送他到湘潭的一家米店当学徒,而毛泽东却渴望到一所新式学堂读书。在湘潭当学徒时,毛泽东背着父亲,从亲戚朋友处东筹西借,为继续求学悄悄做准备。1910年秋季,毛泽东冲破重重阻力,终于从偏僻的韶山来到新式学校东山小学读书。同学中大多数家境宽裕,衣着考究,温文尔雅。毛泽东衣服破旧,且来自外乡,年龄也比其他同学大,故而这个"新来的乡巴佬",受到了不少同学的嘲笑和歧视。这种氛围不但没有使他沮丧,反而更加激发了毛泽东的宏伟抱负和奋发向上的勇气。了解了少年毛泽东的这一番曲折经历,再来看《咏蛙》这首七言绝句,其蕴含的丰富情思也就十分清楚了。"独坐池塘如虎踞,绿荫树下养精神。春来我不先开口,哪个虫儿敢作声?"东山学堂背山面水,草木青葱,蛙声不绝,素来热爱山水的毛泽东不能不为之怦然心动。他托物言志,把成为英雄豪杰的远大抱负寄托在小小的青蛙身上,写下了这首情理兼备、生动传神的咏志诗。

古来有不少咏蛙诗,如唐太宗李世民就写过《咏蛙》:"独坐井边如虎形,柳烟树下养心精。春来唯君先开口,却无鱼鳖敢作声。"明代思想家、理学家、文学家薛瑄也写过《咏蛙》:"蛤蟆本是地中生,独卧地上似虎形。春来我不先张嘴,哪个鱼鳖敢吭声。"明朝嘉靖年间重臣张璁也写过《咏蛙》:"独蹲池边似虎形,绿荫树下养精神。春来吾不先开口,那个虫儿敢作声!"清代天水县令郑正鹄也写过《咏蛙》:"小小青蛙似虎形,河边大树好遮阴。明春我不先开口,哪个虫儿敢作声。"郑正鹄,清末湖北英山名士,他五短身材,其貌不扬,初任天水县令时,当地一些官绅特请画工画了一幅《青蛙图》,画面是河边柳荫下蹲着一只张口的青蛙,派人送给郑正鹄题诗,目的是讥笑他的五短身材像青蛙。郑正鹄深知官绅们的心思,当众题了这首《咏蛙》。当然,郑正鹄的《咏蛙》,既有自然的成分,也有功利的成分。

从这些咏蛙诗可以看出,毛泽东的《咏蛙》虽受众《咏蛙》影响,但与郑正鹄的《咏蛙》更为接近。比较这两首《咏蛙》,前两句改动较大。"独坐池塘如虎踞,绿荫树下养精神",青蛙经常生活在稻田、沟渠和池塘边。"如虎踞"与张璁的"独蹲池边似虎形"相仿,放大了的青蛙形象,正是作者广阔胸怀的一种表现。"独坐池塘如虎踞"的青蛙,既是胸怀大志青少年形象的写照,也是作者自己形象的写照。诗人小小年纪,竟有如此气度,让人不禁感叹。紧接着作者借用张璁的诗句"绿荫树下养精神",道出了自己在东山学堂养精蓄锐,认真学习,刻苦钻研的情况。据有关资料记载,少年毛泽东非常珍惜来之不易的学习机会,争分夺秒地阅读古今中外的历史、地理、哲学等方面的书籍,边读边记边批,从中寻找实现自己雄才大略的途径。他写过《救国图存论》《宋襄公论》等作文,国文老师谭永春阅后批道:"视似君身有仙骨,寰观气宇,似黄河之水,一泻千里!"他的学习精神受到老师和同学们的一致赞扬。毛泽东心忧天下,时常在黄昏的时候,与志趣相投的同学聚在一起,指点江山、激扬文字,讨论时事、谈吐理想,抒发自己盼望国家迅速富强起来的迫切心情,激励同学们为国家为民族而努力学习,将来多多贡献力量。

郑正鹄《咏蛙》的前两句"小小青蛙似虎形,河边大树好遮阴",小小青蛙,像一只老虎,在河边大树下乘凉。尽管作者像前人一样把青蛙比作猛虎,表达了自己不同于一般人的心境,也有股书生意气,清高劲头,但总体看来,比较平实,停留在"只识弯弓射大雕"阶段,与毛泽东"独坐池塘如虎踞,绿荫树下养精神"的诗句相比,少神气,缺气势。何况毛泽东的起句突兀,一个"独坐",一个"虎踞",便把一只以静待动、虎虎有生气的青蛙形象勾勒了出来,栩栩如生。这是诗人的艺术发现,与前面提到的唐太宗诸人的"青蛙"相比,其不凡之处就在于诗人发现了青蛙身上的虎气、豪气、大气。"独坐池塘",把青蛙那种"万虫之王"的英雄气概刻画得入木三分,接着用"虎踞"借喻,陡然间将青蛙的形象放大了,显得气势不凡。此处写的是青蛙的静态,它孤独地盘踞在池塘边,头顶绿荫修身养性,可我们在这种静谧中感到的却是一种强大的精神力量在蕴积着,等待着喷薄而发的那一刻。这实际上是少年诗人广阔的胸襟和不凡抱负的一种折射。当时的毛泽东虽然被看作"乡巴佬",可他对这些凡夫俗子之见毫不在乎,他充满自信,觉得自己要比那些锦衣玉食、骄横傲慢的富家子弟高大得多。这种精神上的优越感通过青蛙的形象生动地表达出来。"养精神"尽管只是一种静,但静中有动,预示着养足精神之后的动,我们不难想象经过这样一番静静修炼后的"虎踞"般的青蛙,将会爆发出一种极其强大的力量!

毛泽东《咏蛙》的后两句"春来我不先开口,哪个虫儿敢作声?"改动较小,只将"明春"改为"春来",但这一字之改,给人的感觉是春马上到了,传递出一种非常自信的乐观主义精神和救国救民的雄心壮志。写青蛙,既不离开青蛙,又高于青蛙,这样既真实又感人。毛泽东把青蛙本身的形象升华到如此高妙的境界,传达出一种霸气、清气,甚至是一种王者之气,极富气势。这两句诗又由静到动,将少年诗人"万里江山我为主"的宏大志向表现得淋漓尽致。别看"我"此刻蹲在池塘边默然无声,但当春天到来时,"我"的叫声将震撼天下。此句承接上句更将诗人天下无敌的英雄豪气推向了高潮,恰如其分地抒发了少年毛泽东的豪情壮志,还有初生牛犊不怕虎的勇气。尤其是年轻的毛泽东把张璁笔下青蛙"蹲"的姿态写成"如虎踞",非常传神,因为蛙蹲和虎踞这两种姿态非常相近,可谓酷似。而这一"虎踞"就把青蛙身上的"虎气"凸现出来了,诗人赋予青蛙"虎"的气质,这种联想其实是一种神来之笔。而把其他"虫儿"作为陪衬的对象,又合乎青蛙的活动规律,以致让青蛙的"万虫之王"的形象跃然纸上,让人陡生"意料之外,情理之中"的感叹。

前文所列举的咏蛙诗大都是宦海沉浮多年的成年人写的,然无一人的咏蛙诗可以和少年毛泽东的《咏蛙》相媲美,令人百思不得其解!少年诗人用轻松而充满情趣的笔墨,通过一只小小的青蛙,就表现出了自己感人心魄的英雄情怀和壮怀激烈的宏大抱负,小中见大,举重若轻,令人叫绝!少年毛泽东把青蛙的形象提升到如此高妙的境界,真可谓闻所未闻。而这一切又是那么自然贴切,丝毫看不出"故作惊人之笔"的做作。

从上面的分析可以看出,该诗通过对青蛙所处环境、青蛙的形象以及心态的描述,既表达了对那些富豪子弟的嘲讽蔑视,又表达了年轻的毛泽东敢为天下先的勇气和尚还朦胧的领袖群伦的英雄意识,深刻地表现出毛泽东少年时期的远大抱负和博大胸怀。作者托物言志,以蛙自比,气魄很大。小小年纪,已有龙虎之姿,也有不凡气概,人生和艺术境界都极高。一首只有28字的诗作,一只虎虎有生气的青蛙,就勾勒出了少年诗人那段不凡的历史。这就是诗人当时的英雄情怀和人生境界的一种绝妙写照。

毛泽东曾以"天下兴亡,匹夫有责"作为座右铭,为此给自己起了个名字叫"子任",意思是决心以救国救民为自己的责任。这种救国救民的理想,表现了他青少年时代有一种"俱往矣,数风流人物,还看今朝"的革命家的自信和气势,有一种非凡的意志力量和英雄气质。

张树仁,笔名张铎,中国作家协会会员,中国文艺评论家协会会员,宁夏诗词学会副会长,宁夏诗歌学会名誉副会长。

屠格涅夫的散文诗

◎郎业成

中国散文诗是受外国散文诗，首先是受屠格涅夫散文诗的影响诞生发展起来的。

屠格涅夫晚年写下82篇散文诗。最初翻译介绍屠格涅夫散文诗的是刘半农，1915年曾译4篇发表在《新青年》和《小说界》。五四运动后，徐蔚南、王维克据英译本译出40篇，1923年，由新文化出版社出版。1929年，白隶、清野译出49篇，由北新书局出版。1930年7月，罗森据英译本译出51篇，由世界文艺书社出版。巴金于1945年据英译本译出51篇，由文化生活出版社出版。李岳南据英译本出版《散文诗》，收录屠格涅夫散文诗39篇。1981年，黄伟经根据俄文本翻译的屠格涅夫散文诗集《爱之路》收全82篇，由湖南人民出版社出版，第二版改名为《屠格涅夫散文诗集》。第一版就印行3次，发售14.4万余册，受到广大读者喜爱。

屠格涅夫散文诗是中外散文诗世界一颗璀璨的明珠，是极其珍贵的文学遗产。文学无国界，发展中国的散文诗创作，应当很好地学习借鉴、吸收其营养。今天看这些散文诗也应当有新的启示，也有重点研究的必要。

屠格涅夫的散文诗重点反映了这样一些内容：对祖国的眷恋和歌颂，对高尚纯洁美好的爱情的赞美，对生活的体验，对生命的珍惜，对人性复归的呼吁,对革命精神的礼赞,对贵族贪婪、狂妄、无知的揭露,对无耻下流文人的痛斥鞭挞等。

屠格涅夫的散文诗充满了爱国主义情感。

语言是一个民族精灵梦幻般的表达方式,他通过《俄罗斯语言》发出了令人惊叹的对祖国的痛苦的怀念:

> 在疑惑不安的日子里,在痛苦地思念着我的祖国的命运日子里——给我鼓舞和支持的,只有你啊,伟大的,有力的,真实的,自由的俄罗斯语言!要是没有你——想起家乡发生的一切,怎能不叫人绝望呢?然而,这样一种语言如果不是属于一个伟大的民族,是不可置信的啊!

这种思念是复杂的,俄罗斯语言一方面给远离故乡的作者以鼓舞和支持,另一方面故乡发生的丑恶的事情又几乎叫人绝望,但是有着这样一种神圣语言的民族毕竟是伟大的民族,作者最终还是满怀赞叹。毕竟民族语言是一种有生命力的维系民族生存发展的神奇纽带。怀恋故乡是流浪异国他乡的人特有的特殊感情,是身临其境的人才会发出的万端感慨。他的爱国情怀更有一番爱恨绵绵不绝的味道。身离祖国愈远,心离祖国愈近,愈是牵挂、关心,思归情愈浓。这在屠格涅夫散文诗中表现得十分深沉。

《村》实际上是以"村"这个个体写出深层意义的俄罗斯。《村》实际上也就是具体的俄罗斯的形象,开头已经点明:"六月的最后一天,周围一望无垠的俄罗斯啊——我的故乡。"然后勾勒出一幅温馨迷人的俄罗斯山水画卷:蓝色的天空,飘浮的云朵,空气像刚挤出的牛奶那样新鲜,云雀,鼓胸鸽,燕子,马儿,狗儿,沟壑,粮仓,农舍,条凳,猫儿,孩子们,干草堆,母鸡,少年们,年轻的女人,年老的女人……——出现在读者面前。

俄罗斯的日常生活给作者以无尽美好的印象和不绝如缕的回忆。

但是这种爱又交织着恨,交织着对祖国命运的担心。如《鸫鸟(二)》:

折磨着我的,是别人的无数开裂的伤口,从这些伤口里,像深红色的水流那样流着亲人的宝贵的鲜血,无止境地,毫无意义地流着,仿佛雨水从高高的屋顶,流泻到街边的烂泥污地上那样。

数以千计的我的弟兄,同胞死在那儿,死在远方,死在攻不下的要塞的城墙下,数以千计的弟兄被昏庸的首领们抛到了张着大口的死亡深渊。

其语调是悲愤的。屠格涅夫的爱国是清醒的,不是盲目的,是有良知和正义感的,他敢于揭露和谴责不正义战争,其实这正是屠格涅夫对祖国真爱深爱之所在。

屠格涅夫的爱情观,直截了当,如《爱之路》所写:

一切感情都可以导致爱情,导致热烈爱慕,一切的感情:憎恨、怜悯、冷漠、崇敬、友谊、畏惧,——甚至蔑视。是的,一切的感情……只除了感谢以外。

感谢——这是债务;任何人都可以摆出自己的一些债务……

但爱情,不是金钱!

这里揭示了导致爱情的是各式各样的情感,是情感导致爱情,而不是金钱。金钱买不来爱情。屠格涅夫把憎恨也放在导致爱情的情感之中,这是极其深刻的爱恨一体的体验。这么复杂深奥的东西在极简洁的文字中镌刻出来实属不易。他的文字概括凝练能力极强,作品突出地反映出散文诗的文体特征。

生死是人生大事。有生必有死。有过靓丽青春,也必然有衰老病弱。《老人》是他的人生体验:

黑暗,艰难的日子来到了……

你自己的疾病,亲人们的病痛,老年的凄凉和愁闷……你所钟爱的一切,你曾无偿地专心从事过的一切,都正在衰微着和消失着。走的是一条下坡路,——但它还是那样翠绿。

那末,你感到憋闷时,请追溯往事,回到自己的记忆中去吧——在那儿,深深地,深深地,在百感交集的心灵深处,你往日的、只有你可以理解的生活,将会忽然闪现在你的眼前,发出自己的芬芳,依然饱孕着新绿和春天的爱抚与力量!

可是,你得小心……可不要朝前看啊,可怜的老人!

虽然充满了感伤,但坦然面对人生下山的旅途。活着仍然要思索和生存,不能虚度光阴,"然而,人却要生存下去;他珍惜生命,他把希望寄托在生命,寄托在自己,寄托在未来上面……噢,他期待着什么样的幸福呀!"(《明天,明天!》)人活着需要灵魂有信仰,精神有寄托,关键在自己。靠自己的努力去创造生活,"我的忧郁是真实的,我确实生活得很苦恼,我的感觉是悲伤的和郁闷的。而同时,我力求使它们焕发起来,变得美好起来,我寻找着形象和比喻,我要使我的语言精练、完美,我正以词句的谐韵和琅琅声自娱。我,像一个雕塑家,像一个首饰匠,勤奋地塑造着,雕刻着,竭力修饰着那只我给自己献上毒物的大高脚杯。"(《大高脚杯》)晚年依然是人生,不可放弃。屠格涅夫的悲观与乐观是交织凝集在一起的。这样的体验与表达是很正常的。

从屠格涅夫的散文诗里,我们可以看到古今中外的文学作品中有一些相同的地方。中国古典诗词讲究的"赋比兴"和修辞手法,在屠格涅夫的散文诗里也很鲜明。

比如比,《老人》中以树比喻老年人,"在正在枯萎的,已经弯曲的树上叶子更零落,更稀疏——但它还是那样翠绿",让我们清晰地看到老年人的形态:枯萎,弯曲,零落,稀疏,但他们仍然有生命的活力。"还是那样翠绿",

表达出老年人步入衰老与仍有活力的统一。《爬虫》中以爬虫的形象比喻无耻下流的文人。

比如兴，《岩石》以岩石起兴，托物寄志，从岩石和岩石的色彩，说到自己："岩石依然还是一样的岩石——但是，在它的阴沉的表面，焕发出明亮的色彩。"《明天，明天》以时间起兴，说到人的生存与生命："然而，人却要生存下去；他珍惜生命，他把希望寄托在生命，寄托在自己，寄托在未来上面……噢，他期待着什么样的幸福呀！"

比如比兴合一，《"你得听蠢人的评判……"》从马铃薯是解决饥饿的物质食料，说到作为精神食粮的文学作品，既是兴，也是比，比兴合一。马铃薯解决了人的饥饿，文学作品解决了人的精神危机，以马铃薯为兴，又以马铃薯作食粮，比喻文学作品这个精神食粮。

在屠格涅夫的散文诗里，我们看到我们传统的修辞手法。比如拟人，《对话》将少女峰和黑鹰峰拟人化，全篇以两峰对话（是人才有的行为）表达作者的情感与思索。《我的树》也把树人格化，"我觉得好像古老的槲树正以善意的轻轻的笑声，来回答我的思索，也回答一个病人的自夸"。拟人使诗更加活泼生动。

这些都是我们熟悉的手法。然而在我们的一些散文诗里为什么诸如此类灵活生动的手法却呈现越来越少的态势呢？是这些手法过时了吗？我认为不是。是它们被忽视了。诗和散文诗应当认真研究如何传承发展古今中外优秀的文化传统。我们阅读作品首先要考虑它的思想倾向、文学价值、美学价值。而我们现在有些散文诗作品辞藻非常华丽，似乎显得很美，但是，却缺乏应有的思想和具体的内容，非常空泛。因此，应向泰戈尔、屠格涅夫、鲁迅等大家学习他们的创作经验和实践。

郎业成，中国楹联学会会员，石嘴山市楹联学会常务副会长，石嘴山市文艺评论家协会名誉主席，宁夏作家协会会员，《社区文化》主编。

从自然主义视角解读《德伯家的苔丝》

◎梁小矛

托马斯·哈代(Thomas Hardy)是19世纪英国伟大的小说家和杰出的诗人之一。其代表作有《绿林荫下》《还乡记》《卡斯特桥市长》《无名的裘德》《远离尘嚣》和《德伯家的苔丝》等。《德伯家的苔丝》是其优秀的小说,出版以后引起了很大的反响。小说讲述了一个穷苦但又美丽善良的农村女孩苔丝的凄苦生活和悲惨命运。因为家境贫困,作为家中老大的苔丝听从父母的劝说去攀所谓的本家,但终因年幼被骗怀孕。婴儿早夭后,她离家来到塔尔勃塞牛奶场,当了一名挤奶工。在这里她与牧师之子安琪·克莱尔相爱结婚,而在苔丝真诚地向丈夫坦白了自己的过往后被无情抛弃。此后苔丝四处飘荡,受尽常人难以想象的屈辱和苦难,仍期盼丈夫能回到自己身边。在孤独和绝望中,由于家庭的变故,面对本家的再次诱惑,在丈夫杳无音信的情况下,苔丝只得"舍身救家",屈从于本家。可生活好似又跟苔丝开了个玩笑,此时自己日思夜盼的丈夫在经过一番磨难后,回心转意来找苔丝。在悔恨和绝望中,苔丝亲手刺死了本家。苔丝被捕,被处绞刑。在故事的结尾作者这样讽刺道:"'正义'得到了伸张,埃斯库罗斯所说的众神的主宰,对苔丝的戏弄也就结束了。"很明显,作者通过描写苔丝及其家人的悲惨遭遇,用自然主义的写作手法向我们呈现了一幅19世纪后期英国个体农民在资本主义的侵入下最终走向贫穷和破产的真实历史画卷。

19世纪后期,自然主义在法国出现并兴起,此后又传到欧洲其他国家。其主要特征:主张客观真实地描写现实生活,对生活中的各种现象做照相式的记录;以理性的态度对待人和事,把作品中的人放到不同的环境中,以此来检验人在自然法则下的活动规律;强调人的命运受制于环境和遗传,遗传对人的心理、性格、情欲和行为起决定作用;悲观宿命思想在作品中占有主导地位。哈代的《德伯家的苔丝》被认为是英国优秀的自然主义代表作之一。

一、《德伯家的苔丝》中的达尔文主义

达尔文主义是指以达尔文、斯宾塞和赫胥黎等人为代表所阐述的进化学说,通常指以自然选择为手段解释地球上生命的历史与多样性的生物进化理论。达尔文主义从支配生物学的"上帝创世说"的精神枷锁中解脱了出来,完全颠覆了宗教在科学思想界中的统治地位,在人类的自然史中具有划时代的意义。达尔文的进化论思想不仅仅局限于生物科学本身,它的出现把人们对世界的认识从神创论和形而上学的束缚中解脱出来,此后人们对世界的认知不再局限于宗教神学宇宙观的束缚,更重要的是进化论极大地推动了人类社会的进步。这一思想既让自然科学的发展在19世纪得到了全面推动,又让这一时期的文学和艺术创作大放异彩。

受达尔文主义的影响,哈代在《德伯家的苔丝》中从三个方面来展现对上帝的态度:怀疑、失望和绝望。首先,在苔丝受到本家玷污后愤然回家的路上,见到一位正在刷写经文的男人,苔丝曾问他会不会相信刷的那些话,男人回答说他"相信那些经文就像我相信自己活着一样",他还劝苔丝,如果她想在重大事情上寻求教诲的话,可以寻求克莱尔牧师的帮助。此时苔丝本人因受本家诱骗而失身,身心交瘁,可以说她遇到了一个女人一生中的大事,正是需要帮助、找人倾诉的时候,但是在听了男人的建议后,苔丝不屑地嚷道:"呸——我不相信上帝说过这种话!"以此来表明她对上帝持

有怀疑的态度。她宁愿把自己所受的委屈窝在心里,也不愿意求助于上帝。其次,为了使生下的孩子死后得以安宁,她不顾亵渎教规,自己动手给孩子施洗礼。在洗过礼之后,苔丝不再感到惶恐不安了,"因为她觉得,如果上帝不肯认可这种非正式的洗礼仪式,不准孩子的灵魂升入天堂,那么不管为她还是为孩子,她都不会稀罕这天堂"。这表明她不相信外在形式的东西,只在乎事物本身,她把关注的点放在人的身上。后来,在遇到诱奸她的本家摇身变成牧师后,苔丝觉得惊讶,便用尖刻的语言无情地揭露了他丑恶的嘴脸。本家的皈依宗教只是一时的心血来潮,一个满口仁义道德的人连自己都拯救不了,谈何拯救别人呢,这不能不说是对宗教的一种极大讽刺。苔丝杀了本家,在和安琪逃亡的路上,她们看到了一座座宏伟壮丽的大教堂,影影绰绰地耸立在她们周围,但是她们却无心去留意,更无意去教堂向上帝求助,甚至对上帝没有存一丝幻想,她们很清楚自己的前途和幸福就在此时此刻。最后在苔丝逃到巨石阵后,问安琪她们死后是否会重逢时,安琪只能以沉默回应。其实,苔丝是明知故问的,她清楚地知道安琪若回答"能",那肯定是自欺欺人的说法,她们俩谁都不相信的话与其说出来还不如不说。如果回答"不能",虽然她俩都心知肚明死后是不会重逢的,说出来只能让人更加伤心罢了,所以此时保持沉默是最好的。因为在苔丝的心目中,上帝从没有真正地帮助过自己,上帝已经死了。苔丝对上帝的这种态度和观点与达尔文主义中对神和上帝的崇拜转为对人的关怀是相一致的。

二、《德伯家的苔丝》中的"威塞克斯"景观

威塞克斯是哈代家乡,小说是基于作者成长的小镇为背景而展开的,它不仅仅是一个地理概念,更是一个文化概念。我们在哈代的多部小说中都可以发现"威塞克斯"景观,哈代熟悉他所生长的乡村,壮丽的自然景色、恬静的农村景象,以及风俗习惯和村民在其小说中都有生动的描述。此外悲剧气氛从始至终在小说中都有显现:由于资本主义的发展和侵袭,失地农民不得不外出寻找工作,他们贫穷、无望而又无力抓住传统和命运,农村经济的破产与工业资本主义的对立以及男女主人公对生活的理解和阶级特性都不同程度地体现了出来。他们虽然深受资本家的残酷剥削，但仍然不屈于命运，作者对农民的贫穷不幸生活给予了深深的同情，同时也深刻地揭露和批判了工业文明和传统的伦理道德。

每一个村庄都有自己的特性，自己的习俗，往往还有自己的道德标准。在《德伯家的苔丝》中，苔丝生活的村庄是个群山环抱、清幽僻静的风景优美之地。置身于古老和美丽大自然的怀抱中，苔丝出落得清纯美丽。可是19世纪的英国，资本主义的侵袭破坏了这里的古朴、宁静与和谐。为了生存，苔丝不得不一次次地离家谋生，面对资本主义的强大势力，虽然苔丝顽强地与命运抗争，但总是有一只无形的命运之手牢牢地将其抓住，苔丝无论怎样努力也改变不了家里穷苦的困扰，找不到自己的幸福和归属，更摆脱不了命运魔爪的掌控。

哈代认为，优胜劣汰、适者生存是生物进化和社会进化的结果。在生物界，生存之间的竞争原则同样也适用于人类社会。这种进化的思想在哈代描写的威塞克斯农村社会一步步毁灭的过程中可以看到。哈代详细描写了威塞克斯农村社会的凋敝和农民阶级的悲惨命运，又深入探索了破产农民在新的社会中的出路。但是由于所处时代和作者认识上的局限，他得出了任凭农民怎样努力，依然摆脱不了未来命运悲剧这一宿命结论。哈代在作品中呈现出了对社会演进和人物命运变幻这一重大主题所作的思考，但其主导思想的基础仍然是达尔文主义。

三、苔丝的自然主义形象分析

人的命运受制于环境和遗传，遗传对人的心理、性格、情欲和行为起决定作用。《德伯家的苔丝》是一部描写个性与环境的小说。故事发生在英国南部，在那里环境与人物性格产生强烈的冲突和对抗，同时乡村自然景色的描写在小说中占了很大的比重，在表达主题和展现作者情感方面起了非常重要的作用。对哈代来说，自然在生活中是非常重要的，因为它代表了人们对自由欢畅的追求，但同时自然也是残酷的，因为它可以惩罚那些违反自然规矩的人。在《德伯家的苔丝》中，自然不仅仅是一个背景，同时还包含了人的各种情绪，而这些情绪又会影响人物的性格，有时甚至会改变个性，自然和人物相互交织，相互作用，相互影响。在小说中，苔丝曾经生活过的一些地方对苔丝的悲剧人生产生了重要影响。

小说以一个穿着寒碜、醉醺醺的中年男子在傍晚走在回家的路上作为开场，这就不仅会让人们产生疑问，这人是谁？他为什么会是这样一副形象？他的家里情况又是怎样的呢？接着我们的主人公苔丝上场了，原来她是这个醉汉家的长女，从她懂事起，家庭生活的担子就压在了她年轻稚嫩的肩膀上。苔丝父亲从牧师口中得知他们家是贵族的后裔，尤其是打听到离他们家不远处住着一位本家，就和妻子盘算着怎么从本家那里捞点好处，后来就决定让女儿苔丝去认亲，谁知却遇到了一个举止放荡的泼皮无赖青年。这种迹象提前预示了苔丝的悲剧，苔丝家庭的贫穷与本家的富有形成鲜明的对比，而苔丝父母认为本家理应帮助他们一家。然而毫无疑问的是，苔丝家获得的一点点帮助是建立在牺牲苔丝个人幸福基础上的。这反映了自然主义的观点，人类是由生物决定论，是由环境和人性决定的。

苔丝被本家诱奸后，对未来充满了绝望，所以她除了把自己与大众和社会孤立开来之外别无他法，或许自然可以给她以安慰和庇护。所以"在天黑以后，苔丝跑到树林里，才好像最不感到孤单。在傍晚有一段时刻，光明和黑暗恰好保持均衡，白天的压抑和夜晚的焦虑恰好互相抵消，使人在心灵上感到绝对的自由。只有在这一刻，活在世上的痛苦才减少到尽可能低的程度。她唯一的念头就是避开人类，或者说那个叫作世界的冷酷集体"。在这里自然对于像苔丝一样受过伤害的人，似乎是友善的，它能帮她恢复元气，获得力量。在现实世界里没人能感到她内心的痛苦，也没有人真正愿意倾听她诉说内心的冤屈，她被整个世界割裂了开来，找不到方向，而此时只有大自然才能这样无私地接纳她。于是，在自然界的怀抱中苔丝感到了安慰并获得了勇气，"她被迫违背了一条人类所接受的社会法律，但是并没有违背周围环境所熟悉的自然法则",她的痛苦慢慢减去了,这让她获得了一丝安静和平和。哈代把苔丝看作自然界不可分割的一部分,如果它抛弃了苔丝,那就意味着自然界也是不完美的,这也解释了自然和环境对苔丝悲剧产生了重要的影响。

作为大自然的女儿,苔丝在长相上拥有许多和自然界相似的地方,她的美丽是自然的,而不是做作的。苔丝作为自然的一部分,她不是抽象的、静止的、冷漠的存在,而是具体的、动态的和有感情的实体。只有在自然界中,她才能找到安慰并从中获取力量,因为她是自然的女儿。

哈代因写人物个性和自然环境而出名,小说中的人物个性被哈代用自然和社会环境恰当地表达了,小说中的自然和人是一个有机的整体,自然不仅仅是故事的背景,更与人物的个性生动地交织在一起。在资本主义工业化的过程中,农民失去了他们赖以生存的土地,在某种程度上来说,苔丝也不能适应这种变化,相反,她从这个世界的消失恰恰证明了资本主义的获胜。从这一点上来看,达尔文的"适者生存"或许是对苔丝悲剧命运最好的一种诠释。

梁小矛,宁夏财经职业技术学院副教授。

读《白鹿原》
——认识田小娥

◎王自忠

　　田小娥是陈忠实长篇小说《白鹿原》倾力刻画的人物形象。从涉及章节的比重来看，田小娥是黑娃、鹿子霖、白孝文等人物形象的陪衬和客串，但同时又是一个典型的矛盾体，是个非常纠结的人物形象，性格中逆来顺受又叛逆不安于现状的秉性，致使她最终走上了一条扭曲又悲惨的人生之路。

一、逆来顺受中的叛逆

　　旧中国，女子无才便是德。主流意识形态是女子与地位、平等无缘，也没有女子创造社会财富或者享受什么权利之说。女子的天地就是锅台、碾台，她们就是丈夫和儿子的点缀、陪衬。在这样的观念笼罩下，田小娥当然没有也无法挣脱那个时代女性所受的桎梏，先是嫁给郭举人做妾，饱受了非人的摧残和折磨，后与黑娃心生爱慕，后来又不知不觉地钻进白鹿村乡约鹿子霖的圈套，一段时间内做了鹿子霖的二奶。这些，都是田小娥逆来顺受的体现，是她这个悲剧人物悲惨人生轨迹的显现。

　　然而，与很多女子不同的是，田小娥天性中的叛逆、抗争和不服，又在逆来顺受中时不时地表现、流露出来。在郭举人家，田小娥没有地位可言，连最基本的生理需求都得不到满足。郭举人的大老婆主宰着家庭,只准许郭举人于每月的初一、十一、二十一进小娥的厢房逍遥一回,之后监视、督促郭举人返回她的屋子。田小娥差不多是郭家的佣人,白天,浆洗缝补,烹煮郭举人、其大老婆和三个长工的三餐饭食;夜晚,被大老婆亲自监督着将三颗干枣儿塞进下身,浸泡一夜,第二天早晨淘洗干净,供郭举人空腹吃下养生。作为报复,田小娥在举人大老婆走后,将枣儿泡在尿盆里。这是田小娥人生里迈出的叛逆的第一步。

同黑娃的感情本身也富有叛逆性。两人因偷情产生爱情,并不顾世俗的唾弃、族人的白眼乃至父母的不相认而勇敢地结为夫妻,被共产党在白鹿原的负责人鹿兆鹏赞誉为"白鹿村头一个冲破封建枷锁实行婚姻自主的人"。

在风雷激荡的运动中,田小娥的叛逆、抗争势必要爆发。本来,哪里有压迫,哪里就有反抗。田小娥的叛逆和反抗就符合这种客观属性。在鹿兆鹏指导下,白鹿原九个村的农民协会主任兼白鹿村农协主任黑娃领导了声势浩大的镇压恶霸运动,田小娥顺应潮流,大胆而又勇敢地投入到轰轰烈烈的革命斗争中,担任白鹿村妇女主任。

与鹿子霖的苟合,更是把她逆来顺受的一面和叛逆的一面暴露无遗。鹿子霖霸占了她,进而利用她,拿她做诱饵,实施美人计。鹿子霖的目的达到了,白孝文受到了族刑,做了无辜的受害者,田小娥才意识到自己不过是充当了鹿子霖争夺族长的一颗棋子,心底里不由涌上些愧意——"达到了报复的目的却享受不到报复后的欢悦和快活。她努力回想孝文领着族人把她打得血肉模糊的情景,以期重新燃起仇恨,用这种一报还一报的复仇行为的合理性来稳定心态,其结果却一次又一次地在心里呻吟着:我这是真正地害了一回人啦!"她已经做了牺牲品,现在又让无辜的白孝文做第二个牺牲品。悔恨和愤怒交织,矛盾与愧疚掺杂,终于使她爆发了恶作剧式的叛逆。田小娥趁鹿子霖寻欢之际,骑在鹿子霖身上,将尿撒在鹿子霖的脸上,做了她人生中最痛快淋漓又最惬意的一次报复。与其说这是田小娥在逆来顺受中的叛逆,倒不如说是她堕落后良知的复苏、正义的归回。

二、备受欺侮却甘于沉沦的畸形心态

田小娥具备封建社会妇女的共性,即命运多舛、生活艰辛、经历坎坷,但却安命、负重。充满了矛盾的人性,让田小娥在她短暂的生命历程里,自始至终在逆来顺受中叛逆、抗争,又在抗争中逆来顺受;在备受欺侮中不服、不屈,又在叛逆中蒙受欺凌。给六十多奔七十岁的郭举人做妾,本身就是一种不平等,一种被欺侮、被蹂躏。田小娥在封建家庭的欺侮、蹂躏下叛逆、抗争,差不多是不管不顾地红杏出墙,勾引黑娃。在白鹿村,田小娥受尽了白眼和屈辱。以白嘉轩为代表的封建卫道士,根本不容忍、宽容和接纳这个凄苦无助却又不安分的弱女子,认为田小娥的行为伤风败俗,不准许她和黑娃进入祠堂按照传统礼仪举行婚礼。黑娃的父亲鹿三又将她和黑娃赶出家门。从这层意义上讲,田小娥是被白嘉轩、鹿三等人逼上了玩世不恭的道路。从她与黑娃炽热又大胆地相爱,到甘愿与白孝文共同堕落,看似奉行嫁鸡随鸡、嫁狗随狗的处世哲学,实则是不甘于清贫、平淡地度过一生,这是她的变态心理与畸形心态的体现,是她人性的扭曲之处。

《白鹿原》诸多的人物中,郭举人、田秀才、族长白嘉轩、乡约鹿子霖、长工鹿三乃至郭举人家扛活的下人,都不把田小娥当人看,甚至连丁点儿同情她的心都没有。唯有黑娃能同她平等相处,并一心一意要与她携手到老。田小娥却不珍惜来之不易的正常生活和夫妻感情,一失足成千古恨,成为鹿乡约发泄兽欲的工具。令人喟叹的同时,难免产生挥之不去的哀痛感。如果说田小娥在郭举人家的所为是一种大胆的叛逆,被鹿子霖霸占后的堕落,则是她的在抗争中备受蹂躏。

与鹿子霖、白孝文的偷情史还透着一种信号——水性杨花,风骚至极。这是田小娥骨子里劣根性的暴露,表明她崇尚、追求的是养尊处优,不劳而获。与白孝文的花天酒地,醉生梦死,充其量不过是一种无法主宰命运的昙花一现,掩盖不了心底里深渊般的空虚和落寞,掩饰不了她无法驾驭人生

的无可奈何。当然，同白孝文的相处，她见证了白孝文由无辜受害到彻底拜倒在她的石榴裙下的全过程，因而对白孝文产生了好感。这种好感，是她终于认清以鹿子霖为代表的上流社会的阴险而又丑恶的嘴脸后，灵魂深处迸溅出的良善的火花。也恰恰是她的这种好感，毁了白孝文，同时把自己送上了断头台。

三、死于非命的悲惨结局

田小娥的悲剧，折射着旧中国绝大多数妇女的悲剧。旧中国，夫贵妻荣，妇以夫为天，女子只能是嫁个秀才当娘子，嫁个屠户跟着翻肠子。田小娥在郭举人家遭受的歧视、折磨和不平等待遇，使她的心理变态，又在变态中多了些报复的成分。只是在她的人生轨迹里，复仇之路有些扭曲，其结果只能是害人害己，最终毁了自己。事实上，无论是黑娃还是白孝文，都是因倾慕她的美貌而钟情于她，两人都对她真心真意，只不过爱的方式有别，钟情的动因有异。黑娃，一个涉世未深的后生被她引诱而产生爱意，知足地要与她白头到老，厮守一生。然而时代动荡，作为生活在社会最底层的黑娃和田小娥，均主宰不了自己的命运而不得不分离。白孝文因歆羡田小娥的美貌而陷入鹿子霖挖的陷阱，身败名裂。作为一种宣泄，一种无可奈何，一种向白嘉轩乃至白鹿原的示威，索性一不做二不休，他不顾族人的怜悯、唾弃、鄙视，变卖掉房产地亩，与田小娥在破罐子破摔中寻求新鲜、刺激。

只是，白孝文看重田小娥的肉体胜于感情，这是白孝文与黑娃对待田小娥的不同之处。

遗憾的是，田小娥最终没有风风光光地等到白孝文和黑娃的辉煌之时，无缘目睹黑娃作为历史反革命分子被处死，也无缘看到白孝文作为共和国一县之长主政滋水县的那一天，过早地走上了黄泉路，恰似一朵没有来得及怒放的鲜花，无声无息地枯萎、凋谢。

更为悲摧的是，田小娥是被黑娃的父亲、她的公公鹿三所杀。鹿三痛惜儿子黑娃和准族长白孝文的遭遇，认为是田小娥祸害了儿子和白孝文。她和儿子的结合,不仅使他鹿三在整个白鹿原丢尽了颜面,还使黑娃有家难归,落草为寇。更让他难以容忍的是,淫荡的田小娥,勾引得出人头地的正在接族长班的白孝文成了标准的败家子。白孝文是他鹿三看着长大,看着他稳步走上白鹿村至尊的位置,成为一个既有学识又懂礼仪而且仪表堂堂的族长,又看着他一步步滑溜下来。如果说白嘉轩是仁义的化身,那么,鹿三则是忠义的代表。他要做成他一生中的第二件大事,"去杀一个婊子去除一个祸害"。表面上,是鹿三杀死了田小娥,但实质上,是时代,是滑稽又可叹的时代容不下小小的田小娥,是吃人的封建礼教戕杀了无辜又无奈的小娥。

田小娥的悲剧在于终究无法从市侩、狰狞、狡黠、争权夺利和世俗纷争织就的网中挣脱,只好消沉、堕落,以她扭曲的人性,迈出扭曲的人生之路。

至于其死后阴魂不散,给整个白鹿原带来瘟疫,使白鹿原一个时期内"死人像吃一碗面样平常",造成原上一片恐慌,并将魂灵附着在鹿三身上,借鹿三之口要白鹿原人为她修庙塑金身等,则是作者魔幻手法的高超表现。

哀其不幸,怒其不争。田小娥短暂而又悲哀的一生,是那个时代社会最底层弱者的生活写真。作为弱者,妄想不择手段,以扭曲的方式挣脱命运的摆布,其结局必然是动荡时代的牺牲品。

王自忠,宁夏作家协会会员,宁夏文艺评论家协会会员。

小说·评析

马金莲的城市小说

——评小说集《化骨绵掌》

◎丁　劼　李有智

马金莲擅长写农村题材,迄今为止,她的大部分小说以农村为描写对象;马金莲也擅长城市题材写作,有一小部分小说以城市为书写对象。当然,她笔下的城市多为小城。小城也是城市。文学上存在农村与城市的区隔,能写农村的未必写得了城市,反之亦然,在马金莲这里似乎从来就不是问题。新近出版的小说集《化骨绵掌》(长江文艺出版社,2021年),收录9个中短篇小说,皆可归类于城市题材,可谓一本城市小说集。

城乡转型,曾是当代文学中一个重要主题,多少小说备述转型时期艰难曲折之状,在马金莲作品里却是一步跨了过去。所谓转型,首要在于人的转变。历来所形成的一个观念,甚至成了定律,不证自明,使用者拿起来就用,管它与对象、与现实究竟有无关系,即农民难度化。马金莲笔下,则有异于此,农民不唯不顽固,而且最容易发生变化。助推变化的,是现实。《榆碑》里勤劳善良的老董,昨天还是大滩地农民,今日成了太阳花园居民。勤劳、善良,这是马金莲塑造的农民形象的一个基本特点,并未超出现当代文学的描写范围。但区别还是有的,她不证明,只是比较,因而看似很轻松地就走出了一种模式。勤劳,从逻辑上讲,本身就包含收获的希望,希望即是某种比较。以往苦寒的大滩地,付出多少艰辛,日子未见得会有改观。相比之下，如今太阳花园一份看守大门的工作，就令一个农民满足且知足了。这便是现实。现实就是最好的老师，现实就是比较。现实面前，不是所有人都会改变，但农民一定会改变。过去任怎样勤劳而生活无起色的"老董们"，现在看着城里就是好，"……一切都变得越来越好。老董喜欢这种好，人们开的车越来越好，穿的戴的越来越好，吃的喝的也越来越好"，"好得像梦里一样"。深切地感觉到了自身生活的好，这没什么稀奇；因着自身生活的改变，又喜悦于其他人的幸福，特别是叹赏那些与己无关的"有钱人"的生活，"有钱人多了是好事，说明日子好了，人们富裕了"，这样的人物形象就让人印象深刻了。这才是真正的善良，值得大书而特书的美德。过去，勤劳而不善良的人，所在多有，原因在于，正如鲁迅所观察到的，历史上，勤劳往往被当成了挥霍的材料，公平亦随之缺席，导致无良之人出现。"老董们"则不然，他们会衡量，会比较。对老董而言，大滩地那里做梦都想不到的，转眼间像童话中所描写的，成了现实：房子有了，孩子成家立业了，生活安定且安逸。他还要什么呢？他的知足、善良，以及看着别的城里人比他更好的生活景象而禁不住高兴，发自内心。这样的农民形象，意识明确，觉悟很高，是马金莲对当代小说乃至当代文学人物画廊的一个贡献。

老董成了城里人，又不完全是，他的脚上还沾着此生洗不净的泥土。他心底最深处有一块地方，留给了过去，留给了大滩地，留给了眼前那棵他自小看惯了的老榆树。老榆树也是小说重要形象之一，是过去时代的一个见证，它活着，根扎得很深很深。即便如此，即便它还能活上数百年，也会被浇上硫酸给弄死，让它成为历史。老董和老榆树都死了，成了象征。只有死了的东西才会成为象征。老董有一半的爱分拨给农村，身在城市，心在农村，只能算半个城里人，还不是真正的城里人。这也说明了，爱上哪里，哪里就是故乡；只有爱上城市，才是城里人。

《公交车》里的苏苏，今天特意出门跟5路公交告个别。她在这里住了十年，也坐了十年5路车。明天搬家，此后恐再难行经此处了。这是一个极为私人的秘密，似乎不值一提，难与人言。可苏苏不这样想，一个人会有几个十年。十年时间，上万次地重复一种行路方式，"这上万次的行程，像一滴滴水，汇成了一条河"。从描写上说，这就是"陌生化"艺术方式，它把被日常生活弄得麻木了的感觉功能，再次恢复了，因而读到这个描写、这个句子，眼前即刻一亮。所以，苏苏的告别，其实就是一个提醒：原来那单调、乏味的重复，就是你我一点一滴的生命，汇聚成了生命之河，只是平日不觉得罢了。所以，表面冷漠不相干的城市，其实骨子里蕴含着温情，那匆匆上下车的乘客，那沿途一闪而过的景致，那近乎寂寞的喧闹，种种物事，无一不与你相连。更何况，对苏苏来说，5 路车有一个司机曾为她多停了一会儿，几年来她一直留意寻找。这也是个小秘密，苏苏没有告诉任何人。凡此种种，俱令苏苏产生莫名的难过、感动，甚至有了想哭的感觉。这像水滴一样微小、纯粹且容易消失的感动，苏苏有，你有，我有，人人俱有，只缘在城市脚步太快了，难得停留片刻，容你我回味。城市就是这样，表面上繁华而冷漠，内部则息息相关。

《化骨绵掌》的故事倘若发生在乡村，苏苏的姐妹苏昔多半忍让了，一大堆不快悄然咽进肚里，自己慢慢消化。但这里是城市，不一样了。鲁迅于五四时期就期望过，无论男女，假如经济上能够自立，人格上必然趋向独立。苏昔在外上班教书，在家洗衣做饭，十八年来内外兼顾，从无怨言，有时还得赔着小心。她是一个顾家的女子，可她的付出没得到相应的顾惜。这便成了一粒反抗的种子，悄悄生长，越长越大。那一天会来的。契机只是一个电话。一日大雪，多年不见的老同学电话邀约聚会，苏昔匆忙回家做饭，留点时间打扮收拾一下。她收拾的其实是一份心情，从烟熏火燎中把将逝的青春轻轻擦拭一下、挽留一下。丈夫靠在门边"凉凉地"侧目而视的情景，让人即刻联想到鲁迅小说《幸福的家庭》中那一双"阴凄凄"的眼睛。那颗种子长成了，要发力了，反抗是决绝的，无退路可言：离婚。小说结尾有一句"她用右手心慢慢地摩挲着自己的脸"，你可以想象，那样一张美丽的面孔，光泽一丝丝消失，"容华日夜零，体泽坐自捐"，一条一条可数的皱纹中，藏着风尘，隐着劳累，该注意的人竟没顾看一眼。苏昔在内心大声喊叫了：我是女人。喊叫不一定出声，内心无声的喊叫，更具有力量。

苏昔的另一个姐妹苏远则要付诸行动了,她积攒了"太多的屈辱"。跟那两个经历相似、涵养相同的姐妹一样,《绝境》里的苏远识大体,顾颜面,爱家庭,为了这个家,甚至想好了一辈子"揣着明白装糊涂"。可是,遇人不淑,明珠投暗,丈夫一次次出轨,远远超过了她能够容忍的底线。于是,她行动了,她要捉奸,无意中,半路结识了时常拉她前去捉奸的司机,干脆跟后者重组家庭。小说根本不是在讲一个看似离奇的故事,有许多地方,读着读着,不得不停下来。比如,苏远知道丈夫出门约会情妇,丈夫还拍了拍她的脸,"苏远像小女孩一样仰头目送他出门。她眼神纯净无瑕,倒映着窗外清澈的阳光"。这个描写令人心动。陌生化的叙述、描写方法,再一次出现在小说中:有着纯净无瑕眼神,她自己是不知道的,那眼神之纯净,多么打动人心;面对面看着妻子,那丈夫就是睁眼瞎,无视了那原是多么令人心动以至于心疼的眼神。《诗经》里有一个被抛弃了的女子,愤愤然斥责对方"子不我思,岂无他人"。可苏远已经超越了屈辱、愤怒、谴责诸种情感,她会反思,把过去和现在结合起来考量一番:当初忍气吞声、含屈受辱过下去,和现在仓促重组家庭比较,哪个更好,哪个更坏呢?苏远不知道,叙述者也不知道。

通行于乡野间的规矩,遇到城市的规则,便免不了种种冲突。人是可以变化的,这个命题不证自明,但人坚持了某些从来如此的规矩,即不容易发生变化,盖因这些规矩会带来好处。苏昔的丈夫最终也没能认识到在他看来颇为美满的家庭,为何突然散了。乡村大男子主义,家务活中当甩手掌柜,尤其不顾及女性细微情感,把妻子付出视为理所当然,是造成日常悲剧的根源。一个人付出了十八年而不能得到肯定、尊重,这种关系迟早会破裂。破裂,只是一个时间问题。

婚姻之事,可遇而不可求,这应该是指城市而言,城市里方有机会、有选择,奉"父母之命、媒妁之言"的传统乡野则少有。所谓"可遇",即第一次,而第一次多是盲目的、感性的,"求"才是"遇"之失败后的选择。《听众》里的苏序,凭着第一次的"情投意合"与一个男人共同生活了五年,越来越觉得不是那么回事儿。离婚后一次又一次选择,直至找到了一个适合的人而后止。在这篇略显戏剧化和喜剧化的小说中,苏序的冷和那个绰号为"才子"的人的热,从两极方向,相向靠拢。到小说结尾,"才子"那么热心地四处张罗为她介绍对象,最后成功地把自己推到了她面前。两人坐在一饭馆里,那一碗撒了绿色芫荽的肉丸子,色香味俱全,既是一个丰富的意象,又是一个饱满的象征——"苏序把碗推到才子面前,问,这一大碗,你敢不敢吃?才子点头。不后悔?才子又点头。要你后半辈子天天吃呢,也不后悔?才子一脸严肃,还是点头。苏序落下泪来,说众里寻找,千度复百度,比唐僧西天取经还难,九九八十一难啊,好在你一直都在,如今我的苦难满了。她的筷子插进碗里,扯过才子的面条埋头吃起来。"这段类似于演剧式的对话,一问一答,向对方表白了,抒情,然而朴实、动人。

马金莲的小说集大多带有系列性质,每本集子大体上有一个突出主题,比如小说集《长河》关注死亡主题,小说集《伴暖》描写移民主题,等等。这本小说集所收作品多写城市,而且在人物描写上也有系列性,最明显的是塑造了一批苏姓人物:苏苏、苏昔、苏远、苏序,可称为"苏氏姐妹"系列,无血缘关系,却有同一种精神血脉。她新近发表的小说《雄性的江湖》(《朔方》第5期),苏氏姐妹们又添了一员,名曰苏浅。发生在苏氏姐妹们身上的事情,基本与婚恋相关,反映出马金莲对女性婚姻问题的关注、思考和描写。

书写不同主题、内容,技巧、形式亦随之发生变化,马金莲会写较大的题目,如乡村的城镇化(《榆碑》);同样,她也会选取一个小点,如一趟公交(《公交车》),一次饭局(《化骨绵掌》),一次住院经历(《良家妇女》),等等。在变化中设置难度,然后再设法克服,这是马金莲创作上的一个特点。让人想起杨绛说过的一句话,艺术即是克服难度(《杨绛全集》第5卷)。马金莲小说创作就显示了这样的艺术追求。

丁劼,宁夏图书馆采编部副研究馆员。

李有智,宁夏社会科学院研究员,宁夏文艺评论家协会副主席。

穿透城市精神症候的凝视

——评张学东长篇小说《西西弗的石头》

◎ 刘 均

作家张学东在《西西弗的石头》开头,有意加入了一段"小引",写下了小说的发生地——银川。这篇短短的"小引"并非简单交代小说叙事的背景,更像是作家精心设计的戏剧舞台,这或许预示了小说后来的叙事方式,将主人公顾责、顾乐、顾产放进了类似戏剧场景的转换设计中。对于作者来说,这不仅仅是带来一种真实的代入感,更重要的是,有意识挖掘出这座城市的生活感觉——"有种叫人喘不上气来的压抑感","狭窄渺小和微不足道,生活在这里的人存在感并不那么强"。

清代学者段玉裁在《说文解字注》中对城市有过论述,城市是"以盛民也。言盛者,如黍稷之在器也"。城市是一种器具,是人所处的空间和场所。当器具的面貌发生改变时,作为"盛放之物"的人也发生改变。这种改变不仅仅停留在某一个人,城市人群互相影响,一些不足为人道的细枝末节浸润着各种情绪、意识、价值观,不仅影响每个人的心理,更引发了生理层面的变化,加速着人物命运的变化。因此,"小引"部分的文字,并非作者心血来潮的闲笔,而是人为的设置和提醒,这使小说从一开始就有一种内隐的变化,也可以说是特定空间里的"小历史"。

小说在前三部分分别写了顾责、顾乐、顾产三兄妹各自的生活轨迹和困扰,每部分都以第一人称展开叙事,以各自的视角对之前每个人的生活内容进行观照、补充。第四部分是顾责同事黄莺以旁观者的视角,将兄妹三人的故事进行串联。主人公顾责的问题看似是原生家庭投下的阴影,长期酗酒、患有重病的家暴的父亲和满是创伤的原生家庭造就了他的命运。实际上,早已离开家庭,在城市生活多年的他,即使有着体面的记者身份,而一旦遭遇离婚、失业等问题,各种失败使得他无法从内心真正肯定自己,即使完成了一部名为《病人》的小说。

作为承前启后的第二部分,年轻妹妹顾乐的生活更具有标本意义。这一部分从顾乐的视角着重书写了她逐渐敞开自我,认知世界,寻求安全感,并最终成为成熟的城市人的历程。她的情感经历、遭遇的各种变故,十分富有现实感和时代意味。顾乐被母亲托付给哥哥顾责后,仅仅在城市里生活了不到一年,就被城市的物质生活诱惑,十八岁的她更像一块干净的海绵吸收着来自城市的各种生活观念。在按摩店工作,众多的女性客人在接受她的服务时,又传递了更多的城市女性观念,尤其是那个"天生一对鱼泡眼的中年妇女",那个"既有钱又有闲的城里女人"。

顾乐未婚先孕,人生刚刚开始就要面临重大的抉择。而引起顾乐不安的并非"既有钱又有闲的城里女人"的忠告和提醒,而是昔日从城里回乡的女子,那个最终因难产而死在茅厕的女人。回乡,不仅面临生存的难题,还有乡邻的道德诘问。而在顾乐看来,那个难产的同龄少女更像是死在了让人不寒而栗的乡村道德观念中。与之对应的是,城里女人更为熟练的城市经验——"有两种男人是不能招惹的,一种是有妇之夫,另一种是自己的老板,你要是稀里糊涂跟他们好上了,你的苦日子可在后头呢。"后来事态的发展,恰恰印证了她们的预言。顾乐的相好——老板老方在回家办事的路上遭遇车祸身亡,老方的家人来城里与顾乐争夺其家产,丝毫不顾念顾乐与老方的感情……

顾乐的悲剧或者顾氏三兄妹的生活遭遇,本质上因为人们急于在城市社会的框架下给自己找一个位置,顾乐的哥哥们最在意的,还是追求自身的价值。相比哥哥们遭遇的不幸，顾乐具有清晰的自我意识，是典型的城市新人形象，也是当下不断涌入城市的青年的投影。他们不断丰富着自己的城市生活经验，面对更为复杂的城市生活境遇，渴望不断完善自己的人格，超越曾经的自我，挣脱道德的束缚，寻求自我的完满。

《西西弗的石头》的第三部分，转入顾产的视角。小说的主题此时更像是在观照城乡二元结构下的精神蜕变，顾氏兄妹互为镜像，彼此映照，一次车祸将看似稳定、平和的乡下生活打回了原形，意外的事件按照内在的逻辑推动着情节的发展，一个意外推动下一个意外，各种意外不停接力：回到乡下的顾乐被驾驶农用车的顾产撞倒，导致妹妹流产；因为给妹妹输血意外发现妹妹并非亲生；心情不好的顾产吵架酒后又重伤了老婆……生活的真相总是被意外击穿。

城市的快速发展，给人的感觉像是一部按了快进的电影。它所经历的时间过于短暂，几乎是无历史感的，也是无时间的，带给人的是那种弥漫在内心深处的不安全感、不稳定感。每个人都在挣扎，试图通过金钱、地位、稳定的工作、生意等来祛除内心的惶恐和不安。而这些还远远不够，此时，拯救各色人等的亲情、友情、爱情以及家庭出现了。然而，曾经在乡村中有效且稳定的价值观一旦进入了城市，同样遭遇了挑战，无法为人们提供坚实的堡垒。生活的变质和走投无路后的无望，不是人物宿命般命运的转折点，不是通向某种解脱或升华的中转站，而是生活的常态。作家正是以悠长的凝视直面无望的失败者。

城市中的失败者，没有更高的追求和幻想，陷入精神激情驰骋后所造成的身心疲惫之中，失意、痛苦、徘徊、伤感、患得患失，这些已经成为城市人群的一种"精神症候"，远远超出了抑郁症等精神疾病的范畴，尤其是夹在"正能量""丧"等社会情绪中。精神疾病不仅仅是医学现象，更成为了社会文化变迁的注脚和个人叙事的重要组成部分。

城市环境放大了主人公顾责的自我意识，不断加深着他的原生家庭带来的"耻感"。顾责进城试图摆脱的正是这种"耻感"，并形成具有强烈自我意识的独立人格。他艰难地在城市中寻找个人的存在感,渴望在社会中找到扎根之地,渴望获得妻子、朋友、领导等的认可,却遭遇了各种意外和失败。一个无法建立正常人际关系的男人逐渐成了一个孤僻的精神流浪者。顾责最终成了"城市病人",这种形象与钢筋水泥的丛林、密集的人群不断叠合与交织,从而描绘出一种既如梦似幻又具有强烈现实映射的情境。这一主题直接叩问和应和着当代城市人群不断奔走和追逐未竟之梦的状态,就像古希腊神话中的西西弗斯,不断重复地在山坡上推举着巨石,又在巨石滚落后开始又一轮永无止境的劳作。当下的城市人群被长久地定格在努力挣扎的过程之中,恰切紧密地与城市人群独有的精神症候形成了一种映射。

与生活在农村的乡民相比,城市人群对自我有着更高的精神期待,而又无法去除城市带给他们的不确定感,那可能来自失业、争吵、交通意外、婚恋,等等,任何轻微的震荡都将改变他们的命运,他们因此无法获得精神疾患的免疫力。张学东以特有的敏锐,在城市生活的语境中,尽其所能地讲述精神疾患对于个人的压迫,独自切开覆盖在个人之外的社会网络,潜入个人的精神变化历史,提供了长期被忽视甚至是无视的罕见真相。从某种意义上说,作者呈现出了当代城市难以治愈的精神孤独症。

面对这种困境,张学东试图通过小说写作打破这种无声的循环,建立沟通、理解的桥梁。每一个人都是独一无二的个体,正像小说文本一样,有着一种特别的"精密感",更像是一架复杂的精密机器,没有一个零件是多余的。张学东在小说结构上连续使用了多视角的叙事切换,让顾氏三兄妹按照自己的角度对同一事件、同一人物的叙述进行"复盘"和延伸。由于每个人感受、认知、价值观的不同,使得同一事件、同一人物的叙述出现了各种偏差,小说的叙事此时似乎要转向寻找真相的"罗生门"。然而,作家的用意并不在于设置悬疑,而重在使用第一人称——"我"。兄妹三人不过千万个生活在城市、乡村的人的缩影而已,每一个人一旦陷入顾氏兄妹的境遇,就会变成那个"我"。

因此,叙述的人称就有了更广泛的代表性,"我"与"他"是合体的,"我"以显在或隐在的方式进入小说的各部分中,任何人遭遇和承受的都是"我"遭遇和承受的。正是这种强烈的自审意识,作家希望通过第一人称——"我",来呈现生活在城市的每一个人随时可能遭遇的意外:离婚、患病、失业、婚外恋、遭遇交通事故、死亡……同是在城市生活,顾氏三兄妹遭遇的各种意外,"我"也随时可能遇到,"我"的内心也会惶恐不安,城市生活带给每个人的茫然、隐忧、挣扎,"我"同样也会引遇到。

正是通过第一人称——"我"的叙述视角,让小说超越了传统现实主义文学的"共情"或者真实感,写出了更具普遍意义的城市生活体验。从这个意义来说,小说《西西弗的石头》多视角叙述的设定,丰富了人们对城市生活的复杂感受,更多琐碎的细节拼接起来是一幅有着清晰轮廓的真实生活图像。

刘均,宁夏诗歌学会会员,宁夏文艺评论家协会会员。

恢宏西北移民史的历史再现与文学表达

——简论长篇小说《上口外》

◎ 苏璇毓

人类的历史是一部不断流动变化的历史。纵观人类文明的发展史,呈现出一个显著的特点:不同国家和地区的兴衰变化,都是人类不断流动、迁徙融合的结果,迁徙带来变化,流动促进交融,社会由此进步,文明因此灿烂,社会、经济、政治、文化因之发展。

近代以来,中国大地上发生过多次大的移民潮,著名的有"走西口""闯关东""下南洋"等,对中国的社会发展产生了重大而深远的影响。"走西口"将中原文化带向广袤的大西北,使辽远塞外的大漠中流淌起中原文化的血液;"闯关东"的迁徙人流将儒家传统文化及雄厚的人力资源带进了沉睡千年的黑土地,义气豪爽的山东汉子与关东原居民融合一体,使东北成为近代中国经济先发展起来的地区;"下南洋"使中国开始与世界接触,自此世界各地有了黄皮肤、黑头发的身影,博大精深的中国文化在世界各地得到了交流与发展。这些不仅仅是一部部波澜壮阔的移民史,更是浸透着血泪和汗水的一代代创业者的奋斗史和中华民族自强不息的社会史。

除过这三次大的移民迁徙外,还有一次重要的规模很大的西北移民现象——"上口外",却一直没有被重视和挖掘出来。这是发生在祖国西部的持续不断的重大移民现象,主要以宁夏西海固、陕西陕北、甘肃定西人为主体,全国各族人民参与移民新疆的现象。在西北这片广袤贫瘠的土地上,一批批憨厚淳朴的西北汉子因何而迁徙?在移民迁徙的漫漫征途中,他们都经历了什么?被迫离开故土,背井离乡的过程中,他们上演了怎样的故事?这段被忽视的移民迁徙活动又能带给我们怎样的思考?宁夏作家王佐红、樊建民创作的长篇小说《上口外》再现了这段恢宏历史,成为填补这一空白的垦荒之作。

一、一幅浓郁西北地域风情的画卷

《上口外》是一部以家族故事折射地域变迁的移民小说,宏观地展现了20世纪西北农民迁徙新疆,一路坎坷艰辛,在艰苦的自然条件下求生存、求发展的历史画卷。作品以宁夏西海固月儿湾的精明汉子刘和顺为中心,讲述了刘家老、中、少三代人上口外的经历,并由此蔓延讲述20世纪30年代至今的重要历史事件,以宏大的时间跨度,全景式的书写,考量了发生在古丝绸之路上的重大移民潮中鲜为人知的故事,具有较高的审美价值和现实意义。

《上口外》的情节主要设定在具有鲜明地域性和乡土性的宁夏吉平县新川乡的月儿湾和广袤的口外。作家关注西北地区的地理风貌、人文风情,体现出地域文化对人物行为和心理的影响。《上口外》所描写的有盛夏时节月儿湾的小麦、豌豆、莜麦、谷子、糜子等农作物因干旱少雨毫无生机;有口外"早穿皮袄午穿纱,围着火炉吃西瓜"的气候;有大雪覆盖在茫茫戈壁的银装素裹,寒气逼人;有麦收时节,庄稼地里码在一起的麦束子和呈长条形的豌豆拢;有祖祖辈辈行走的家与农田之间的山梁、坡面、羊肠小道;有包裹在大山深处储物的窑洞、人居的土坯房;还有月儿湾人吃水的不容易,为了能在第一时间舀上养活人的水,要起得特别早,担着水桶,拿着木舀子去苦泉旁担水,如果去得迟,泉水会变浑浊,要沉淀好长时间才能用。主人公刘和顺一家在这样的自然环境下,也曾经一次次尝试着与自然环境抗争来改变生存和生活现状,也是这样的自然环境为那一方土地上的人们上口外埋下了伏笔。

《上口外》站在民间文化立场上,追求一种生活的本真化。作品中的田间土地、居住的土坯房窑洞、用麦秸秆编织的吃饭小碗、辽远的山坳里漫出的美妙"花儿"、炼油厂里哼起的家乡小调和吼唱着的秦腔、运输队响起的声声号子,都具有鲜明的西北乡土气息。此外,在人物语言上,采用民间化的笔触,运用方言的表现力来彰显语言的魅力以及人物的性格特征,如刘和顺、汪克齐、张奎等人物地道的西北方言,张娜、小翠等西北农村妇女的劳作装束,都体现了鲜明的地域特点和浓郁的乡土气息。特定的自然环境决定了人们的生产生活方式,在月儿湾祖祖辈辈劳作的人们,因为山连山、岭挨岭,生产方式就是赶着毛驴种山地,在崎岖的山路上赶大车、拉庄稼;驯顺大青鹞去驱赶偷吃糜子的麻雀,看护秋粮。上口外的刘和顺在克拉玛依油田电厂住在白碱滩上的地窝子里,和工人们一起用柳条编制成的"抬把子"和用棉线织就的"塔哈尔"运送建筑所需的石块和沙子;小红盲目跟着同乡上口外,在遭遇了一系列困难和辛酸后,在孤独无助的时刻得到了属于自己的一份纯真的爱情,并如愿去了乌鲁木齐水泥厂,从不适应悬浮粉尘的车间到习惯于震耳欲聋的机器轰鸣声。《上口外》里的人们在原始苍凉的自然环境中从事艰苦的劳作,演绎着顽强的生命力、坚忍的生存意识和不屈的奋斗精神。他们所处的自然环境和特有的生产生活方式,折射出了整个上口外的民生状态,展示了刘和顺一类的普通西海固汉子在干旱山塬、茫茫戈壁之间奔波,在悲怆命运中倔强挣扎,在坎坷境遇中百折不挠,并最终获得幸福生活的奋斗历程。

二、一条慷慨悲壮的移民迁徙路

上口外既是苦难辛酸生活的开始,也是幸福和财富的源头。虽然真正能够光耀门楣、创业成功的只有少数人,但由于心中满怀美好的憧憬,人们似乎忘记了长途跋涉的艰辛和口外生活的未知苦难,一代又一代人为了梦想别离故土,不辞辛苦,前赴后继。

上口外闯荡需要经历一次次波折磨难。作者在参阅大量的历史资料和走访上口外的前辈的基础上，注重校对史料、验证民俗，增删数次，修改充实十余次，最终得以完美呈现。作品在充分的史料和必要的艺术想象力的有机结合下，为我们展现出一个个鲜活的人物形象，一段段悲喜交加的故事情节，一场场故土难离的煎熬，一次次骨肉亲情的撕扯，一份份纯真自然的唯美爱情……在荒凉辽阔的西北大地上，那辛酸悲郁的无奈苍凉与慷慨激昂的执着奋斗气息扑面而来。

《上口外》用小视角、大跨度、大情怀展现了西北移民迁徙的历史景象，弘扬了蕴藏在移民与新疆当地人身上的真善美和不屈的奋斗精神。刘和顺因公章保管不严被撤销了会计的职务，党校培训未结束就被通知回家，无意贪吃了媳妇张娜的一个菜馍馍，导致儿子东东因为无奶吃在黑夜里的哭号。这个坚强倔强的西北汉子的心像被撕裂一般，一种莫大的无助感、忧伤感涌上心头，这时爷爷的遗言在耳畔响起，"上口外去，那里天地大……"上口外犹如一束光照进了刘和顺的心里，也催生了他为了这个家，一定要出去闯荡的毅然决然。自此，刘和顺踏上了上口外三起三落的漫漫征程。第一次为了能上口外，在路上风餐露宿，困顿劳累，坐火车为躲避查票而一波三折，雨天里在地里混着泪水和雨水吃瓜，在维吾尔族村讨饭，一路上囧态百出，连瞒带骗，终于成为筹建克拉玛依油田的正式工人而结束了这段上口外的历程，个中辛酸在作者的笔下娓娓道来。茫茫戈壁滩上，千山万壑之中，千千万万上口外的人们战天斗地建油田，为祖国边疆的建设洒下了汗水泪水，也在奋斗的过程中感受到了口外的天地广阔，大有作为。因惦念家人回到月儿湾一段时间后，一封来自口外的书信再次鼓动了刘和顺第二次上口外的念头，女儿小红不言语便离家出走，更让刘和顺笃定了上口外找寻的想法。这一路上，躲检查、逃票，遭受了无数的白眼和打掉牙往肚里咽的委屈和辛酸，好在这封口外的书信让他辗转找到了旧相识于连成，暂住一时并不能解决长远的生计，刘和顺又遇到无法回避的困难，报不上户口，在好心人的多方帮助下，终于办理了落户手续。在口外落了户，刘和顺再次返回月儿湾,这次他要带上全家老小,第三次上口外,老屋拆了变卖了四十元的资费,让这个坚强倔强的西海固汉子再次踏上了上口外的征途。虽然有了前两次上口外的经历,但是依然无法躲避查票,为搭便车一家窝在运煤的车厢里,几经辗转,终于到达了乌鲁木齐。改革开放后刘和顺一路的奋斗与发家致富史,作者却只是点到为止,并没有展开写。

刘和顺是西北移民迁徙大军中的典型代表。他所经历的上口外是我国历史上一个非常重要的历史文化现象。西北广袤的土地上,移民迁徙和文化融合在不断进行,上口外不但使西北各族人民群众结下了深厚的兄弟情谊,而且改变着西北的经济社会发展,同时也丰富了西北地域文化。

三、一曲人物命运悲欢离合的正剧

上口外的路上,一人一把辛酸泪,一事一曲奋斗歌。这泪水、这歌声汇成了一首凄婉苍凉的诗,汇成了一条艰辛的路,也汇成了一段悠悠的创业史。在《上口外》这部作品中,尽管人物众多,但是每一个人都不同程度地承受着诸多的无奈,既不能逆转,也不能改变。刘运飞,一生坎坷周转,为了生计,本可以在兰州"口里香"饭店养家糊口,可是盘旋兰州上空的日本机群投下的炸弹把"口里香"饭店震塌,刘运飞和姚兰香被埋在废墟里,死里逃生。为了能安生,不得不回月儿湾,本以为就这样度过余生,后在恩人朱光华的牵线和于连成的引荐下,刘运飞成为吴忠堡康瑞庄的伙计,开始为康瑞庄商号收购山货。作为一个纯粹的商号伙计,他兢兢业业尽心尽力,但终因小人的一把火,一窑山货化为灰烬,刘运飞承受不住突如其来的打击,含恨离去,父亲刘文清无法忍受这样的事实,也怅然而去。

刘和顺,一生经历大风大浪,在吴忠堡康瑞庄干得顺风顺水,与丁家小姐丁瑞芳情投意合,可是一场变故,让他失去了初恋情人。痛苦和无边的思念,动荡不堪、民不聊生的年月,他将这份纯美的感情埋藏在心底,也曾幻想着有一天能和丁瑞芳重逢,一起构筑属于他们未来的美好生活。但是,这一切都是他美好的愿望而已,男婚女嫁,时不待人,曾经相爱的两个年轻人,因为世道的混乱、生计的困顿,彼此都重新开始了自己的生活。若干年后,当刘和顺在口外已经打拼下一方天地,再次见到丁瑞芳时,虽然岁月的变迁沧桑了彼此的容颜,但曾经的一对恋人再次相对时还能依稀地辨别出彼此的某种熟悉。双方不知道该说什么,内心却经历着五味杂陈的风暴,那份懵懂的爱、纯真的情谊,永远地被打上了死结。

刘秀君,这个倔强的女孩,心气儿很高,文化站看演出时因为不认识口琴而失落,加之不小心摔碎一只碗被父亲甩了一巴掌,"知心姐姐"蒋秀梅随便一句"上口外吧",激起了刘秀君愤然离家去口外的决绝。一路上,她忍受了蒋秀梅对她在态度上的变化,在口外蒋秀梅的舅妈家,她忍受着蒋秀梅一反常态的情绪变化,虽然遇到了爱情,却又不得不很快忍受失去爱人的痛苦,在口外艰难地撑起了一个家。

这些人物的命运是特定的历史背景下的世道造成的。这些人物不同命运的呈现,折射出人们的历史境遇,展现了人物命运的复杂多元与不同深广,启发了读者的深刻思考。

四、一份感人至深的民族兄弟情

"上口外"虽然仅三个字,却活化为一个文化符号,衍生出一段传奇,它不仅缔造出一部西北移民史,而且在促进各民族融合和文化交流方面发挥了极大的作用。他们为了摆脱现实的困顿,为了生存,一代一代冲向口外,谋求生计,繁衍生息,与新疆各族人民团结奋进,构成了一道独特的人文景观。《上口外》中刘和顺与艾孜买提、吾买尔提的交往就是民族团结友爱的缩影。作品主要集中在刘和顺第二次上口外时,通过艾孜买提等人的帮忙,暂住在腿有残疾的维吾尔族老人吾买尔提家。虽然存在语言上的沟通不畅,刘和顺的感激之情让老人明白,这个口里的中年人住进家里,往后就是一家人。热乎乎的土房子,咸淡适宜的奶茶,脆香可口的烤馕,美味的拉条子,吾买尔提老人一家对刘和顺没有任何排斥和抗拒,让冬日的严寒显得那么微不足道。在将妻儿老小接到口外时,吾买尔提一家早早等在村口,对三个娃娃特别疼爱。听到刘和顺举家到口外的消息后，来自不同地区的各民族兄弟姐妹齐聚吾买尔提家，共同感受着这份只有他们才能体会的民族兄弟情。滴水之恩，当涌泉相报，退伍回来的明明给吾买尔提大爷带回一双大头皮鞋，皮鞋送到吾买尔提大爷手里，老人不断重复着："亚克西！亚克西！"这一段段民族团结友爱的生动描写，让我们深深地感受到，上口外的人们在追求幸福生活的艰难道路上、在各民族的往来中，民族融合文化交流犹如一股清新之风，成为联系他们的精神纽带。

上口外并不是民族融合文化交流的开始，更不是结束。时至今日，上口外并没有停歇，依然有许多人或因创业就业，或因"一带一路"交流合作，或因党和国家事业继续着先辈们的脚印，继续为祖国边陲的现代化建设贡献着自己的青春和力量。同时，上口外也不是单向的，不断有上口外的人们再回到家乡，参与家乡的发展建设，也有原本口外的人们来到口内就业创业，为追求幸福生活与全国各地各族人民一起逐梦奋斗。

民族团结、合作互助、融合交流、扎根边疆、艰苦奋斗、共同发展、诚实守信等主题和精神贯穿始终，是这本书最重要的价值，《上口外》因具有鲜明的时代主题，重大的现实意义和独特的文学价值，是近年来的一部很有特色和分量的长篇移民小说。

苏璇毓，现供职于黄河出版传媒集团，宁夏文艺评论家协会会员。

温情与和解

——杨军民小说创作论

◎火东霞

一、日常生活的温情呈现

杨军民的小说主要以底层小人物日常的爱情、婚姻、家庭生活等为题材,书写他们琐碎的日常生活中的感动、妥协、坚忍与担当。用作者的话说:"在人心和道义的担当里,总有温情和感动,总有仗义和执言,总有阳光和雨露,为了真情,为了爱情,为了人世间的花红柳绿,海晏河清,我们有必要把那些纯洁的温暖和绚烂奔放的片段记录下来。"《只想和你唱秦腔》中的老栓子,是一个失去老伴七年、沉默寡言、任由生活推搡着亦步亦趋的六十多岁的老人。麻女子则早年丧子,丈夫瘫痪,只身一人推着丈夫四处治病,到一个地方就租一间房,一边给丈夫治病,一边卖凉皮求生。二人因为广场上的戏班子而偶遇,并由此生出了一段美好感情。但接踵而至的,不是二人希望的生活的些许亮色,而是儿女、婆家人的反对和恶意破坏。最终,老栓子在和麻女子完美演绎了秦腔《杀庙》后,突发心脏病离世。这段美好的情感戛然而止……小说中的主人公麻女子和老栓子虽然都曾经历过生活的磨难,但都始终保留着人性的温暖与美好。麻女子经历人生最大的磨难——儿子早亡、丈夫瘫痪,但依然是人们心中"妖精",她活泼爽朗,喜欢打扮,当生活的灾难突然降临时,她痛苦过,呼喊过。但当发现一切都需要自己去面对时，毅然而平静地选择了接受和承担。老栓子尽管在回忆中过着孤寂的生活，但无论是逝去的老伴毓秀的精明、能干，还是偶遇的麻女子的热情、泼辣，都让老栓子体验到了人生的幸福与美好。杨军民用他的细腻的笔触，不仅真实地记录了麻女子和老栓子生活中的挫折，更真切地记录了麻女子和老栓子生活中的感动。

《好爸爸》描写了离异的单身爸爸与女儿小娜之间的生活片段。爸爸酗酒，脾气暴躁，动辄打骂孩子，不关心孩子的生活，一旦生气会令小娜非常惊恐，小娜常常感觉自己生活在"冰窖里"。一次期末考试后的家长会，小娜的作文《我的爸爸》获得了全班最佳作文。作文中，小娜塑造了理想中的爸爸形象：温和、细致、耐心、慈祥，无微不至地关心和照顾着小娜。爸爸读完小娜的作文后，深受感动，开始努力向小娜心目中的好爸爸形象靠拢。渐渐地，小娜的成绩好了起来，人也变得自信开朗了。《光影》描写了曾经一起在烧瓷厂工作过的下岗工人们十年后的一次聚会，大家尽情地回忆、诉说、畅饮，再现过往或美好、真挚，或艰辛、无奈的烧瓷厂生活。聚餐的高潮，是徐二愣的出现，大家把 AA 制的饭钱都给了徐二愣，作为帮助，从而将聚餐升华为一种体现纯真友情的仪式。

二、日常矛盾的和解

杨军民的小说除了展示生活中的温情之外，也写生活中的矛盾的和解。杨军民说，每一个写作者"他们潜意识地抵御着权力，怀疑着世俗，他们一直在抗争而不是随波逐流"。但在杨军民小说中，这种抵抗与矛盾是温和的、隐忍的。如《狗叫了一夜》讲农村扶贫的故事，最应该被扶贫的哑巴爱球没有得到扶贫，只能通过偷窃来自我"扶贫"。在村委会主任组织的村里人的抓贼行动中，当大家发现竟然是爱球在偷窃后，抓贼行动变成一场大家都默不作声的"帮扶"行动。作为村委会副主任的海成，虽然屡次给哑巴爱球申请危房安置，村委会主任都不同意，尽管无可奈何，但并没有因此而放弃努力。等到工作组来验收时，他设法把哑巴爱球没有得到危房安置的事情反映给工作组，最终在工作组的支持下解决了问题。尽管小说触及了矛盾冲突，但作者在作品中并没有怒怼、愤恨，而是平静地让矛盾得到和解。

《金色狮子》用寓言、象征的手法描写了一个芥豆之微的小人物，某集团某公司某分公司下属一个车间的基层员工安仁的儿子结婚，请了十桌人，只来了几个亲戚和三个客人的故事。他虽然看到了很多同事都来到了儿子婚礼现场的迎宾楼餐厅，但是都没有参加他儿子的婚礼宴席，而是去了出嫁女儿的总经理的宴席。这件事情深深地刺痛了一生无欲无求、勤恳工作、温文尔雅的安仁，通过他的形象，展示了复杂的现实人生。类似的主题还有《活菩萨》《小诊所》《喝酒》《目光》等小说。

三、细腻贴切的细节捕捉

杨军民小说最大的特点是直指人心的细节、敏锐的感觉、贴切的感悟。列夫·托尔斯泰说过"艺术起源于至微"，用准确的语言把某一现象、某一局部突出、强调出来，同时将艺术的想象力诉诸人物、地域、历史与现实，得到直指人心、震撼人心的艺术效果，是文学作品显示人物的性情、特质与内核，获得永久艺术价值的关键所在。

杨军民认为："小说是生活折射出的一缕虚光；小说是一种一触即发的'势'；小说是对生活中一些零散元素的剪裁和戏剧组合，让平面的生活锐利而闪光；小说不是要告诉你什么，而是激发你想到什么。"用细节、感觉激发读者的想象并获得共鸣，是杨军民小说最动人的地方。小说集的第一篇小说《活菩萨》细腻、敏感、到位的细节想象与捕捉，深深地吸引了我，小说弥漫着压抑、痛苦、挣扎与无奈，那种熟悉的感觉、写实、细腻、淋漓的笔法展示了铁匠厄运连连、被误解和被嘲弄的传奇人生。似乎让人读到了莫言的《透明的红萝卜》中的小黑孩的感觉，小说故事压抑中浸润着畅快，畅快中笼罩着压抑。畅快在于作者流畅的想象和语言精准捕捉生活细节的能力，压抑在于发生在铁匠身上的三次血光之灾，使得他在人生最关键的时刻失去了最亲的三个亲人。他的小说无论写景还是写人、写感觉都非常注重在最细微处见功力,非常注重透过人的感觉去写景,使写作对象充满了灵性。

如写太阳落山后乡村的景象:"太阳刚被西山掩去,红霞肆无忌惮地漫染着天空,村庄如笼在流水般的红纱中。"(《活菩萨》)用"掩去""肆无忌惮"等写人的词语,传神,生动。又如写雨后清晨的村庄:"夜晚下过点雨,山野显得透亮,发面团般蓬松、新鲜,满世界透露着朝气,似乎连人也精神了。"用了"透亮""发面团"等想象的词语写景,以静化动。以上这种写景的笔法在杨军民的小说中如珠玑般散落着,静静地散发耀眼的光芒,这种很细腻、肯下功夫、贴切、到位的写作与当下浮躁、不安和自说自话的写作形成鲜明的对比。

在杨军民的小说中,也是善于用物化的语言来表现人物的行为、举止乃至性情。如写老头看老太太的头发:"细密黑亮的头发那么柔顺地拢在头上,像一领之地优良的黑绸缎,不,是两领黑绸缎,从居中的发际处流水般自然分开,柔顺地包裹着两侧的脑壳和脸面。"(《乡关何处》)写头发用了黑绸缎的比喻,用动词"包裹"形象地写出老太太头发的状态。比如写栓子第一次开唱:"声音从浓痰阻隔的嘶哑里挣脱了出来,身子也逐渐活络。沉潜在他身体里关于秦腔的那些细碎的零散元素,在锣鼓胡琴的吸引下一一归位,像一江春水汇集着流凌浩荡而来。"(《只想和你唱秦腔》)用"挣脱""活络""归位"具有地方语言特色的动词,形象生动地描写了栓子开唱的感觉。再如他写一个人失魂落魄的样子:"他那双满含忧郁无依无靠的双眼像两口深井,我很容易就陷入他的内心。"(《帮我出个主意》)

杨军民近两年几篇成熟的小说,深得西海固乡村语言的真谛,或调侃,或荒诞,或畅快淋漓,或情意绵绵。用细节讲述生活,用细节展现生活的五彩斑斓,是杨军小说最大的成功之处。

杨军民的写作场域为汭河,正如曹雪芹的大观园、沈从文的湘西、陈忠实的白鹿原、莫言的高密东北乡、徐则臣的花街、李进祥的清水河,等等,作家写作场域的确定,代表了作家在时间、空间、物质、精神等层面上的无限拓展和衍生,也是作家的创作雄心和梦想的展示。我们期盼着这样一个虔诚的写作者,以汭河或其他的什么场域为时空,驰骋他的想象,表达他更为高远的温情与和解。

火东霞,宁夏能源学院教师,宁夏文艺评论家协会会员。

雪隐鹭鸶飞始见

——李进祥小说内敛之美管窥

◎王自忠

在宁夏文坛,李进祥是无论如何也无法被忽略的作家。他本人和他的作品多次进入众多评论大家的视野,被全方位、立体式评析和解读。著名评论家、中国社会科学院文学研究所研究员李建军认为,李进祥是一位很优秀的作家,他的小说朴素自然,作品中充满了安定的、宁静的东西。著名评论家、中国当代文学研究会副会长孟繁华称赞李进祥的"底层写作"蕴含着深切的悲悯目光,用最大的善意书写了人间的善和美的关系。宁夏文艺评论家协会主席郎伟称李进祥的小说言近旨远,善于以小见大,小人物、小故事背后有着穿透人生的艺术力量。宁夏文艺评论家协会副主席、宁夏社会科学院研究员白草说,李进祥总是睁着一双不知疲倦的眼睛,注视人间的不幸,读他的小说,我们感动于那种对人性的同情。宁夏文艺评论家协会秘书长王晓静评价其作品没有明确的批评,只有真实的暗示与浓厚悲剧色彩的叙事,思想和意蕴体现了作者对生活方方面面深入的探索和理性的思考。

李进祥的英年早逝,是宁夏文学乃至中国当代文学的一大损失。怀念李进祥,只有反复阅读其作品,珍惜他留给人们宝贵的文学财富。

了解李进祥的人都知道,他的创作在中国古典文学中汲取了丰富的养料。《聊斋志异》《三言二拍》一直是他的枕边书。他的小说以讲故事见长，借一个个凄美、感人的故事，深情注视着当下。而且，对西方文学，李进祥也是情有独钟。也许是受他所青睐的美国著名作家雷蒙德·卡佛简约主义风格的影响，李进祥的作品常在温婉又充满温情的叙事中，闪烁着内敛艺术的光芒。从文学层面上讲，无论是情感的渲染，情节的把控，还是思想的升华，他的这种表达的内敛性，不是回避，也不是驾驭技巧的缺憾。相反，是狂风暴雨倾泻后的收缩，是极尽绚烂后的宁静，是夏花怒放后的沉寂。这也算是李进祥作品的另一层文学意义吧。

节制的奔放——清水河现象

李进祥的清水河系列应该算是中国当代文学独有的现象。作为自清水河走出去的作家，李进祥给世人留下了无法抹去的清水河记忆，他的"走不出清水河"，使得钟情他作品的读者对清水河"耿耿于怀"，情难自抑。

清水河是宁夏南部一条不起眼的小河，苦涩，盐碱成分高，在生产力和生产资料高度发达、充足的今天，既不能灌溉，也无法作为生活用水。但在物资匮乏的曾经，清水河算得上一条母亲河，她不光供两岸人民洗涤、饮用，还因其清冽、舒缓和昼夜不停的属性，成为两岸人民坚守清贫、坚守包容、坚守坚忍的象征。

不难想象，作为独有的创作资源，搁在任何一个写作者笔下，定会大写特写，汪洋恣肆。出乎意料的是，始终对清水河抱着感恩、崇敬心态的李进祥，落笔节制，舒缓又从容，似乎过多的描写和叙述，是对河的不敬，在亵渎河。比如《换水》，除了"清水河里的水，咸水，却似乎有股冲击力，洗到哪儿，哪儿就干净了"和"清水河的水好，啥病都能洗好"外，再找不出任何详细描摹河的句子。

这种内敛式处理，不仅没有弱化清水河，反而确立了他的文学版图，形成了当代文坛独一无二的清水河现象。

《女人的河》《换水》《口弦子奶奶》以及《鹞子客》尽是发生在清水河边

一个叫作河湾村的小村子里,饮着清水河水长大的小人物身上的故事。这些故事,或凄婉,或忧伤,或悲凉。每一个人物无不令人唏嘘,每一个故事莫不叫人叹惋。他们与清水河同呼吸,与清水河共命运。尽管人生的道路曲折、多舛,但他们像昼夜流淌的河水一样默默地承受着。《女人的河》里的阿依舍、《换水》里的马清和杨洁、《鹞子客》里的黑舌头和"下马羊"……这些渺小的人物,能够在窘境中不屈不挠地奋斗和打拼,靠的就是自我疗伤、自我牺牲和自我救赎的清水河精神支撑。

《女人的河》中,河水流淌像平淡无奇的日子一样波澜不惊,日子像流淌的河水一样平淡地过着。河与阿依舍互为从属关系,既是女人的河,也是河的女人。河的流淌充满了力量,"水瓢触到水皮上,水有一股柔软的力量,它好像不情愿被舀破了,女主人公一使劲,水瓢才吃到水里。舀起一瓢水,水面并没有出现一个坑,舀过的地方立刻又恢复了原样。水的伤口比人的容易好。阿依舍舀满了两桶水,清水河还是没有一丝变化"。

看似温婉、温柔,却象征着力量,象征着隐忍的清水河,承载着她朦胧的初恋和情感轨迹,容纳了婆婆一家的日常和变故,隐喻着人生的蜕变与升华,"阿依舍忽然间长大了,成了一个真正的女人。她有些依依不舍地看着清水河,像看着一个慈眉善目的长者。清水河却浑然不觉,静静地流出一个大弯,到远处瘦成了一条蛇"。

"新家一天比一天小,几乎要看不见,快被一群大楼吞没了,有时要使劲伸脖子才能看到一半儿。那一回,他怎么努力也找不到,就有些着急,似乎他的小院连同杨洁都被群起的楼群挤没、吃掉了。"这段文字,是《换水》里在城市挣扎的马清的感受。城市化进程将乡村和村民逼得几近无路可退,而城市还在逐步吞噬农耕文明,蚕食着比乡村里的禾苗还要脆弱的淳朴与宁静。

马清和杨洁的遭遇令人同情。在城里,身强力壮的马清,因工伤落下残疾,由收入较高的瓦工到零工,后来连零工也没有他能打的,便去做清洁工。杨洁由马清理想中的要变成城里人,到做小贩,再到风尘女,继而染上性病。夫妻二人在城里打拼的唯一本钱就是身体,却落得两人的身体均不行了,均做不了挣扎的本钱,只好回清水河。

"咱回家,清水河的水好,啥病都能洗好!咱回家!杨洁一脸一身的水珠,看不出是水还是眼泪。"文尾点睛之笔,读得人揪心。清水河是千万个马清和杨洁的希望,是河两岸人心灵的灯塔。当一个个希望化作了泡沫,心中的唯一指望就是清水河了。

某种意义上讲,《女人的河》与《口弦子奶奶》既为清水河两岸女人幽而不怨的生活哀叹,也为清水河立传。探寻河水的不以物喜,不以己悲,了解了河水的平静、沉着与内敛,便能坦然面对多舛的生活,感悟生命的高贵。

雪隐鹭鸶——隐匿在故事背后的真情

李进祥的小说,所要表达的情感,所关注和同情的对象,所鞭笞的现象,大多是在不可捉摸中展开,即使发展至高潮,也是隐约又含蓄。他的叙事,很少有表面化、现象化的简单呈现,即便是阅读层次较高的读者,也很难轻易根据文本的开端揣测出人物的命运走向和故事的结局。相反,随着文本的铺开,我们不得不叹服作家所持的含蓄、不事张扬的叙事风格及遵循的内敛原则。

短篇小说《害口》就是很好的佐证。桃花矛盾又难以言明的心理、情感,始终隐隐约约贯穿着文本。桃花和杏花是闺蜜,珍惜和杏花的感情,恰好同时害口(怀孕)。桃花的丈夫李子在城里的餐厅做厨师,老板娘就是杏花。李子风尘仆仆回来给杏花找寻腌白菜、咸韭菜、雪里蕻之类,桃花误以为是李子得到她害口的消息,专门回家找给她的,忍不住把一小盆凉粉吃了个精光,遭到李子的斥责。出于对李子的体谅,出于对杏花性格特点的了解,桃花既没争辩,也没做解释。在桃花身上,中国妇女善良、忍辱负重、勇于牺牲自我的精神体现得淋漓尽致。

"也就是在黄昏的时候,桃花流产了。"这样一个无悬念又蕴藉的结尾,叫人无法释怀之余,更多的是黯然神伤。

《口弦子奶奶》没有过多的铺陈和张扬,借口弦子奶奶凄美又令人伤感的一生,对人世间的不幸做了深层挖掘。人生的无奈、生活里的幽怨和儿子溺水身亡的悲惨,在哀哀怨怨、如泣如诉的口弦子声里,一个花儿样的少妇——口弦子奶奶的生命像飘飘的飞絮样陨落。

而《鹞子客》似乎是又一次人间真情的隐忍式书写。

文本几乎没有一个涉及鹞子客和"下马羊"恋情的字眼。只是在文末,妙笔生花般点拨,读者才恍然大悟,原来鹞子客不要钱只要管吃管住的超低条件,带着鹞子来村里驱赶麻雀是一出百里寻情戏。鹞子客不愧为一痴情汉。对待鹞子客和"下马羊"懵懂的恋情,作家笔下更是节制得吝啬。当初,鹞子客和"下马羊"互相中意,尤其"下马羊"情窦初开,视鹞子客为意中人,只是鹞子客也许少不更事,一开始并没把事情当回事。及至"下马羊"远嫁后,鹞子客如梦初醒,急急追寻他的初恋时,已是时过境迁。被村里人当奸夫淫妇暴揍后,无可奈何花落去,"踉踉跄跄地走了"。

小说只留下一个含蓄又渺远的结尾:"这以后,再没见过他。倒是他的那只隼儿鹞没能带走,成了野物,时时地在村子四周飞过,隼儿鹞身上铜铃的声音传得很悠远。"与鹞子客和"下马羊"若隐若现的恋情不同,《花样子》中,如花似玉的花样子和土匪、刑满释放犯努单之间的纠葛更像一层雾样迷离、莫测,读者只管展开想象的翅膀,尽情演绎这两个人的故事。正是花样子和努单若隐若现的故事线索,我们才能充分领略李进祥对于小说人物情感世界内敛式处理的技巧和机智。

马成和林娴儿,同是天涯沦落人,同样来自农村,在城里打拼,各自有各自的成就,又各自有各自的辛酸,也同样因婚姻危机、感情危机浮萍样飘荡在城里。没有任何城市根基的马成,遍尝了创业的艰辛、难堪、无奈,透出的不仅是生存的尴尬。他和林娴儿均缺个温馨、和美、甜蜜的家,可现实往往就是这样残忍,正如俗话说的,理想很丰满,现实很骨感。对于马成和林娴儿来说,一个温暖的家,对于绝大多数人来说不算奢侈,却是他俩的一种妄想,一种奢望。虽然马成在城里买了房子,只不过是一座缺乏情感、没有烟火气的建筑。畸形的、尴尬的情感现实，让他们觉得，真正的家，像天堂一样遥远（《天堂一样的家》）。

不动声色——从卑微到高贵

法国作家罗曼·罗兰说过，世界上只有一种真正的英雄主义，就是认清了生活的真相后，还依然热爱生活。李进祥的作品无一不是关注生活，关注当下的世界，关注身边的人。他的文字，在不动声色地探讨人性的善恶时，彰显他的忧虑、焦灼以及至善情怀；在对道德的缺失、善良的缺席进行无言的挞伐的同时，凸现隐藏在卑微里的高贵，往往通过一个事件、一场冲突、一个场景、一句话、一闪即逝的表情乃至一个眼神，化干戈为玉帛，冰释前嫌。

《一路风雪》中，尽是不顺甚至龃龉之事，似乎生存和生活艰辛了，人的观念和行为方式也不怎么靓丽。遭遇了挨饿、愚弄、车祸和被稽查队撵着离开抓发菜的草原等波折，各种的蝇营狗苟及村长的恶念终于在一场大雨里画上了句号。抓发菜的艰难让这些怀着发财梦想的村民的良知最大化复苏，大家终于意识到，靠原始的、粗野的掠夺式劳动，只能丧失更多的尊严和人格。由是，叫杨明凑学费、让马老师安心多教出几个娃娃成了大伙的共识。

值得称道的是，人性中善的复苏，观念的觉悟和觉醒，文尾以不足200字点拨，真有四两拨千斤的效果。

《挣脸》和《剃头匠》异曲同工，可以算作姊妹篇。

《挣脸》中的兰花，对待曾经的闺蜜菊花（夺走了兰花丈夫）时，瞬间诞生出泯灭仇怨的高贵，悄无声息地化解恩怨。兰花久久郁结于胸的念头的消弭，在作家笔下也是轻轻一点："菊花刚准备下炕去收拾女儿，却忽然又坐下了，也流出两行眼泪来。兰花看着这一家人，心里也是一酸，刚才心里冒出的那个念头也消失了。"兰花的报复心理始终纠结着，矛盾着，最后的一刹那，划向菊花脸上的瓷片划破了自己的手指，流出的鲜血，是宽容战胜了恶念,高贵战胜了卑微。鲜血涤荡了自己的灵魂,震撼着读者的心灵。

《剃头匠》也是,耿耿于怀了几十年的剃头匠,自给马德全临终前剃头那刻起,终于彻底消除了杀心,熄灭了心底复仇的火焰。他原谅杀父仇人马德全,事实上是自心底里释怀了,坦然了,从而实现了心灵的自我救赎。

《遍地毒蝎》《屠户》和《宰牛》是有着相似属性的三个短篇。三个主线人物都或直接或间接地杀害了自己的儿子。《遍地毒蝎》中的瘸尔利,虽然也生活在农村,但相较于村里其他人,脑子活泛,有着奸商的机敏和狡黠,即便残疾了,也想着法子赚本村那些老实巴交的农民的钱——低价收进高价贩出蝎子,到头来,落了个儿子不幸被毒蝎蜇死的下场。《屠户》中的屠户,一心想成为城里人,让儿子在城里落地生根,却落得个断送了儿子性命的结局。《宰牛》中的易卜拉欣,在世俗的嘲讽和鄙视中,怒火的恶魔唆使他极度自卑又渴望着发泄,在狂怒中失手打死了自己年幼的儿子。

这三个短篇,最能体现李进祥的隐忍情怀。处在社会转型期,在世风日下的现实面前,精神和物质均在窘困的海浪里扑腾的瘸尔利、屠户和易卜拉欣们,迷茫又困惑。反观李进祥,没有品头论足,更没有一味地讥讽和抨击,而是秉持隐忍原则,以悲悯的目光注视着。"他想装个假腿,他想重新站起来,他打问过了,装个假腿,最便宜也得七八万块钱。……手头没钱,别说装假腿了,就是养活一家子人也难。"瘸尔利的生活几近变得简单到防三偷——偷蝎子,偷东西,偷人,还防不胜防。对瘸尔利的哀其不幸,远远大于怒其不争。就连这点情绪,也仅仅是深藏在平静的叙述中。

尽管内敛,李进祥冷静的笔调下,不乏巨大的张力。"牛肉堆在一块塑料布上,软塌塌的有些乏气,像城里午睡的女人。下水堆在翻放的牛皮上,坦诚得像刚进城的农民,还冒着傻傻的热气。四个牛蹄子散在一边,各自都失去了方向,和屠户刚来这个县城的时候一样,显得无所适从。牛头靠两只角的支撑戳在地上,一改平日里低眉顺眼的姿态,突然扬起了下巴,跟老庄子上发了点财的马达吾一个德行。牛嘴微张着,喘气的样子,似乎费尽了力气才挣脱了累赘的身体,这会儿又要挣扎着摆脱土地,飞到半空中去。它以为摆脱土地就那样容易。"细细读来,这不隐喻着城里人和乡下人吗?尤其"它以为摆脱土地就那样容易"一句,将乡下人思想的单纯暴露无遗。

《宰牛》里的易卜拉欣是谁?是千千万万个本本分分的老实人,是恪守着道德底线而面朝黄土背朝天的农民,他们憨厚,诚实,不敢做出半点有违做人原则的事情。他只因适应不了瞬息万变的花花世界,日子过得捉襟见肘而被人小瞧,连自己的父亲、婆姨也小看几分。有钱汉弟弟伊哈亚尽管钱财来路不明,但暴富了,宰牛宴请全村的人,就被大伙包括父亲高看一眼。一母同胞,云泥之别。人世的浅薄、势利,尽在从容的叙述中。作家深深的同情与伤感,也蕴含在含蓄的讲述中。

再如《挂灯》《向日葵》《换骨·乏痨·黄鼠》《四个穆萨》《我就要嫁个拉胡琴的》等篇,李进祥采用逆向思维方式,理性地审视如火如荼的城市化进程,为淳朴、洁净的丢失,为底层生活者的困顿焦虑,对于依附农耕文明生息的非物质文化遗产的消弭,表露出他的深度遗憾。

另外,李进祥的创作速度和创作量从来都呈现出"慢工出细活,文火熬老汤"的态势,每年也就三两个短篇,却篇篇精品。

也许,李进祥生来就是为了悲悯地关注、观照这个世界,这也或许是作家短暂又令人叹惋的生命的另一个意义。

暗潮涌动下的人生

——评张学东的小说《暗潮》

◎董昆鹏

　　张学东在《暗潮》这部小说中流露出一种对现代人和现代生活的反思、批判意识。小说主人公白东方在生活和工作中都被一种集体意识裹挟，从而逐渐失去自我，这既反映了当代人的一种生存困境，也揭示了在生活的暗处，那些悄悄涌动着的各种力量对人的胁迫。整部小说反映了个体在社会、家庭、自我心理等众多因素的合力下，在生活暗潮的裹挟中被迫进行改变，以及在被生活异化的同时，又不断地进行自我重建的过程。

一、暗潮中的个人与集体

　　小说《暗潮》的主人公白东方，是米川机场中的一名小员工，在米川机场这个大的组织机构中，对职场规则的拒绝又迎合，对自我命运无法把控等，导致了他在社会生活中的无力感和挫败感。在家庭中，白东方和妻子因为生活理念的不和，关系逐渐恶化，最终婚姻以悲剧收场。在职场和家庭一连串因素的作用下，生存的压力迫使白东方逐渐异化，他从一个不重名利的人，变得巴结领导，和同事钩心斗角，但是他所做的一切并没有让他达到自己的目的，反而造成了更大的精神空虚，这是小说中展现的让人压抑和无奈的现实。

　　整部小说从米川机场1993年的一场空难写起,在这场空难中,白东方父亲的不幸去世,不仅造成了白东方巨大的精神痛苦,而且导致了白东方生活的巨大转变。白东方的父亲和米川机场航空局局长齐开河年轻时是战友,他又是齐开河一手提拔起来的,所以在他去世后,很多人都暗示白东方找机会向局长要一份好的工作。但是白东方心里对这件事是拒绝的,他觉得他不能用父亲的去世和局长讨价还价,他坦然接受局长的工作安排,去了大多数人不愿意去的边远台工作。

　　在边远台工作时,对于团委冼干事想要拉拢他去团委工作的好意,白东方拒绝了,他从心底里不喜欢工作上这种相互拉拢的裙带关系。当他想到自己同意齐局长安排去边远台工作,是不是也有"靠"的想法时,他觉得自己很虚伪。从白东方在工作中的态度可以看出来,他本性中的功利意识是比较淡的,在工作中他不愿意被集体中的不良风气裹挟着向前。但是白东方的这种心态和当时的整个民航局潜在的职场规则是相悖的,这也导致了他日后在工作中的受挫。

　　在米川机场,白东方身边的所有人都在为工作而钩心斗角,每个人都想着怎样得到更好的工作机会,从边远台站的小薛、韩组长到局办的冼干事、杨秘书等人,都是费尽心机想得到一个好的工作,有些人甚至为此不择手段。白东方本性中还坚守底线,但是,如果不想脱离民航局这个大的组织机构,他的坚守就注定是无力的,他注定会在大环境的裹挟中融入集体洪流。

　　在工作中,白东方因为无法逃离米川机场这个庞大的组织机构,不得不承受环境的压迫。家庭生活中,妻子李丹也在尽力地想把功利的观念传输进白东方的脑子,让白东方知道"上进"。白东方父亲去世后,李丹就劝白东方向局长要一份更好的工作,从她对白东方出任团委干事的鼓励,也能看出她在工作中极强的功利心。李丹和白东方为人处世的理念非常不同,婚姻生活中他们又对彼此的真实想法既不了解也不在乎,以至于他们的婚姻最终走向破裂。

不论是在工作上还是在生活中,白东方都处于一张功利组成的网中,这种无处不在的力量裹挟着他,也压迫着他。他想逃离出这种力量的裹挟几乎是不可能的,所以在现实生活中,他是无奈的,身处在这种集体意识的裹挟中也造成了他的精神痛苦。

二、暗潮中的挣扎与拯救

工作岗位的频繁变动,让想要安分守己的白东方变得躁动,一次次对自己命运无法掌控的挫败感和不幸的家庭婚姻生活,使他的性格发生了巨大的变化,他开始注重自己的利益需求。白东方也察觉到自身的变化,开始的时候他还会对自己的行为生出愧疚之心,如过年时他鬼使神差地去给欧阳书记送礼,他内心对自己这种行为进行反思和批判。这时的白东方在逐渐被改变,但是还有一丝清醒的理智,还在集体争名夺利的漩涡中苦苦挣扎着。而在蔚蓝大厦工作以后,从开始想着怎样和别人钩心斗角,到最后不惜用一些下三烂的手段让自己获利的时候,他则完全被生活异化了。

蔚蓝大厦的主要领导者是白东方、殷大姐和邱达同,白东方在和殷大姐关系恶化后,就很快接受邱达同"统一战线"的好意,使得两个人在蔚蓝大厦的地位更加稳固。在大厦出事,新书记调来之后,出于对自己利益和前途的考虑,他果断地抖出邱达同在爬山时故意踢石头砸伤殷大姐的事实,从而将邱达同逐出了蔚蓝大厦的领导圈子。此时的白东方已经完全被改变了,他成了一个彻头彻尾的利己主义者,小说对于他在办公室里用刀划破手掌,体会鲜血涌出时的痛感描写,让我们看到了性情变化后白东方的狰狞与可怕,也深切感受到了他在暗潮裹挟下的无助和痛苦。

生活中无处不在的暗潮,使白东方逐渐丧失自我,一步步走向异化之路,同时,这种在生活暗处的巨大力量,也导致了白东方的婚姻变故,他和妻子李丹的婚姻以极其悲惨的方式结束。白东方在生活的暗潮中走上了自我异化之路,失去了自我,也失去了家庭。在工作中,他虽然不惜一切维护自己的利益,但命运仍然不能掌握在他自己手中,前途仍旧像烟雾一样不可捉摸,也导致了他更大的空虚失落。这样的人生悲剧不仅让我们看到了人性的妥协,也让我们看到个人力量在集体力量中的薄弱,个人被集体裹挟的无奈。白东方潜意识中对诱惑的抵抗和对自我的坚守也使得他最终得以从庞大的利益斗争中解脱,从而实现自我拯救。

三、暗潮中的希望与新生

白东方自我拯救的实现,和他潜意识中对自己本心的坚守有很大的关系,但是也离不开父亲与纪清和这样的老一辈革命家对他的影响和教诲。虽然白东方的父亲在小说的一开始就不幸离世,但是父亲对白东方的影响是深远的。白东方的父亲在米川机场工作时不怕吃苦,甘于奉献,他身上有老一辈民航人的奉献精神,白东方身上有着像父亲一样认真工作的态度和不为名利的本性。白东方在拜访纪清和局长时,老人家对白东方进行了一番教诲,让白东方好好干业务,不要忘了在民航工作靠技术业务才是安身立命之本。这样一位老革命家的真诚教导,也潜移默化地改变了白东方自己对工作的态度。

父亲与纪清和的影响与教诲对白东方的自我转变起着重要的作用,前妻李丹的患病也是唤醒白东方良知的一把钥匙。白东方在得知李丹身体有肿瘤之后,整个人幡然醒悟,他觉得自己曾经一度向往的那些所谓的权力和地位变得一文不值,感到身心疲惫和精神恍惚。他意识到了自己以前的错误行为和想法,开始反思自己的生活。生活中一系列的事情也使得白东方彻底改变,他厌倦了尔虞我诈的生活,不再为了自己的利益而处心积虑、不择手段,而是开始珍惜眼前的生活,这也让他在生活中走向新生,放下了心灵的重负,找回面对生活的希望和信心,走出生活的泥淖。

小说中暗潮代表的不是毁灭的力量,暗潮中还孕育着新生。在小说的最后,白东方幡然醒悟,当他双膝跪倒在父亲坟前,沐浴着山野清新的空气和灿烂的阳光时,他几乎能清晰地感知父亲的存在,那是超越了时空和肉体的交流,那是父亲曾经注入他生命中最初的力量和源泉正在体内静静流淌。他最终明白这些年他一直都在辜负父亲的期望,与父亲的初衷背道而驰。他一直抱有不切实际的幻想,并要从中得到实惠乃至飞黄腾达,可一路蹒跚走来却发现,自己只是被蒙住双眼不停拉磨的驴子,非但没有如愿以偿,还眼睁睁把生命中最重要的东西给忽略了。所幸等他幡然醒悟的时候,一切都还不晚,他还可以重新去拥抱生活的美好,过上自己理想中的生活。最后,白东方放弃在工作和生活中的功利追求,整个人对你争我夺的功利斗争开始释怀,变得坦然自若,走向了生活的新生。

《暗潮》也延续了张学东多年来小说创作的一贯风格,即从描绘底层小人物的生活,进而展示大的社会环境,在作品中反映着重要的社会问题。张学东是一位具有社会责任感和悲悯情怀的作家,他虽然不断描述底层民众的苦难生活,但绝不局限于对社会问题层面的考察上,而是深入人物的内心,着力剖析人物的心理状况。所以在这部小说中,我们既能看到当时的社会风气,同时也能看到像白东方这类人内心的苦痛与挣扎,并且产生深深的共鸣。

张学东从描写西北这片干涸的土地出发,笔尖由乡村逐渐向城市延展,在展现人心灵挣扎的同时,注重时代中的社会问题。这不仅使我们看到了一位作家的成长,而且也看到一位作家对社会的责任感和创作的使命感。

董昆鹏,宁夏师范学院文学院在读研究生。

一曲为农民工谱写的苦涩悲歌

——读邹生义的中篇小说《沙魔王工地》

◎ 贺 彬

　　说实话,我一向对农民作家写的作品或多或少还有些小偏见,总认为他们不是科班出身,作品的艺术水准不够;但当我把邹生义的作品连续读完几篇之后,自己原来极不成熟且幼稚、狭隘的想法有了彻底的改变。《沙魔王工地》是一部视角独特,主题思想深刻,有着鲜明语言特色的小说。小说以"我"的打工经历为主线,以豹子、山狼、小山汉及胡日鬼等众多人物为副线,细腻而传神地再现了一段农民工打工生活的真实片段。中国改革开放四十年了,处于极为关键的社会转型时期,各种社会矛盾和问题日益凸显。近年来,从依赖土地解决温饱到逐渐脱离土地融入城市,为自己的人生梦想而打拼的农民工这一特殊弱势群体越来越受到更多人的关注。他们生活处境如何?他们的生存状态如何?这也许是目前或今后一段时间里,整个社会所普遍关心的一个民生问题。我认为,只有正视并努力去解决,才能有社会的和谐与稳定。《沙魔王工地》的问世,从一定程度上来说顺应了社会大众的整体要求,读完这篇小说,我们会从中受到更多的启发与思考。

　　文学作品中形象的塑造是客观社会生活的真实再现与作家主观的认知、情感、思维的有机统一。人物形象塑造的成功与否,直接关系到作品质量的高低。当下,有些文艺作品或多或少弥漫着一种追"风"或追"星"的媚俗倾向,给人的感觉是稍稍远离了生活的烟火和应有的人情世故,而能够带着底层百姓的心声,不折不扣地真真切切地反映百姓酸甜苦辣的好作品更是凤毛麟角。一个在乡村生活多年的农民能够以敏锐的目光,传神的文字,很有深度地写出《沙魔王工地》这样上乘的艺术作品,是可喜可贺的。

应该说,《沙魔王工地》为读者所展现的环境是典型的,无论是作品中人物所处的社会环境,还是农民工打工的工作环境、生活环境都是客观存在的。真实的东西往往最能触动人的心灵,真实的艺术形象也往往会给人们带来震撼心灵的力量。尽管作品中所塑造的人物形象还不够鲜明,但瑕不掩瑜,这也丝毫不会减弱作品的整体效果。我们完全有理由把它当成是一篇生动、典型、鲜活的纪实文学来理性地进行阅读,因为它是由10个章节组成的,而每个章节都是一个完整、独立的小故事,每个小故事之间又一步步地推动着情节的向前发展。作品散发着浓郁的生活气息和时代气息,真实、客观、形象地再现了一群农民工在异乡打工的辛酸历程,一个个鲜活、生动的人物,一幅幅荡人心魄的工作场景,一件件揪心、伤感的往事,无不让我们感受到农民工的艰辛与不易。他们是城市的建设者,我们没有理由瞧不起他们,我们更没有理由对他们说三道四,我们应该对他们充满敬畏之心和爱戴之意。作品弘扬的主旋律是高昂的,呈现的艺术手法是多样的,传达出了社会向前发展的正能量;同时,对拖欠农民工工资这一丑陋社会现象也进行了辛辣的讽刺和无情的披露。

沙魔王工地的女监理对工作负责,显得十分泼辣。从"你这点贴了个肚子,全给我扒掉!""不扒你就给我卷铺盖卷滚蛋!""叫你扒你就扒,还啰唆什么?"等句子中就可以清晰地看出。说话粗鲁的豹子,胆小怕事的丁三,和稀泥的金大,信口开河的乌鸦嘴,为工地老板跑前跑后、助威帮腔的工头胡日鬼,对女监理履行职责的常规行为都有不同的看法和认识。他们的言谈举止无不透露出当下部分农民工素质的低下。"我"的搭档是个不幸的底层妇女,和胡日鬼的私交非同一般,她和丈夫靠打工来维持生计并供应一双儿女读书,日子过得极其艰难,正是依仗着胡日鬼的庇护,她才敢溜三溜四，消极怠工。从藏胶桶、丢胶桶到打架，无不折射出农民工内部之间的钩心斗角。袁大头被打伤之后，在医院压根儿没待几天，就忍着疼痛出院了，因为没人支付医疗费用。小山汉和情人之间打骂不断，他们之间的关系仅仅靠着打工挣来的血汗钱维系着，一旦拿不到工钱，情人便离他而去。胡日鬼一副小人得志的样子，对待老板像个"哈巴狗"，对待自己的工友像个"大狼狗"，他吃喝嫖赌无所不干。豹子粗俗而又狡黠，从砍牛腿，"我"为他买矿泉水，出"我"的洋相，让"我"为他作诗等细节描写中均可以看出。山狼是豹子的死党，耿直但不懂得尊重别人，他的言行常常招来周围人鄙视的目光。"我"是一个饱读诗书、通情达理的乡下秀才，有些自命清高，谁知一段艰难的打工经历使"我"原来那一套文绉绉、软绵绵的做法被无情冰凉的现实撞击得粉碎，面对着老板的发难，有的是一种对自身合法权益的正当维护和对金钱、权势的蔑视。星星家园里的豆腐渣工程带给人的警醒作用是不容忽视的，读者看后，一股毛骨悚然之感都会立即穿透全身。工地上饭菜质量的低下，必然要引起农民工的不满，围着饭锅抢饭，到街上下馆子，在工棚里下棋等这些司空见惯的生活细节被作者描写得淋漓尽致，真是满言真心话，一把辛酸泪。他们的辛酸，他们的无奈，他们的惆怅，有谁能够理解？他们只有以正常的心态把自己心中的压抑与愤懑用适合自己身份的语言、行动尽情地释放出来，表述出来，发泄出来；或许，他们才能求得心理上的平衡。"火（祸）起萧墙"写的是第二次罢工的事，工地王老板尽管在承包工程的过程中也有自己的难言之隐，但他置农民工的利益于不顾，总是以这样那样的理由拖欠农民工的工资，导致农民工们怨声载道，群情激愤；十二楼的一场大火是一群好心的农民工自发组织，及时扑灭的，但这并没有给他们带来好运，讨薪之路依然遥遥无期。

我粗略地统计了一下，《沙魔王工地》中的人物有十五个之多，但刻画最成功的要数豹子和山狼这两个人物了。那么，如何理解豹子和山狼为养家糊口，背井离乡，在建筑工地上遇事不怕事，天王老子第一，及时行乐，又不乏持有自己的主见，善于走"上层路线"，能把自己的既得利益的损失降到最低的性格特征。笔者认为，中国农村传统的一家一户的经营模式，使得许许多多的农民在生存空间相对宽松的环境中，养成了自由、散漫、不受约束的生活习性，豹子和山狼当然也不例外。但人的本质是社会关系的总和，既有自然属性，又有社会属性。每个人身上都肩负着一定的社会责任。这一点，豹子和山狼是十分清楚的。在建筑工地上，豹子也算是一个有技术的大师傅了，但他的脾气暴躁，性格粗野，说起话来一副玩世不恭、粗俗不堪的样子，他自私自利，目中无人；他自傲自大，故作聪明；他为人处世事逞强，固然与他成长的环境、性格有关，但素质低，缺少必要的组织、纪律观念，缺少一种大工业革命对其自身的历练是重要原因。正是这种根深蒂固的劣根性、封闭性、传统性、保守性、狭隘性的小农经济意识，使得他们为所欲为，目空一切，我行我素；但直观的、立体的社会现实深深地影响着他、教育着他。他像豹子般狡黠、机警，他懂得要和老板搞好人际关系的道理，也清楚地知道和同伴相处的重要性；因而，他比谁都精明，他的脑子转得比谁都快，他不时地在平衡着老板和工友之间的关系。他能把自己的工资从老板的手中要得没几个了，就不难看出他性格特征的复杂性和多样性。

当前，凡是有良知的作家，都要以高度责任感、厚重的历史感和深沉的现实感去静观时代风云的变化，常怀感恩之心和悲天悯人之情，用一双慧眼去观察人间冷暖，用平凡的脚步接通地气，丈量人生的行程，去捕捉思想的火花，以各种丰富多彩的艺术表现形式来展现新时代在行进中所发生的一切，引领读者朝着心中憧憬的地方一路奔去，寻找更多出彩的机会，为中国梦的实现添砖加瓦。毋庸置疑，《沙魔王工地》从总体上来看，属于叙事性文学作品，人物、事件、场面、环境以及各类矛盾冲突安排得还不尽合理，但来自底层活生生的农民语言无疑为这部作品增添了色彩鲜亮、清晰可见的精神光泽。更难能可贵的是作者在塑造性格迥异的人物形象的同时，还在这部小说中，以理性的态度，质朴的笔调向读者充分展示了农民工食宿条件的恶劣，工作环境的险恶，劳动强度的超负，讨薪罢工的愤怒，讨不到工钱的无奈，启示更多读者都来关心农民工的生存现状，这无疑是有着重大现实意义的。

《沙魔王工地》的艺术成就和思想价值是值得肯定的，但我们把喧嚣、纷扰的思绪沉淀之后，冷静下来仔细地想想，这部中篇小说尚存在着一些概念化、说教化的缺点，人物形象的塑造应重点考虑从人性的角度去挖掘、去提炼，胡日鬼的形象稍显得有点模糊。在某些特定的场景中，在故事情节发展到高潮的关键节点，他的有些言语也并非出自他的真心。但不管怎样，胡日鬼这个形象的出现无疑是一个难能可贵的尝试。

需要说明的是，我和邹生义是同乡，对他个人及家庭情况还是有一定了解的。他是近年来在永宁县文坛上引起人们广泛关注的颇有创作实力的农民作家。他长期生活在偏远乡村，不为名所惑，不为利所动，始终坚守着自己的精神信仰，执着追求于心中的文学梦想，三十年如一日，笔耕不辍，先后在县级文学刊物发表了《乡下琐事》《夜光鱼漂》《带狗的少年》《玉皇大帝下凡记之二》等颇具特色的艺术作品。除《玉皇大帝下凡记之二》带有浪漫主义色彩外，其他作品均以现实主义手法来表现周围农民的喜怒哀乐、爱恨情仇及改革开放后农村所发生的日新月异的新变化。衷心希望邹生义别气馁，别慌张，静下心来观察生活，体验生活，感悟生活，潜下心来读书学习，加强文学艺术修养，提升自身素质，写出更多更好的佳作，以一匹骏马昂首嘶鸣、疾驰飞奔的姿态冲出永宁，走向宁夏乃至全国，创造出更加广阔的艺术天地。

贺彬，宁夏作家协会会员，宁夏文艺家评论协会会员，银川市作家协会会员。

洋外壳下的朴素之美

——读包作军短篇小说《卡路里》

◎舒 梦

包作军用《卡路里》作为小说的题目,洋气而神秘。当我在《朔方》2022年第三期的目录里看到《卡路里》这个题目时,就直接翻到正文处迫不及待地阅读起来了。

在阅读《卡路里》前,我看过包作军的散文。作者的创作灵感多来自黄河,他是在黄河边生活成长的作家,对家乡的眷恋和热爱深入骨髓。而《卡路里》这篇小说,作者将笔触转到了城市女性的时髦话题"减肥与保持苗条的身材",对部分城市女性的身体健康与心理健康进行了剖析与探究。

小说通过对女主人公董小英被"卡路里"控制——深陷其中——难以自拔——晕倒在讲台——住院治疗——苏醒的整个过程的描述,揭示了病房有时候就像一个舞台,病痛、金钱、亲情、道义的累加犹如聚光灯,常常把人性的优缺点无限放大,很多患者及家属会在高压下表现出自己极端的个性。

作者将董小英的丈夫刘奇,妹妹董小琳,同事曹红莉来看望她的过程、对话、心理活动描写得细致入微,刻画出了三个有鲜明个性的社会人。在阅读过程中,能让读者感受到他们仿佛就是生活在身边的人。他们的所作所为所说让昏迷中却能感知到外界发生一切事情的董小英以孤独和坚韧体验着宁静和壮阔的人心世界,那一刻她的心是死的。但是,因为九岁的小明的清白只有她能证明,唤醒了董小英,让董小英在昏迷时着急和牵挂"还小明一个清白"是本篇小说的亮点,由此处可以看出女主人公的至纯至善。本篇小说的第七部分将一位人民教师的责任感诠释得淋漓尽致,这是人性中真善美的体现。

在本篇小说中还歌颂了父母之爱的伟大。在夫妻情、姐妹情、同事关系因私欲、金钱、利益而被拷问和质疑时,父母对女主人公董小英的爱是坚定的。董小英的父母始终如一地爱着她,在她任性、绝望、奄奄一息时始终不放弃、不抛弃。董小英的妈妈为了让她醒来,居然唱起了董小英小时候爱唱的儿歌《两只老虎》。看到此处我不禁流下了眼泪。

王晓静曾经对作者有这样一段评论:"包作军是一个被黄河打上烙印的人,他的文字散发出一种被黄河浸润过的人特有的温暖,这种温暖会伴随他一生……"

不过,通过细读我也发现了《卡路里》中的一个小漏洞或是笔误,就是文章的前面部分介绍董小英是一所中学的老师,而后面提到她的学生小明是个九岁的孩子。那么,小明应该是个小学生才对,所以董小英应该是一所小学的老师。

总之,本篇小说作者用《卡路里》为题是洋为中用,而他在行文过程中情怀朴素,且所要表达的是"真善美"这个永恒的主题。这种洋气外壳下包裹着的朴素与真善美,让读者耳目一新。他想通过《卡路里》告诉人们:拥有健康才能拥有一切。否则,一切都是零,都是浮云,他用曲折的小说情节叙述了一个朴素的真理。

舒梦,本名张淑媛,宁夏作家协会会员,宁夏评论家协会会员。

捍卫正义的书写

——读吴全礼长篇小说《积案迷踪》

◎田兴福

悲欢和离合、隐忍和仇视、包容和私欲交织在一起的图兰镇,因煤而兴,因煤而衰。生活在那里的移民如作者描述:"市里的人说图兰镇人满肚子煤灰,撑死也只能算半个城里人,累死也追不上市里人的生活水准。"(第41节)。

如此图兰镇,一桩扑朔迷离的积案至卓奇志退休仍然没有被破获。求证的心和众人起初的看法都集中在劣迹斑斑的邻居曲怀波身上,苦于没有证据证明,谁也不敢动他。但卓奇志冷静而智慧地应对他在"二进宫"后性格古怪地不断惹是生非,从而剥离出积案的蛛丝马迹,最终揭秘真正的凶手。

一

《积案迷踪》的作者吴全礼,是一位在职公安作家。他秉承谦虚做人低调处事的作风,完成了一部好看的有品位的长篇,似乎在情理之中又出人意料。

之所以说这是一篇不多见而又表达独特且令人久久不能释手的长篇小说,是因为它与时代的节奏和当下的现实融合为一体,并在艺术的叙述中以干净、清晰、新颖的笔法,赋予人物形象鲜活而又浓烈的生活气息。可以看出作者给警察增添的色彩是绚烂夺目的。他们及他们所从事的工作虽被艺术化了,但哪一件是脱离现实的呢?

从阅读体验来看,纵观吴全礼长篇小说的味道,绵延悠长,回味无穷。80节内容节节短小紧凑,对话干净利落,场景转化凸显技巧,众多人物个性鲜明,而且在故事情节和人物言行的叙述方式上,比起同类题材的文学作品更适合于不同的群体阅读,填补了普法没有优秀文学文本的空白,同时对人们深入探究警察职业鲜为人知的一面,在一定程度上发挥了宣传功效。

二

《积案迷踪》里一条叙述的脉络在人和事的出场上、点和面的相连里、纵和横的交错中逐渐浮现出立体美的画面。图兰镇和友进胡同,卓奇志和曲怀波,卓宽、卓广和卓夏,杀人案和盗窃案,等等,在图兰镇这个经纬度上渐次鲜明地从过去悄然而来,直面艰辛和不易。作者从中构建的警察故事,不仅有极大的现实考量,而且又有想象的展翅回望。在艺术的叙述中令读者酣畅淋漓地从阅读走向思考,仿佛置身其间。细究他的创作思路,该是怎样一种曲径通幽。

力避平铺直叙,使倒叙在场景转化紧要处发挥作用,突出叙述跌宕起伏,有利于进一步阅读,提振读者信心。这不仅是技巧,更是作者探索小说叙述耐读性的一种尝试。这或许是大仲马的叙述手法:总要先找出最后的一句台词,然后再倒回去结构全剧。例如,第48节开头"曲怀波(劣迹斑斑,但这是他最闪光的一次行为)从山洪中救出了大宋的孙子跳跳。"只此一句,先说结果,紧接着用大幅片段叙述救人的过程,读来有跳跃感,更具吸引力。第26节"老卓家院门被烧了!"也是如此叙述。这种叙述方式成就了整部小说。起初阅读因情节跨越较大而深感陌生,但深究其理,因果逻辑关系嵌入细节之中。这是批判的叙述,也是接地气的叙述。

曾有人讲小说或散文尽量避免用成语,于是这种说教成为禁忌,似乎不敢越雷池一步,而作者在笔法上另有妙用,敢于在最合适的地方大胆地用成语,而且使成语与具体的物象完全融合起来,有了更加生动的外表和丰富的内容。如第3节"靠近镇中心的那些空地种植的草坪泛出了绿意,早栽的树木抽出了嫩芽,没有了火车似的运煤车奔忙,漂浮的煤尘也没了往日的嚣张气焰。"这里的"嚣张气焰"是形容煤尘的,这里将煤尘拟人化,一方面暗含了昔日图兰镇因煤尘而污浊,另一方面表现了生活在图兰镇的人渴望环境"绿意"盎然,"嫩芽"丛生。同样在本节另一段文字描述中,用"望而生畏"描写女婿见老刑侦卓奇志的心理。"卓奇志对女婿提出要离婚丝毫不觉得惊讶,他知道女婿一直在等他退休。他一天不退休,女婿就得对他这块高地望而生畏。能在他退休几年后再提出离婚,也算是有忍耐性的。"(第3节)。作者提炼出这一段文字,不仅为下文作铺垫,而且从侧面交代卓奇志不可撼动的职业威望以及女婿郑海振为什么非要等他退休几年后才提出离婚的原因,调动读者阅读的可预期心理。类似这样经典的片段俯拾即是。

<h2 style="text-align:center">三</h2>

一部小说特别是长篇小说,如果对诸如婚姻家庭等普遍的社会问题置若罔闻,那么我们说这部小说至少是有缺陷的,尤其现实主义题材的小说。对作者来说,如何进行构思和叙述婚姻家庭,不仅是故事发展所需要的,而且是支撑卓宽、卓广双子案及卓夏被害案水落石出的基石。一双儿女卓春、卓冬的婚姻在小说的开头就被叙述成了有问题。作为普通人的父亲与作为退休警察的父亲如何看待,都将是一个挑战,所采取的应对措施或许有共同性,都希望儿女们幸福生活,但生活的面目给儿女以不同的色彩,这时的卓奇志深感儿女婚姻远比侦查破案还要千奇百怪,好在职业习惯养成的沉稳和灵活使他在新的"事件"面前,勇敢承认既成事实,尊重当事者自决的权利。就女婿郑海振而言,其母亲当家的背景,"成就"了他本人不硬气、有

媚气、不依习俗料事等"不理想"状态,尽管后来做了卓奇志十年的女婿,但躲着不见丈人,说了不到百句话,并碍于丈人的职业身份,个性得不到释放,所以就变成"女婿的模样如同出轨的名词解释,注定的命运"。儿媳"常友惠肯进卓家门,是看到卓奇志可以帮她家处理一些难解(常友惠弟弟吸毒)的事",卓奇志纵有忧虑和不愿,儿子已被常友惠"套牢"。她在事业单位上班,上进心大过一般女人,并逼着卓冬往银行高层走,不料,卓冬难以跟上媳妇的步伐,所以"冷战"了多少年后,卓冬提出离婚。对于这些发生在家里的难题,均在卓奇志退休后接踵而来,无法回避,心里的烦闷似波澜起伏。

小说和现实相互映照的叙述中,一定程度上,让读者更倾向于婚姻不再是一个结果,而是责任。那些看似无法存续的婚姻,最后都保持了原有的外貌,只是缺少了诸多幸福感、舒心感。无论曲怀波与耿晓琴,还是上述的四对夫妇,几乎都处于婚姻解体的边缘,但都没有真正意义上离婚。究其原因,即便爱情已死亡(卓奇志夫妇除外),但基于爱情建立起来的婚姻家庭,在纷繁复杂的沉淀的"纠纷"面前,都蹚过黑暗的河流,最终都在一个开阔的人性的滩地"软着陆"了。这大概是变化了的岁月除责任之外别无他法,却无奈地遵循着"超我"的原则。

四

资源型地方的衰败有多种原因,核心问题在于过度攫取导致资源枯竭、环境破坏,小说中的图兰镇便是典型。图兰镇人的未来就是离开图兰镇,但生活在友进胡同的邻居们没有选择马上下山,各有各的难处,而卓奇志拖延下山是因为心病未解。

当过公安分局副局长,做过许多惩恶扬善的事,在老百姓眼里是名副其实的名人。因在职时"只管别人家的事,不管自己家的事",而备受老伴匡玉兰的埋怨和不满,他躲过了暗杀,避开了报复,退休后又两次面临被他送进监狱且后墙相连的曲怀波的仇视,不断地挑衅和惹事,使老伴包括邻居们生活在恐惧中。但为了使积案尘埃落定,卓奇志顾不了那么多,任凭"骚扰"不断,丝毫没有动摇他求解的信心和希望。图兰镇拆迁时发现了案件第一现场,案件的性质发生了重大变化,在"家事比案子难搞"的慨叹中,卓奇志牢牢地抓住"找到长命锁"这个破案关键,作案人的范围缩小到心理有问题的某个人,但双子被害于菜窖中窒息而亡的事实再一次证明,一双邪恶歹毒的黑手实施了这起二十年前的案件。卓夏在双子案发生后又突然失态进而变为精神病患者,更使卓奇志夫妇揪心重重了许多年。所以他坚定地认为:"我想在我有生之年,这个案子肯定会破。犯罪嫌疑人隐藏了这么多年,也快到该出现的时候了。""胜负较量的是耐心,我有信心等得到!"(第7节)。纵观小说故事情节,各种疑点在卓奇志的脑海中跌宕起伏:老油条的话中有话,大宋的躲躲闪闪,卓夏看见耿晓琴时的惊恐,丈夫死亡后妻子拒绝料理丧事,以及长命锁的意外出现等,一系列逻辑分析和证据指向,都集中在耿晓琴身上,既顺理成章又出人意料——曾为人师,爱面子喜助人,后因其丈夫曲怀波被判刑,人也变了样,无法招架舆论压力提前三年退休,于是怀恨在心,实施了案件,最终死于超市。

然而,案件最终趋向于明朗化时,卓奇志却不露声色按兵不动,这让他的徒弟大陶有些疑惑:"他确信师父早就知道结果,但对师父没有采取任何行动有些不解,可想想又在情理之中。"(第80节)。小说在这样的疑问中看似结束又没有结束,其背后深层的主旨可能是卓奇志等人苦苦等待的结果水落石出后,正义之剑无法追究已经死亡了的邪恶之人,在人性和良知的高地,把希望留给爱憎分明勇于担当的活着的人。从这个意义上说,作者创作的《积案迷踪》是成功的。

五

一部好的小说要把人物塑造得有模有样,一定程度上是通过对其言行的描述实现的。不同人物的言行表现出不同的人格特质,小说中的人物形象并不像其他文学作品那样在外貌、服饰及表情等方面耗费笔墨,对长篇来说这可能是一点遗憾,这可能与作者的喜好有关,但从反映人格特质的言行占据了大量的篇幅来看,作者的描述是精彩的。追溯心理疾患给本人造成的影响和对家人的伤害,考验作者的写作能力不是流于概念和分析,而是集中在具象的丰富呈现中,让有兴趣的读者思考知、情、意,在卓奇志是如何完整统一的;在曲怀波这个诡秘的人身上,其言语的偏执粗俗、行为的病态(嗜酒如命)无常,虽都以过程的形式存在,但经历了哪些发生、发展和结束,这些都值得玩味和不断续读。

纵观《积案迷踪》,充满了人物心理活动的描述,这也是作者观照现实赋予人物独特的心理面貌,便于读者在识别中检视当下的自己,从中汲取教训,体验快乐工作、幸福生活的意义。每个人都有心理疾病,如同头疼感冒一样。人们习惯了头疼感冒,也不忌讳向别人说,但对心理疾病的认知一般以回避的态度隐藏起来,待心理健康严重时,治疗起来就不那么容易了。小说中这样的例子很多,匡玉兰、耿晓琴、卓夏、王壮壮等人,几乎可以说都在重大事件中留下了心理疾患,有的甚至进了精神病院。追溯病患的生活史和病史,健康温暖的家至关重要。这也是作者探索保持婚姻家庭稳定性的意义所在。

承接上文提到小说的"填补了普法没有优秀文学文本的空白"并非无根无据。除双子被害案之外,放羊老汉家羊被盗案、大宋家鸡被盗案、季木匠店铺失火案、卓奇志被诬告陷害案、曲天成交通事故案以及友进胡同损毁公私财物案、杏沟煤矿雷管重大盗窃案,等等,一系列案件在小说中丰富多彩地被叙述成普法的案例。一方面,这些案件常发易发,有可防和不可防之分,让读者了解案件发生的事实真相和走向,其查处和破获的难易程度各不相同,考验执法者的水平和能力;另一方面,案件在道德的层面衡量都有结果,但从法律的视角看,不一定都有结果,这是需要思考的社会问题。

从必然要发生什么的角度分析作者的忠告,那是怎样一种认知突破:"深埋心底的恨,好似被烟火四溢的日子隐去了生长的模样,抱着巨大的仇恨活着,毁掉的只能是自己眼前的生活。"(第5节)。而对于小说主人公卓奇志那样的人,纵使"解甲归田,那些不曾入眼的小事变成了没有答案的问题,已有定论的疑问再次沉渣泛起变成了面目一新的疑问,不是问题的问题摆在面前。"(第21节)人生概莫如此。

故而,警察写警察、警察评警察,万般思绪绕上心头,只因为经历了许多,思考了许多。

　　田兴福,笔名天唐,中华诗词学会会员,中国少数民族作家学会会员,宁夏作家协会会员,宁夏诗词学会副秘书长,现供职公安系统,一级警督。

关注底层　温情悲悯

——读杨军民中短篇小说集《狗叫了一夜》

◎卢　永

　　杨军民是我宁夏文学院小说高研班同学,小说写得好是文友们的共识。他话不多,眉头微锁,一看就是有股韧劲的人。在他把他的中短篇小说集《狗叫了一夜》递给我时,我一点儿也不吃惊。书中22篇中短篇是他多年研习小说的一个总结,也是新的开端。在他坚定的眼神里,我读出他心中的文学路正向更辽阔的远方延伸。

　　小说集《狗叫了一夜》是以同名小说《狗叫了一夜》命名的。短篇小说《狗叫了一夜》主要写基层村干部老村长和副主任海成间的权力交锋及代表着弱势群体的哑巴的生存故事。老村长对正值壮年,年轻能干且有可能替代自己的村副主任海成是防范抵触的。村子里每晚总有人家被偷东西,村长家的藏獒便整夜地叫。副主任海成和村民夜间蹲守,发现是村长多次不给上报危房,住在窑洞的哑巴干的,便故意瞒着村长。村长也发现了。他连夜杀死了自家叫唤的狗,却被狗咬伤住院。乡危房安置小组来村里验收,海成将他们领到了哑巴的窑洞,领导气愤得拍桌子,要找正在住院的村长算账。小说到此便戛然而止。小说集中有12篇是写农村题材的,由《狗叫了一夜》这篇小说我们可以发现,农村生活的经历,一些人与事,已深深地植入了作者的脑海,只是将他们化为文字回望、体味时,作者更多的是带着悲天悯人的情怀。对底层人民关注，对弱者怜悯，对人间美好温情的褒扬，对命运捉弄无奈的喟叹，对权、利之争的谴责，成了他写作的主题，也是动力之一。围绕着哑巴的生存困境，作者将村民们的和善正义及以老村长为代表的欺下瞒上的村官们的丑陋嘴脸淋漓尽致地展现了出来。

小说《活菩萨》，讲了一个有关自我救赎的故事。记得，以前读过一篇文章，大意是一个人四处寻找佛，均未找见。后来有人告诉他，那个连鞋子都顾不上穿，天天期盼他回家的那个人就是。后来这个人终于明白了原来他的母亲，就是佛啊！在我看来，《活菩萨》有着和此文异曲同工之效。小铁匠的父亲和老铁匠李一刀是过命的交情，在父亲不幸去世后，小铁匠便跟着李一刀学铁匠手艺，他青出于蓝而胜于蓝。熬过了艰难的岁月，小铁匠发现他的母亲与李一刀有私情，为此他捅了母亲几改锥并进了监狱，出狱后他回到村子靠打铁为生，一直不和母亲来往，但供着一尊石膏菩萨像。直到铁匠六十多岁，和他的师傅李一刀当年一样，选择了照顾寡妇金花，帮她拉扯孩子。他的儿子打破了菩萨像才发觉里面放着奶奶的照片，原来他一直供奉的是母亲。小说极为巧妙之处，一是铁匠和他师傅李一刀断绝来往后未曾有过一句交流，却因为往山上装铁链二人和解。二是铁匠通过在石膏菩萨像内藏着母亲的照片来供奉，完成自我的救赎。这样的安排，尤见作者的匠心与功力。对于乡村人物的刻画，杨军民注重挖掘人性的广度和深度，既体现出作者的理性精神，也反映出他深刻的文化反思。老村长的心机重、狡诈、贪婪，海成的持重、勇敢、智慧，小铁匠的执拗、讲义气、有孝心，无不闪现着杨军民的人文精神和社会良知。

除了乡村题材，城市题材的小说，作者依旧将目光聚焦在小人物的身上。城市生活在作者笔下虽充满了激荡的一面，但其中仍不乏温情，只是这温情，有时是一抹暖色，有时却以苍凉作为底色。《吼叫》中小荷与富贵从小一起长大，由乡下进入县福利院打工的小荷巧妙而残忍地利用富贵对她的情感，将富贵"赶出"了福利院，她的母亲顶替了富贵进入福利院，小荷则消失，去南方打工了。富贵内心的压抑、懊恼，只能通过一声声"吼叫"得以发泄。《牵牛花》中高考失落的小惠,还遭遇了爱情的挫折。心情灰暗的日子,她得到了一位卖菜老人的关怀,每次小惠去老人那买菜时,老人都会在菜里夹一朵牵牛花。让小惠想不到的是,这位善良而可怜的老人却是她暗恋男生海子的亲生父亲,只是直到去世,老人却无法与海子相认。这样的结局,看似有些悲凉,实则隐含着作者对现实生活深刻的理解力。相对于乡村题材文字的沉郁、硬朗,杨军民笔下小人物的城市生活,大都是日常的、琐屑的,乃至习焉不察的。但他善于将各色人物放置在特定环境中将人性的复杂深层剖解,从而纤毫毕现。不管是《小诊所》中赤脚医生李改花,《阉祸》中的打工者老张,《好爸爸》中的学生小娜都写得个性鲜明,形象丰满。

　　杨军民的小说,除了情节安排得较为巧妙外,他的小说语言精练准确,意味深邃。无论是乡土情怀,还是城市抒写,包括对人性"暗疾"的敏锐窥测,都始终不脱离那份由衷难得的"温暖化"描摹,这对一个有着多年创作经历的作者而言的确是难能可贵的。

　　卢永,宁夏作家协会会员,宁夏文联第二期小说高研班学员。

从语言艺术角度解读小说《白云朵,绿云朵》

◎丁良龙

中篇小说《白云朵,绿云朵》是杨军民的新作,载于《长江文艺》2021年第12期。小说以矿山开采、乡村建设为主线展开叙述,描述了一个村庄的发展简史。以"我"和爱球为首的副业队不顾环境破坏一味地向堡子山索取,使村子富裕了起来、村民的生活好了起来,堡子山也开始逐渐褪去绿色,生态环境遭到了严重的破坏。虽然生活富裕了,但执拗的四环依然生活在窑洞,他追寻堡子山原始的美,追求原始的乡村生活。"我们"成就了富裕梦却毁灭了四环热爱堡子山的原始纯真之梦,通过四环对堡子山的坚守折射了"我们"不顾生态破坏一味追求富裕的功利心和贪欲。一声轰隆巨响震塌了窑洞、震倒了开采过度结构松散的堡子山,砸伤了爱球,砸死了采芹,也将四环心中的奇幻世界砸得粉碎,彻底毁灭了他残存心底的那个梦,"我"也因此患上梗脖子病。最后,锁儿的十字绣拯救了"我",四环宽恕了"我",大学生村官让荒芜的地皮逐渐恢复了绿色,山上来了羊群,就凑成了绿云朵和白云朵,这也真正意义上给予了"我"内心的救赎。从原始生态到开采过度再到治理恢复,这就是小说故事的轮回。

作者在写作这篇小说时怀着一颗童心,一份来自内心深处的本真,还有浓厚的乡情乡谊。作者写作所用的语言艺术手法是可圈可点的,笔者从以下几个方面进行分析。

一、小说中语言的感觉化传达效果

传递给人的信息需要载体,文字、声音、影像、动作等都是传递信息的载体。

在网媒、微媒体、自媒体等新媒体日益盛行的今天,作为传统媒体载体的文字面临着巨大的挑战。文字的感觉化是通过文字的感觉化表述来实现的,我们通常所说的通感就属于文字感觉化的一种表达方式。作者小说中有多处语言描写是十分优美的,优美的语言传递给读者的信息与读者的联想结合在一起,好似可以使读者通过眼球就能看见作者文字中表述的景象,这就是小说中语言的视觉传达效果。比如说"太阳正从王二贵家小二楼的棕色琉璃瓦上升起来,开始橘红,后来金黄,再后来就逐渐耀眼和白亮起来",这是太阳升起的一个过程,借助小二楼就有了灵动感,此处若将"升"改为"爬"则更加灵动,透过视觉感受将太阳人格化,这就形成了拟人化和感觉化的双重传达,这样的表述效果将会更好。再比如文中"两个矿像两张大嘴,互相交错着咬合着,堡子山的绿色就从山根向山顶一点点缩小",这就将原本是死物的矿给写活了,即将矿山人格化,通过联想读者可以看见这两座矿就像两只怪兽正张着血盆大口欲吞噬堡子山最后的那点绿色。第七小节中"他的眼睛红得像血,两道目光如火红灼烫的棍子,抽打在我的身上,让我浑身颤抖",这是一处通感的写作手法,将原本视觉上的传达描述为肉体上可以感觉到的抽打,是一种很好的感觉传达。小说中多处语言都有很好的感觉传达效果,通过唤起读者记忆表象间接地作用于读者,使读者产生身临其境的感受,以达到"视觉冲击、感觉刺激"的效果,这也是作者语言运用的一大特色。

二、小说中人物称谓描述的语言艺术

小说中的主要人物有"我"也就是鬼子,还有四环、爱球、采芹、锁

儿、老汉。

首先映入读者眼帘的人物就是爱球,文中对爱球的称谓描述有两处:一是"他插不上嘴,就在我们身边绕来绕去的,像个滚动的球,我们就叫他爱球",这是爱球称谓的来源。二是"爱球整整胖了一圈,脸色黝黑,戴着一副黑框眼镜,现在他更像一个球了"。这处则体现了爱球不仅在行为上像球,体形上就更像球了。当然对于爱球的描写不止这两处,他喜欢踢球,迷恋马拉多纳。这都与人物的称谓密切相关。对于鬼子的称谓,主要是通过外貌描写、语言描写所确定的:"我个子不高也不低,胡子长得很旺盛,高中的时候,髭须就很浓了,眉毛也浓,跟四环抬杠的时候,碰见赞赏的观点爱学着日本人的样子说'吆西吆西',他们就叫我鬼子"。透过外貌、语言描写直接反映人物形象、性格特征等。对四环的描写有"四环是我们中最高的,像一根竹竿,他家兄弟姊妹多,衣服都是哥哥姐姐退下来的,蓝色大众服和蓝裤子的袖口和裤脚都是新接上去的,新布的颜色深、正,与衣裤磨得发白的颜色对比鲜明,像戴着四个蓝色的环,我们因此叫他四环",很简单就是通过他的衣着塑造出了一个稚嫩朴实的孩子形象,就是这样的形象,他热爱乡土,热爱堡子山,热爱乡村生活,这也为后文四环坚守初心一直生活在堡子山的窑洞埋下伏笔,他就是一面可以反射的镜子,照射着只求富裕,一味贪婪索取的"我们"。采芹的名字是所有人物中比较优雅的,这也奠定了她在"我"和四环心目中的地位,她的名字和她的人一样美,"我"和四环都是这份美的追求者。锁儿是个哑巴,在"我"看来她是戴着枷锁出场的,遇到"我"以后锁儿的枷锁打开了。堡子山塌方以后,"我"也戴上了枷锁,而打开"我"枷锁的人就是锁儿。对于老汉的描写很简单,就是一个放羊老头的形象,这种形象的人往往是最憨厚朴实的,他们总是认死理,一根筋,就是这样的人才能攒住钱,"我们"才发现最有钱的人是他。

小说的人物称谓描述,不仅将每个人物的性格、外貌直观地展现在读者的眼前,同时也将人物关系做了交代。小说的很多小节都是以人物称谓为小节标题的,这些标题又是小节的线索,每个线索相互独立,这让小说在结构上看起来更像是电影里的一个个场景，每个称谓又相互交织，就使得全文的结构更加紧凑浑然一体。

三、小说的奇幻描写方式

这里讲小说的奇幻描写，实际是寓言、童话、传奇、神话的一种写作共性，即虚幻、缥缈。

这篇小说的人物、故事情节是荒诞的。不论是"我"还是爱球或是老村长，几乎所有的人物都信奉爱球那神话一般的梦，他梦见"一个全身铠甲的武士，骑着一匹白马，在堡子山的坡道上疾驰，他弯弓射箭，箭羽划过山谷的绿涛，划过天空，一直飞翔，他一直等待着它落下来，就没醒来，直到它落在了南山的一个山梁上。他一下醒了，扛上铁锹，奔到了山梁上。那里没有箭羽，甚至没有树木，只有一些灌木和青草。他从那里挖进去，挖了一米多深的时候，铁锹碰到了岩石"。就是这么荒诞不经，凭借一个又一个的梦，挖到了硅石，挖到了高岭土，最后甚至挖到了金沙。这群带着梦打着"变戏法"口号的人，带着村里的人开了矿，用行动和结果写下一本"致富经"。这些场景，"我们"也不同程度地梦到了，这全身铠甲的武士指引着"我们"挖到矿、致了富、盖了楼、修了路，也指引着贪婪的"我们"破坏了堡子山的生态环境。与"我"长相酷似的大学生村官和四环将堡子山的环境逐渐治理变好，爱球口中的"绿云朵"在堡子山上飘起与那群洁白的绵羊凑成了"白云朵""绿云朵"。

这种寓言和象征的手法，作者在另一篇小说《金色狮子》中同样用到了，而且同样巧妙。这篇小说描写了一个车间基层员工的儿子结婚，他请了十桌人却只来了三个客人和几个亲戚的故事。作为小人物的他，看到了很多同事来到了儿子的婚礼现场，他们却没有参加儿子的婚礼，转身去了同时嫁女儿的总经理办的宴席。就是这件事情，深深刺激了他，也通过他的内心世界展示了这个世界上充满着欲望，所有的人都在追名逐利，如狼如犬般丧失人情。

　　作者的这两篇作品颇具马尔克斯、卡尔维诺之风。作品中暗含魔幻现实主义,用精神和意念来描绘物体。作品中的铠甲武士、白马、羽箭等都是虚无的东西,只是小说人物的梦,只是作者灵动的遐想。当这些虚无的东西与现实的景物、人物、事物联系在一起的时候,却悖论般地表现出一种由于对时空因素、人物因素的映射而产生的奇异效果。正因为作者的这种写作手法,小说扑朔迷离更加吸引读者的眼球。

　　杨军民小说作品的写作与他的生活环境有着很深的渊源,可以看出作者在写小说,也是在写人生,更是对生活的一种反思,对美好的一种向往。小说的语言有荒诞,有调侃,既幽默诙谐又不失大方,读起来韵味深厚,将寓言、童话充分地融入现实生活,使小说读起来更加有趣,这是作者小说写作的一个突破。

　　　　丁良龙,宁夏文艺评论家协会会员。

文章·观点

丹心热血沃新花

——田晓慧散文集《36个》读后

◎王自忠

　　杨雯雯在姐弟六人中排行老四,机灵,懂事,体谅父母和老师,继父和妈妈靠打工为生,日子过得捉襟见肘。贺新疆的爸爸所在的化工厂倒闭,妈妈交了三千块钱的管理费,在小区门口搭个简易凉皮摊糊口,尽管收入微薄,经营艰难,不久又给市政管理叫停,但贺新疆一家不气馁,勇敢地面对困窘的生活。晓菲的爸爸常年在工地上,妈妈患甲亢,干不了重活,找了条跑黑车的路子,"挣几个钱都吃了药"。要供养晓菲姊妹三人读书,要还房贷,压力不言而喻。晓菲属于"穷人的孩子早当家",自小就能吃苦,勤快,爱劳动,差不多是班里的"小大人"。柴艳是班里的学习委员,家里开个不大的小卖部,仅维持一家四口的生计而已。全家人最大的指望是柴艳和妹妹将来考上大学,同时一家又为学费所困扰,在渴望又忧愁的矛盾心理中度日。井双丽家五个女孩,井双丽老四。父母盼星星盼月亮,最终盼来个男孩。六个娃娃中,三个的户口一直上不了,总算政策松动了,娃娃的户口问题全解决了,父母才长长地松了口气,像把压在心头的石头搬掉了。比起生存和入户口,井双丽的学习问题似乎算不上家里的大事。井双丽内向,考试成绩不理想,却有绘画天赋,搁在有条件的家庭,怕早被培养成艺术特长生了……

还有跟母亲一样好打扮的婉婉,坚强、乐观的改改,曾强、启智、卓越、王文强……

这些孩子是田晓慧散文集《36个》(宁夏人民出版社,2020年10月)所记载的家访对象,来自银川二十五中初一(4)班,大多是在城市边缘挣扎的低收入群体的子女。为改善生存和生活环境,他们的父母背井离乡,居无定所,往往为户籍、移民资格、身体健康等烦恼、困惑、怅惘和忧虑。在生活重压之下,希望与失望交织,汗水与泪水交织,欢笑与哀愁交织。不论是对于半固定半漂流中的他们,还是他们的家长来说,"不让孩子输在起跑线上"依然是那么遥远、渺茫。

全书以平缓的叙事节奏,透过琐碎、日常的师生生活场景,以不安又悲悯的心态和强烈的探究欲望,窥视、探究深层的真情实感。

也许同为教师的缘故,通读《36个》后如鲠在喉,不吐不快。压抑,憋屈,还有说不出的难受像壶里的沸水样闹腾得不行,又像有股火焰在心底呼呼燃烧,噼啪作响。每篇读罢,总忍不住思索一气,为那些天真、可爱却不被命运垂青的娃娃,也为他们因生存、因下一代的前程而打拼的父母,更为作家的恻隐、同情和良苦用心。

由是,抑制不住的冲动,将托翁的那句名言试套为幸福的家庭固然是相似的,《36个》所展现的那些不幸的家庭(姑且认为那些家庭是不幸的)也存在着极大的相似性:一是父母均为打工族,收入微薄,工作总是换来换去,不固定;二是居住在城郊,房屋狭小,脏乱,随时面临被拆迁的可能,无法保证孩子的学习;三是多数家庭的孩子容易出现逃学、厌学等行为,学习成绩较低;四是家与学校之间的距离较远,中午保证不了孩子的休息,孩子的午饭和晚饭基本上凑合;五是看似为了孩子到银川,事实是,生活和生存的压力使父母无暇顾及孩子的学习。民以食为天。先得吃饱肚子,再谈孩子的受教育问题。

尽管希望中满是失望,但失望中仍然充满希望。杨雯雯、马力学、宋明明、马梅花几个的家在平吉堡奶牛场,低矮又破旧的家属院或租或买。那些家属院像是些失去了双亲,等待着被领养的弃儿焦灼地等待拆迁,萎靡,颓唐,在寒风中瑟缩。但这几个家庭不气馁,屋疲人振奋,坦然地面对残缺的人生,直视生活的惨淡与命运的不公。是命运不眷顾他们?还是他们生来就应该低人一等?教育在均衡发展?望着一双双单纯又良善的眼睛,作家没有一味地囿于焦虑,或者陷于悲观的怨艾中不能自拔,而是饱含忧患,字里行间闪烁着对社会现象、生命追求、事业和良心的不断拷问与思索。"为自己只凭借语数外考分就给学生排队的行为感到惶恐不安""原来大人永远都不懂得孩子的心思",看似温良的笔触,尖利地刺穿教育乃至社会发展中不均衡的现实。

教师和作家的双重身份,无形中使田晓慧的教育教学多了些人文思考,从而在《36个》中力求撇开传统的呐喊方式,竭力寻找一种静水深流式路子,为那些忽闪着无辜的大眼睛鼓与呼,期待着同行、专家学者、各级领导乃至全社会成为有心的读者。

相较于宋明明、马力学、马梅花他们,朱涛似乎是个例外。朱涛衣食无忧,是爷爷奶奶的长孙、掌上明珠,在一个阔绰又残破、温暖得畸形的环境中成长。毕竟是孩子,没有树立正确的世界观、价值观,朱涛从学霸、班长滑落到羡慕品行不良的叫作"大世界"的同学。然而,学霸总归是学霸,朱涛不同于秦东、改改他们,能够正确认识自己,做出准确的分析,轻装上阵,对未来充满自信!

对于朱涛的家访,让我们清醒地认识到教育的又一弊端——无视人的多元发展,漠视学生的个性差异。

在社会转型期的阵痛中,人才培养模式也呈畸形走势。将教育对象当成了机械评比、比赛、挣分的工具,置于冷冰冰的氛围中,童稚的天性被活生生扼杀,少有活泼、乐趣、兴趣可言。对秦东的家访更是令人羞报,唯有汗颜。"你越学,他越逼,你考第十名,他就逼你下次要考第九名;你考第九名,下次他就逼你考第八名,没完没了。"莘莘学子早已不是两耳不闻窗外事的读书机器、应试机器,可老师和家长总是把自己的愿望强加给孩子们。那片净土上,充斥着恨铁不成钢、焦灼、愤懑、高期望和失望等种种复杂、多元因素。唯独爱的成分少之又少,以至于花儿般的少男少女个个不自觉中变成了应试的机器、应对检查的工具。本来,世间最不缺乏爱的地方就是这块净土。令人遗憾的是,最不该缺爱之处反而是爱意最为缺失的地方。

　　遇到类似启智、王文强这些大错不犯、小错不断的孩子,没有哪个老师不头疼。以现有的潜力判断,考入"985"或"211"大学,对于这样的孩子来说大概没戏。可社会对这些孩子的需求是怎样的,或者说他们要达到什么样的期望值?新的教育理论如何看待他们?专家们怎么说?读罢《36个》,不难体会什么叫责任重如山,什么叫师爱似江流。天真烂漫的学子们渴望无私、博大、具体可感的大爱,哪怕是一个温暖的眼神,一个真诚的微笑,一次坦诚的家访,一次心与心的交流。事实上,师爱是一种"看似寻常最奇崛,成如容易却艰辛"的付出、忍耐、持续和"蜡炬成灰泪始干"般的不计得失。田晓慧和她的《36个》将这种大爱付诸实践,通过不间断的书写,让孩子们脸上阳光灿烂,让那些边缘人,那些底层劳动者的泪与笑拥有更广泛的见证形态。从这层意义上讲,《36个》不单单是家访笔记,还是对师爱的深刻诠释,也是人生和职场经历的浴火重生。细细品味,一行行热忱的文字背后,跳动着一颗滚烫的心。坦率些说,没有打动人心的家访,没有孜孜以求的第一手资料,就不能充分了解弱势群体的忧伤与欢悦、失望与希望,也谈不上加深职业崇尚感和开拓意识,以工匠精神适应新形势下的传道授业解惑。

　　值得一提的是,对杨雯雯家访的感受,恰好从侧面凸显了作家的大爱、仁爱。杨雯雯的爸爸出车祸离世,妈妈和继父带着各自的孩子重组家庭,加上共同生育的,就有了个八口之家。"我暗暗地想:真感谢这对再婚的人,让这几个可怜的孩子都有了家。"至此,与其说两个遭遇变故的男女再婚是为了追求幸福,不如说是共同撑起了一片温暖的蓝天。两个身心、物质和精神都受到严重戕伤的家庭,遵循抱团取暖法则,共同抵御降临在他们头上的噩运。仁者仁心。作者以温暖的心态,阳光地审视温暖中的艰辛和艰辛中蕴含的温暖。

《36个》由24篇独立又相互关联的文本构成，单就形式而言，很像是些形态迥异的串珠，被家访这根线轻轻串起来。虽说是家访笔记，但在文学意义的挖掘上有着不俗的品质和追求。翻开第一页，只读过几行，一个直观的印象——朴素便定格在脑海里。朴素是田晓慧一贯的叙事风格，在她的笔下，没有造作，摈弃虚伪，有的是随和，平易近人，读来像是作家在同读者面对面地拉家常。

对于细节的把控也是《36个》的一大特色。我的阅读印象中，田晓慧历来重视景物描写，无论是小说还是散文创作。擅长景物描写，在景物描写中注重细节的把控，是田晓慧文学创作的不懈探索。像《底丽丽的果园》（《吴忠文学》（2018年3期）、《套塘村扶贫纪事》（《朔方》2020年11期），均有刻意而为之处。如"夜幕下的贺兰山，轮廓清晰，棱角分明，宝蓝色的天幕上镶嵌着一弯明月，宁静，安详，美好。庄稼地里还有没收割干净的玉米秸秆，稀稀疏疏，静悄悄的没有声响。干枯剥落的玉米叶子似凋未凋，斜斜地耷拉在玉米秆上。透过月光，土地上笼罩着黄熟的收获后等待进入冬季的休闲气氛。"景物无疑是美好的，生活更应该美好，应该令人憧憬。

另外，叙事的口语化值得称道。《36个》以平民化的口语方式观照现实，用朴实的语言、常人的心态与扑面而来的浓浓的生活气息，书写她所了解的那个世界的非理性跟欠合情性，在尝试打开内心、体谅他人的过程中，唤醒普遍的悲悯与关注。寥寥数语，一个直爽、善于表达又热情好客的家长形象跃然纸上，活灵活现在读者眼前。类似的口语化表述，亲切，富有亲和力、感染力，有种聆听音频和观赏视频的直观感。

初心如磐:张佐香散文艺术风格成因探析

◎王美雨

迄今为止,青年女作家张佐香仅出版《亲亲麦子》《鲜花照亮了我的房间》《在时光的回声里漫游》三部散文集,却因加印10余次被读者称为"张佐香现象""张佐香旋风"等。张佐香散文集所收散文语言清新淡然,题材多样,文化意蕴深厚,充盈着积极向上的乐观精神。然而,除了著名散文家王充闾为其《鲜花照亮了我的房间》写过一篇两千字左右的序言,余秋雨、白烨、蒋子龙、何永康等名家为其作过精辟的短评外,较少有其他学者对其散文作系统性的学术研究,殊为可惜。

一、创作态度:超然平和 通透洁净

张佐香的散文,没有"聱牙佶屈村田诗"的词句,也没有"为赋新词强说愁"的情绪,更没有"冷冷清清,凄凄惨惨戚戚"的气氛,而是在清新雅致的话语体系、真实自然的内容、浑然天成的结构的精妙融合下,呈现出了没有匠气痕迹的源自她超然平和创作态度的"大道至简"状态。

散文作为抒情文学,无论作者出于什么创作目的,其所依托的情感载体须在大多读者的认知范畴内,即其情感必须带有真实、通透、洁净且独属于作者的个人印记,方能称得上是成功的散文。张佐香生于农村,幼时生活颇为艰难,对生活、生命有着广博、深刻的体验与认知。成年后的她,不仅博览群书且勤于思考,在文化素养及精神的不断提升中,幼时所获得的对生活、生命的体验与认知也得到了升华。这种升华,让她带着一种平和、虔诚的态度、以超然于幼年时的心理感受,去解读曾经的一切。所以,纵观张佐香的散文,无论是微不足道的小事小物,还是众所周知的名事名物,在她的笔下都具有了一种张佐香用自己的灵魂滋养的生命力。在《我的小枣树》一文中,8岁的张佐香挖野菜时,无意中发现了一棵刚拱出地面的小枣树,于是将其移植回家。从此,她时常坐在枣树旁感受它生长时的安静和努力。无疑,当张佐香坐在枣树旁感受它的生长时,枣树就已经是张佐香个人情绪的一种隐秘呈现,她是借小枣树在诉说自己对生命的看法。所以,在不能重返童年的张佐香那里,小枣树"已幻化成了缕缕情丝,织成了在理想和现实夹缝中的衬垫,光滑柔软地替她调整步伐,以便她日夜兼程于人生的旅途中"。张佐香的这种生命体悟显然不是小情小绪,而是对日常生活与琐事的富有积极性的哲理性的解读。在这种超脱童年追求和体验的"非虚构"写作方式下,张佐香精准地阐释了她对自己生活境遇及心路历程的体悟。

毫无疑问,一部作品只有饱含作者的真情实感,字里行间都充盈着作者的符合道德的真实思想,它才有存在的价值,张佐香的作品就具有这一特点。她在散文中不仅善于体味自己的人生经历、善于感悟世间的微小事物,且善于把哲理性的思考融入其中。所以,她的散文大都是从具体事物到感悟再到哲理性的深化,层层深入,逻辑清晰,具有符合大众阅读习惯和认知规律的特点。

二、语言风格:清新雅致　凝练厚实

张佐香散文创作成功的一个很重要的原因,就在于她对语言文字有着独特的认知。写作时,她总是"尝试着把具有灵性和思想的文字拆开并拢、折来叠去、压缩拉长、揉扁磨利,孜孜矻矻地惨淡经营",这种费尽心思、妥善安置自己文章中每个字的态度,无疑是她锤炼出清新雅致、凝练厚实的语言风格的重要原因。如在《深呼吸的地方》一文中,她开篇点题:"这里是灵魂歇泊的一角。在这片古老而神奇的土地上,生长着清清爽爽的树木"。"灵魂歇泊""古老""神奇""清清爽爽"等词汇在灵动的诗意变化中,把明祖陵的自然环境以及张佐香身处其中时身体和灵魂上的感受做了完美的呈现。作家语言功底的深厚,不在于他使用了多少华丽、生僻的词语,而在于他能用常见、简单的词语架构出一幅接近现实但又比现实多了温度的画面,进而能让读者在简单的词语组合中获得独特的阅读体验。张佐香在《大地上的特殊植物》一文中写道:"在乡间,赤脚走在泥土上的孩子是最平常的,也是最幸福的。"孩子赤脚走在泥土上,是乡村常见的场景。但张佐香却由此想到地气,并将其比喻成"大地生长出来的特殊植物",可谓奇思妙想,读之回味无穷。张佐香所选用的字词,在充分显示出她的童真时,也体现出她具有高超的修辞能力,如指甲在她的笔下变成了五张小犁。生动的比喻,是对中国传统农业耕作工具的怀念,也是她对幼时生活的怀念。张佐香精心选择字词的创作态度,让她的散文语言在清新中具有了大气磅礴的气势,如"我无数次站立在地图前,眺望中华民族的母亲河"中的"眺望"一词不仅让冰冷的、没有温度的、平面化的地图富有了生命的立体感,也让读者感受到了黄河的磅礴气势,还有张佐香对祖国河山的赤诚之爱。

三、诗性意象:寻常可见 细小入微

张佐香喜欢通过对寻常事物的描写,展现自己的人格高度和精神境界,这就决定了她所见过的事物只要符合她情感抒发的要求,都可诗性地成为她笔下的文学意象,并因此具有独特的灵韵和生命力。常见的农村景色,在她的笔下是"村庄不动水稻在动,生动的水稻用叶片、用色彩托起了家园"的诗意的灵动画面。村庄是人,水稻是粮食、是大自然的象征,人对水稻好、对大自然好,那么它们就会默默回馈人类。张佐香极爱赋予常见的事物深层的文化内涵,并用充满诗性和智性的笔墨呈现出来,如在《母爱如棉》一文中,张佐香认为这世间真正能够温暖我们的,只有母亲和棉花。母

亲给予我们心灵的温暖,棉花则给予我们身体的温暖。以此为铺垫,她回忆了自己和母亲一起从容种棉花的经历,还有从种下棉花那一刻就期待收获棉花的心情。其实她要期盼的不是真正意义上的棉花,而是棉花能在她"心灵深处泛着朴素纯洁的清香"与温暖。棉花之所以具有这种效用,是因为妈妈用棉花缝制了各种保暖用品。因此,她拥抱的是棉花又不是棉花。

因为细腻的情感和诗性的表述,同样的事物在张佐香的笔下,每出现一次,就具有一次独特的生命力,如习见的"风",在张佐香的三部散文集中,共出现了583次,《在时光的回声里漫游》185次,《亲亲麦子》230次,《鲜花照亮了我的房间》168次,它们或是在同一篇文章,或是在不同文章,但不论是哪种,张佐香都赋予了它们独特的情感和文化内涵。在张佐香的笔下,常见的事物并非都是如"风"一样有如此高的出现频率,如"地图"仅在《我触摸到了黄河的体温》一文中出现了两次。这说明张佐香不是把目光均投在不同的事物上,所以她从中获得的体验也不同。因此她虽只关注了一次"地图",但其所投放的情感并不弱于多次出现的文学意象。她专注而痴迷眺望的不是地图上线条勾勒出来单纯意义上的黄河图形,她要眺望的是中华民族的"母亲河",因为对母亲河充满深情,所以她在夜晚出发去黄河。在黄河那里,她展开了纵横开阖、浩瀚无边的想象,而这所有的一切都是因一幅寻常所见的地图而生,充分体现了张佐香善于把自己的情感投入寻常的事物,并描摹出不同于他人的诗意般的感受的写作特征。

"怀旧"是文学创作也是散文创作中的一个常见母题,班固在《西京赋》中就提出"摅怀旧之蓄念,发思古之幽情"。同样,在张佐香的散文中,"怀旧"也是一个经典的母题,她的怀旧,涉及面较广,既有对自己人生经历的怀旧,也有对中外名人、名物的怀旧。她的怀旧不是为了沉湎、祭奠过去,而是以怀旧为契机,引发自己对当世当时的深入思考。在《父亲》一文中,她说:"一生在天然纯粹的阳光雨露里生息劳作的父亲是善良的慈祥的宽厚的,但他的性格中也不乏人性的弱点。"成年后,当她智性地去分析父亲时,比童年多了些宽容,而这正是怀旧母题所要呈现的一个重要内涵。

无论是怀旧还是写实,张佐香都喜欢将关注点放在寻常可见的微小的事物上,她将自己美好的真情实感附于其上,就创作出了别样的文学意象。

四、文化内涵:蕴藉深厚　丰韵生动

贾平凹认为好的散文应该具有两个要素:一是境界要大,二是题材要广。要让这两个要素既能赋予散文更高的艺术欣赏性,也能使散文具有更持久、更富有内涵的生命力,作者就必须赋予切合散文内容的文化内涵和文化精神。如在《茶思啜香》一文中,张佐香赋予"茶"中国文人墨客的精神特质:"茶是属于东方的,茶是属于中国的,茶是属于文人墨客读一点书写一手字斯斯文文的知识分子的。"也是人生与茶文化的完美契合:"茶初沏时,叶片儿沸沸扬扬,万头攒动,热闹非凡,犹如少年初涉尘世的喧哗。洗茶过后,香气渐浓,似盛年时期的辉煌。茶过三道,其香则弱,仿佛暮年时一切皆归于平淡。但茶竭尽全力散发着最后的余香,在淡泊中坚守往昔的辉煌"。毫无疑问,作为中国文化中的一个重要构成要素,茶自面世起,就被许多文人墨客作为文学创作的对象,赋予了它丰富的内涵,甚至可以说,我们找不到茶还有哪些文化内涵没有被提及过。所以,把茶作为散文的对象,稍不留意就会落入俗套。观张佐香的茶散文,在三部集子中,茶出现了132次,或是静心茶,或是文化茶,或是音乐茶,或是友人茶,各自袅袅,将一股富有文化气息的茶香散入了张佐香的所有的散文作品中。

张佐香也善于对历史典故进行思考,在《庄周梦蝶》一文中,她通过对庄周梦蝶一事的联想,把梦与现实的关系实质化:"梦境也是一种现实,这种现实以风景人物为依据。我们没有理由把它们视为虚无,梦境中的情、景、事是现实,而孕育梦境的我们则是一具躯壳,是真正的虚无"。换句话说,张佐香认为梦是现实,虚无是肉体。这种观点彰显了张佐香对生命有着通透的认识,所以她笔耕不辍地用文字来展现自己的精神,把文字当作自己在这个世界存在过的明证。另外,文化精神也是张佐香在散文中常展现的一个母题。《心灵之约》一文中,她提出爱情虽有时代性,但不论在哪个时代,"内心贫瘠,远离心灵沉醉和精神享受的爱情是不足道的"。端午节的粽子,是为了纪念屈原的一种食物,但粽子本身并没有被分解开,被赋予和屈原有关的不同文化内涵,在《粽子飘香》一文中,张佐香对其进行了精准而深入的分解:"粽子棱角分明的外形,象征着屈原刚正不阿的品格;雪白的糯米,寓意着屈原廉洁清白的一生;粽心的红枣,既是屈原对楚国也是乡亲们对屈原一颗火热的心。"

张佐香散文中的文化意蕴深具哲理,在满山的山楂花前,她感受的是"小时候,幸福是简单的;长大后,简单是幸福的"。这个感受很有哲理,人一生要想幸福,离不开"简单"二字,但不同人生阶段的"简单"又有所不同,分得清并合理安排"简单"在不同人生阶段的位置,才能让自己的人生获得真正的幸福。

若没有人类的欣赏与诠释,世间万事万物不会有文化意蕴。日常生活中的小事小情,在张佐香的笔下,都变得丰韵灵动起来,成为了一种深厚却又不失真实的文化意象,以一种"本该如此"的方式阐释着张佐香的精神与情怀。

张佐香散文写作的视角是世界性的,她散文中的文学意象遍及古今中外,世界和时间在她的笔下,变得犹如咫尺之间,或是和谐共处同一篇文章,或是独居一篇,错落有致间,营造出了一个张弛有致的地域空间。如在《世界性的山楂花》一文中,张佐香说自己虽然"错过了王羲之的兰亭雅集,错过了孟浩然的把酒话桑麻,错过了韩熙载的夜宴琵琶,但我有幸遇上了山楂树的华枝春满,足矣",非但如此,她还由此联想到了唐诗宋词元曲和齐白石、吴昌硕、张大千、潘天寿水墨画中的女子,面对一朵朵寻常可见的山楂花,她能联想到中国传统文化中如此多的元素,再次证明她能够把自己掌握的知识融会贯通、灵活运用。接着,山楂花又让张佐香想起了《山楂树之恋》中静秋和老三之间的爱情,想起了奥斯维辛集中营那个逼仄的房间中将窗外山楂树当爸爸、山楂花当妈妈的小姑娘。她的知识库中所有和山楂花有关的内容,就这样被她通过丰富的联想巧妙地联系在一起,出现在同一篇文章中，也因此有了世界性的山楂花。

在《仰望天空》一文中，独自仰望天空的张佐香，面对太阳，"古埃及的《太阳颂》、古印度的《梨俱吠陀》到中国诗人屈原的《楚辞九歌》"——出现在她的脑海中，紧接着就是"拜伦、弥尔顿到郭沫若"，这种天马行空但又脉络清晰的联想能力，幻化成了张佐香笔下的一个个有趣的文学意象。

综上，张佐香的散文景外有景，象外有象，味外有味，蕴藏着浓厚的诗意哲学和独特的文化内涵，体现了当前国内散文创作的主流趋势。

王美雨，临沂大学文学院教授，文学博士，硕士生导师，主要研究方向为汉语、文学评论。

温度·力量

——感悟王淑萍散文集《流年里的余温》

◎ 翟明辉

一向认为,在红尘喧嚣、众生浮躁之时,尚能于书房和厨房的反复切换之中安之若素、欢喜度日的女子,必是这世间最美好的女子。

好在,从古至今,这样的女子虽然不多,却总还能遇得到——或在悠长深邃、暗香浮动的历史长廊里,或在心目所及、明媚静谧的现实生活中。

今年伊始,收到了宁夏文友王淑萍女士寄赠的个人散文集《流年里的余温》。打开的刹那,便是一阵久违的感动:素净淡雅的扉页上,端庄洒脱、收放有度的赠语和签名,以及朱红色的私人印章,无不体现着作者对文字的虔诚和热爱,体现着对一位素未谋面的文友兼读者的尊重与谦和,同时,也隐含着作者温婉坚韧、刚柔并蓄的个性气质。

一字一句品读完毕,不觉萌生了想要说些什么的冲动。当然,我写的不是一篇书评,所谓的"深度解析"是语文老师和评论家们的事,我是没有臧否别人作品的喜好和资格的。

我只想分享,分享作品中那些散发着作者灵魂温度和思想光芒的部分所带给我的心灵上的震颤和慰藉。

《流年里的余温》,不是一部名家大作,只是一位平凡的女子在平凡的生活之中用自己喜欢的文字记录下的平凡的点点滴滴,100多篇文章也仅仅300余页,却因了作者不凡的才华、诗意的笔触,尤其是独特思维和真挚情感的注入,使这部薄薄的作品具有了浸润心灵、温暖岁月的力量和厚度。

在书里,作者虽把109篇文章分别划分为"情随事迁""布帛菽粟""寸草春晖"等六部分,但浓浓的人间温情却始终贯穿其间,不绝如缕,使得六个章节宛若六位同胞姐妹,各自独立却又心手相连——故园情、草木情、母女情、古今情、山水情、母子情……让你在面对这些如鲜活生命一般的文字时总能邂逅到心灵和情感的契合,或会心一笑,或黯然神伤。

繁华的黄渠桥镇上,美食罗列,清香四溢,那个可爱的小姑娘"看着、馋着,拽一下父亲的袖子,四目相对,撒娇一笑,热乎乎的年糕就到了手上……"(《赶集》)这一幕瞬间击中了我这位年轻父亲内心最柔软的部分,我那天使般的女儿,不也曾用这样娇憨的眼神和稚嫩的声音一次次融化了我的胸膛吗?

"细品甲骨文。一块骨头,带着一股巫气,刻下天地鸿蒙,才有了如今'刻骨'的相思,'刻骨'的爱恋,'刻骨'的恨,'刻骨'的痛。很难想象古人一笔一画'刻骨'时,心里是怎样的万古长风?"(《落笔有难》)诗意灵动的文字,绮丽独特的解读,苍然古风裹挟着先民的爱恨情仇扑面而来,令人肃然沉寂却又心驰神往。该是多么才思丰盈的女子才能写得出这样撼人心魄的文字?

"一直觉得,最幸福的生活,是将柴米油盐的温暖,用精湛的手艺,释放诗意的璀璨。"(《烟火人间》)这样才情共厨艺一身的美好女子,固然是那个幸运男子的无上福气,可不也是我们这些在文字里与其相遇的谋面和未曾谋面的所有友人的福气吗?这个女子让我们豁然顿悟到原来柴米油盐的味道里竟还蕴含着如此绮丽动人的浪漫。

更为难能可贵的是,这些文章中时时体现出来的"老吾老以及人之老,幼吾幼以及人之幼"的悲悯情怀。

农贸市场里,卖竹篮的老人守着一堆篮子却少人问津,而"我"一下买了五个,是仅仅因为喜欢吗?"篮子是崭新的,依稀还能闻到竹子特有的清

香。老人拿起竹篮，一个一个擦拭，仿佛擦拭着一件经年的宝贝。我的心，潮湿起来……"（《红尘惊喜》）

许是因为是才华非凡的女性吧，作者对历史上那些人间精灵一般的奇女子有着非同寻常的理解和同情：当垆卖酒的卓文君，威仪天下的武则天，烟花寂寥的鱼玄机，寒夜断肠的朱淑真，红唇烈焰的陆小曼，一身诗意的林徽因……无论她们有着怎样的遭际和变故，也不管她们有着怎样的才情和名位，在作者的笔下，都能捕捉到她们身为女人内心最本质的柔美和善良。

在"时光的礼物"里，一位母亲对儿子的爱与哀愁，对儿子的蚀骨情怀，对儿子的希冀与欣慰，相信会让每一位咀嚼这些文字的人潸然泪下……

没有尖刻，没有愤懑与怨怼，也没有故作老到和清高，更看不到所谓"看破红尘"之后的冷漠与凉薄，有的只是春风秋月般的温和与清凉，即便是忧伤，也仿佛在心河的暖流中浸润过一样。她细心地过滤掉所有的彻骨之寒和锥心之痛，让你那在社会的争斗中渐趋冷硬的灵魂变得温热而柔软，不至于被圣洁的感动和良善彻底抛弃。

致敬作者，致敬这美好的文字。

　　瞿明辉，笔名叶沉，驻马店市第二高中教师，西部散文学会会员，新锐散文签约作家，市作家协会会员。

时有落花至　远随流水香

——读《文学的触须》兼忆西海固文学

◎丁朝君

在小说成为文学之王的今天，评论者很像山珍采集队员，他们要费很大精力才能捧回小小一椒。他们中间有钟正平。在拜读了他许多的评论文章之后才有缘与他见面，英姿勃勃，儒雅豪爽是我对他视觉的印象。

收到了他邮赠的评论集《文学的触须》，认真拜读后，感慨良多。唯文学评论者能掂量出这本评论集要阅读多少原作品才能筛选、过滤出批评文章。他在教学与行政工作之余写出这么多篇章，足见钟正平钟情文学、甘愿为西海固文学鼓与呼的热情。

《文学的触须》有28万字，包括"西部边地的文学风景""西部边地的文学声音""西部边地的文学视野"三部分。重点是对西海固文学的起源、发展、提升的探究，对西海固作家群进行了详尽的分析与归纳，对石舒清、郭文斌、季栋梁、马吉福等人的作品从思想性、艺术性及精神层面的影响都做了深入细致的评论。他称西海固作家是"是一群黄土地上的文化囚徒、精神旅人，长期以来他们忍受着无人喝彩的无边寂寞，抵御着世俗大潮的不断诱惑，让方块字在这片多难贫瘠的土地上开花结果，让它的光芒照彻黄土地的苍凉寂寞"。在他才气横溢的文字里，有《西海固文学断想》《世纪回眸西海固》《西海固文学释义》《西海固文学发展述略》等总体性的评论。全面详尽地论述了西海固文学的起源、历史、发生、发展与现状,研究西海固文学作品中的独创性、深刻性。特别是《生存苦难与精神狂欢——论西海固小说的题材与主题》一文,更是属于钟正平独家的卓越见识。通过对20多年来西海固小说创作的考察,揭示了西海固文学的基本特征,认为西海固文学是对童年生活的文字复活;是从民间立场出发,以乡土情怀为审美特征,形成了一个共同的民间话语体系;西海固文学经历了由展示生存苦难到表现精神抗争的探寻。

除了总体的评述之外,他对有影响的作家的个案的评论也不少,如对石舒清的小说的评论,对郭文斌散文集的评论,对季栋梁的作品的评论都独具慧眼,深刻精辟,闪耀着理性思辨的光束与评论家的非凡智慧。他对经历非凡的了一容情有独钟,他认为了一容的小说多写流浪者的生存挣扎,努力挖掘蕴藏于社会底层的生存群落中的人性的某些方面,表现民间道德所体现出的正义、仁爱、同情心以及顽强坚挺的生命意识,为西海固小说创作开辟了一个新的审美空间。

1998年春,西海固作家的摇篮——《六盘山》杂志打出了"西海固文学"的旗帜,推出了西海固散文专号,又邀请区内外作家学者于1998年4月30日成功举办了"西海固文学研讨会"。《朔方》杂志于1997年4月号、7月号和1998年10月号分别为海原、固原、西吉的作家们推出了"作品特辑"。《宁夏日报》1997年11月7日的"西部周末"头版以整版的篇幅、彩色图文的方式推介了海原作家群,张贤亮先生著文称"幸亏宁夏南部山区还有几位作家出来"。同时,西海固地区最高学府固原师范高等专科学校(今宁夏师范大学)也成立了一个专门的学术研究机构——"西海固文学研究室"。1998年6月11日,中国文学界的权威报纸《文学报》头版以《西海固文学正在崛起》为题报道了"西海固文学现象",《固原日报》开辟专栏进行了长时间的关于西海固文学的热烈讨论。1998年6月16日,《宁夏日报》头版显著位置以《繁荣西海固文学创作——固原地区文联精心营造精神产业》为题详细报道了西海固文学创作情况。1998年8月,中国作协创联部副主任、著名文学评论家雷达为《六盘山》杂志题词："西海固,神秘的土地,承受过太多的苦难和贫穷,创造过绚丽的历史文明,它必将创造更加美丽而宏伟的文学。"这一切都说明"西海固文学现象"已经引起了区内外文学界和社会的广泛关注。在这些叙述中,钟正平客观地评述西海固文学发展繁荣的多种因素,没有片面地强调个人因素,可见评论者公正、冷静的治学态度。

身为西海固文学队伍的一员,钟正平珍爱脚下的土地,他不遗余力地为西海固文学的繁荣鼓与呼,他站在理论高地,竖起西海固文学的旗帜,广为传播西海固文学的魅力,表现了西海固儿子的丹丹忠心。《文学的触须》是他对西海固养育之恩的回报。我相信,西海固文学在如此热心人士的共同呵护下会更加辉煌。

丁朝君,曾在宁夏社会科学院工作,二级作家。

见证荒原的巨变

——报告文学《黄河水浇灌的荒原》读后

◎赵炳鑫

记得那是2016年5月,铁凝在宁夏西吉为中国作协举办的"文学照亮生活"全民公益大讲堂上的第一堂课上说过:"宁夏是一片神奇的土地,这里是文学宝贵的粮仓,文学是这块贫瘠土地上的最好庄稼。"从宁夏近年来的报告文学创作来看,这样的评价并不为过。在当下"讲好中国故事"的活动中有一种文体特别受人们的喜欢和关注,那就是报告文学。宁夏在这方面的创作可圈可点。据我粗略统计,近几年出版的反映宁夏脱贫攻坚的报告文学就不下10余部。比如著名作家何建明倾力创作的《诗在远方——"闽宁经验"纪事》,季栋梁的《西海固笔记》,王建宏的《百万大移民》,段鹏举、火会亮、孙艳蓉的《大搬迁》,崔纪鹏的《我的扶贫纪事》,段治东的《清凉山扶贫日记》,等等,当然,还包括现在放在我案头的这部由胡静创作的《黄河水浇灌的荒原》。

知道胡静,也是这两年,在一些报刊频频见到她的名字,知道在宁夏红寺堡有这样一位写小说、散文的作家,散文有灵气,小说也很接地气,是那种功底比较扎实的写作者。拿到胡静的长篇报告文学《黄河水浇灌的荒原》,心头一热。说到红寺堡,记忆的闸门一下子就打开了,记得那还是2009年4月一个乍暖还寒的日子,我参加了宁夏文联组织的采风活动,第一站就是红寺堡,那是我第一次与红寺堡的近距离接触,给我留下了深刻印象。

说到红寺堡,就不得不说到西海固,就不得不提起移民的话题。因为红寺堡的移民大都来自西海固。就是这样一群以黄土为乐、不服输、有韧性的西海固人,硬是从亘古的荒原中蹚出了一条生命之路。我能想象得到,他们初次面对亘古洪荒、风沙肆虐的这片荒原所表现出来的那种悲壮感,那绝不亚于一个走向战场、视死如归的战士。"其实地上本来没有路,走得人多了也便成了路。"

确实,奇迹就这样发生了。奇迹的见证者,就是这本厚重的《黄河水浇灌的荒原》。在这本书里,让我看到了曾几何时,这是一片与荒凉连在一起的土地。但谁能想到,二十余载岁月,耕耘者、拓荒者、寻梦者……把汗水和心血挥洒在了这片土地,他们用热血和青春书写的生命之曲,为自己以及他们的子孙开拓的美丽家园。我们不必为一座座涵养着一个个生命甜汁的瓜棚而去计算它的成本与营利;我们也不必为那一片片万亩的葡萄基地而去盘点它所带来的劳动价值。看一看那些佝偻弯曲的脊梁,再看看那一张张黑红的脸庞吧,我们就会知道,他们的付出是无法在天平的戥子上称斤弄两的,他们的付出是多么不易。在西海固人的人生字典里,没有"不可能"这样的字眼。

当然,我能想象得到这种坚韧所要付出的代价,我的父老乡亲作为第一批拓荒者,对他们我要表达我由衷的敬意。冬夜的寒雪、夏日的骄阳,遮天盖地的沙尘暴、凄厉的西北风、"白骨似沙沙似雪""绿海无毛沙气蒸"的荒凉与凄恻……岁月的洪荒把时光遗忘。

我用心在感受着胡静带给我的关于红寺堡那片土地上发生的故事,它们是那样震撼人心,让人难忘。张晓锋的创业之路,徐海霞的幸福生活,马吉元、马三靠、王克银的致富之路,独腿村医陆秉权的医者仁心,轮椅上的"向阳花"何文花,磨坊里实现脱贫梦的马腾俊,驻村书记梁为,养牛出了名的弘德村,开纺织厂的胡英,非遗传承者赵秀兰,等等,这些小人物的大故事,在胡静的笔下都散发着强劲的艺术感染力,让人难忘。

我以为纪实文学在某种程度上就是"行走"的文学。它要求作家运用人类学和考古学领域的田野考察手段，抵达所要描述的历史或者现实现场。只有"抵达"，才会唤起。也就是说，对于思想敏锐、情感丰富的作家而言，这样的抵达会唤起一种强烈的心灵感应，会唤起一种强烈的情感共鸣，因此，"抵达"就很重要。记得著名报告文学作家徐剑讲过他的"三不写"：走不到的地方不写，看不见的地方不写，听不到的故事不写。这个原则看上去苛刻，实际上却令他受益无穷，我觉得这是一个纪实文学作家应该秉持的基本理念。

读胡静的《黄河水浇灌的荒原》，给我突出的印象有这样三点。一是写作者主体投入的现场感。我以为写纪实文学必须做到四个"亲"字，即亲历、亲闻、亲见、亲知。在这部作品里，胡静并不是闯入者，而是在场者，亲历者，她很好地践行了报告文学的写实性原则，几乎走遍了红寺堡的所有地方，她的写作中带入了自己的强烈感受，以一位共情者的身份去感受和还原现场，以一位在场者的主体情感去体察和还原那些感动人心的事件，使得这部作品具有很强的现场感与突出的主体性。二是注重普通人物坎坷命运的描写与勾勒，以及鲜明形象的刻画与塑造。这部作品主要叙说红寺堡建镇以来的发展与变迁，但实际上的重心是人物。当然，任何历史都是人的历史。人是历史的主体，人是现实的存在。在红寺堡的建设发展史上，特别是创业初期，每一位拓荒者的奋斗史，就是红寺堡发展历史的一个缩影，他们看似并不起眼，但汇聚在一起，则是一股磅礴的力量。再现他们的奋斗历程，在某种意义上，就是在书写红寺堡拓荒的历史。在这部作品中，让我最感兴趣的，或者说印象更深的，是一个个拓荒者的人生命运。这里边，既写到了创业之初的艰难困惑，又写到了后来取得成功的欣慰和感慨；既写到了当初走出西海固时的那种彷徨与无助，又写出了改变带来的喜悦与满足。特别是从女性的视角对普通农村妇女在移民大搬迁中，表现出来的那种与命运抗争的执着与韧性，让人感动。作品的每一个章节，每一个人的经历与命运，都构成了人物小传。这部作品与其他写扶贫题材的作品有一个很大的不同,即运用多种表现手法,多角度、多侧面描写人物形象,反映其性格特征。人物群像饱满生动,展现其内在精神世界丰富多彩。三是作品在以人物为主的同时,注重小中见大,以细节取胜。如在《行走红寺堡》一章中,胡静写到了鹏胜地产公司董事长吕吉元照顾89岁孤寡老人马菊花的故事,写到吕吉元去看望老人时发现炕上摆着一张四四方方的小桌,桌上放着一碟咸菜和几个干馒头,他忽然有种想流泪的感觉,他说:"大娘,以后我就是您的儿子。"老人摩挲着手指,两行清泪簌簌地流了下来,从此以后,吕吉元就包办了老人的一切生活。这看起来是一件小事,但细节很感人。

近年来,党和政府把脱贫攻坚作为全面建成小康社会的底线任务,历史性地解决了绝对贫困问题,创造了人类减贫史上的奇迹。这样的奇迹值得大书特书。总的来说,这部作品资料丰盈可信,事件真实生动,它的亮点在于小中见大,以个体的拓荒史映照出中国当代伟大的减贫扶贫史,值得肯定。

赵炳鑫,中国作家协会会员,中国文艺评论家协会会员,宁夏作协理事,宁夏政协文史专员。《宁夏党校报》副总编。

文脉赓续，薪火传承

——谈谈侯凤章的文学创作

◎张富宝

近些年来，我自己身为宁夏文学的研究者，也算是对宁夏文学有了一些粗疏浅显的了解。但随着时间的推进和研究的深入，我觉得我们当前的学术研究中还存在着一些值得反思的问题，尤其是以"当代文学史"（"地方文学史"）作为标志性成果的研究模式。作为一种宏大叙事与知识生产，它拥有难以替代的"话语权力"，然而它的难度和限度究竟在哪里？它的标准和尺度究竟是什么？它究竟应该呈现出怎样的文学史面貌？恐怕很多写作者自己对此还缺少相对自觉的有深度的反思。其实，我个人一直对所谓的"当代史"持谨慎、怀疑的态度，因为缺乏时间的淘洗与历史的沉积，所谓的"当代史"难免带有太多当代书写者自身的片面性与局限性。在这一点上，我非常认可文学史家洪子诚先生的"反思意识"与"旁观者姿态"。"在历史写作上，我基本还是一个'旁观者'。在难以做出判断的时候（这种时候很多），我更愿意将不同的陈述、不同的声音收集起来放在人们面前，供他们思考，让一时的被批判、被否定的声音不致过早湮没、忘却；因为'历史'证明，它们也不都是虚妄之言。"（《洪子诚："不确定"可能是另一种力量》）我说这些话的意思是，当大量的"当代文学史"（"地方文学史"）批量地、急切地涌现的时候，我们更要保持一种兼容的胸怀与清明的理性，更要尽可能还原历史本身的复杂性与多样性。

正是基于此,我感觉这些年来我们的地方文学研究也好,文化研究也好,大都带有些纸上谈兵的"概念化"痕迹,与真实的历史发生现场尚有一定的距离,也就是说,这些研究多是囿于书斋与文献数据之中,没有切实地触及我们脚下的文化土壤。就拿宁夏文学的研究来说,我们可能还是过多地集中在对少数代表性人物与作品的研究上(主要依靠文字记录与发表作品),我们其实是有意或无意、忽视或遮蔽了一个更为鲜活、更为广阔、更为深厚的领域,那就是基层和民间。这样,当我们在面对诸如侯凤章老师这样的写作者的时候,恐怕他(他们)很可能就成了文学史上的"失踪者"。文学史不仅仅是优秀作家和优秀作品的历史,更应该是文脉赓续、文化传承、文学生态的历史。宁夏文学与宁夏文化的发展与繁荣,当然离不开世俗意义上的"成功者",但也更需要关注那些"沉默的大多数",更需要探究它背后籍籍无名的耕耘者和坚守者,更需要深入它背后的生存土壤和文化根基。

根据我的观察,在宁夏各个市县乡镇,都有一大批扎根本土、酷爱文学的基层作家队伍,其中,有一大部分都是中小学老师,他们在教书育人之外,始终如一地坚守着文学的梦想,为懵懂的孩子们播下了文学的种子。人生之初,正是因为他们的引领,点燃了孩子们心中文学的光亮。他们是教育者和创作者,更是真正的启蒙者和燃灯者。我想,这个意义非常重大。我曾经把这个化育的过程叫作"诗性启蒙"(用文学的、形象的、情感的方式,而不是思想的、概念的、理性的方式,在孩子的心灵中种下真善美的种子)。在这些人中,侯凤章老师无疑是最具代表性的人物之一。时至今日,他可以说是"桃李满天下",他的弟子们也都在各自的岗位上成绩卓著,而他们无不享受着那些曾经的"文学滋养"。这种滋养,有直接的,也有间接的,它更多的是一种息息相通的根脉,是一种春风化雨的品质,是一种自由率真的精神。"十年树木,百年树人。"倘若没有这些老师的存在,宁夏的文化生态与文化土壤恐怕会是一片贫瘠,恐怕会很难长成参天大树,更遑论蔚然成林。

说老实话,我一直对盐池这块土地缺乏足够的了解,总是觉得它是一片偏远荒芜之地，但最近读了侯凤章老师的系列作品，我深深为自己的无知和狭隘感到惭愧。很多时候，我们其实对自己脚下的土地是傲慢而陌生的。在侯老师笔下，"盐池是一片古老的土地，是一片有着厚重文化的土地，因此说到盐池文化，我们有足够的自信，它有着古老的传统和积淀。盐池不是一片文化荒漠之地，而是有着丰厚的文化养育和内涵的热土"。在这样的字里行间，我们深深感受到：这是一种爱，是一种真爱、挚爱、大爱；这是一种情怀，一种精神，更是一种责任。这些东西不是悬空的、飘浮的，而是饱经了岁月的沧桑与人生的历练沉淀的、凝结的。在这个意义上说，侯老师的写作是真正基于本土的写作（区别于太多"伪乡土的写作"），是一种真正散发着泥土气息的写作（区别于太多"书斋里的写作"），是一种真正"为人民"的写作（区别于太多"为市场"的写作）。

侯老师的写作，有几十年的时间跨度，涉猎范围比较广，既有文学性比较强的散文、诗赋、杂文、小说等，也有纪实性风格的文史写作与文化随笔，大量涉及盐池本地的历史、文化、地理、民俗、饮食、语言，等等，文笔流畅，视野开阔，底蕴深厚，既有敏锐的历史意识，又有强烈的现实关切，更有深沉的情感投入。而在这些写作中，我觉得后者更有意义和价值，它必然会成为关于盐池、关于故土、关于我们自己的最珍贵的文化记忆的一部分，甚至毫不夸张地说，这些写作所构建的盐池文化史与乡土史，不仅关乎过去，关乎现在，更关乎未来，它是一笔无比珍贵的精神财富。因为它不仅关乎一个人，更关乎一方热土。文脉赓续，薪火传承，我想，这是它最大的意义。

张富宝，宁夏大学文学院副教授，中国文艺评论家协会会员，宁夏文艺评论家协会理事。

不动声色与激情燃烧

——吴全礼散文印象

◎赵金勇

散文的写作,必定是一个人情感乃至生命的挣扎和苦修。读吴全礼的散文,时时被一种莫名其妙的沉重与锥心切肤的无奈所窒息。掩卷思之,感叹唏嘘之后还是感叹唏嘘。

每个写作者都有自己最熟悉最无法割舍的那一方景物。充溢在吴全礼的人生体验和感知中,又不动声色持续发力的,似乎最多的是灰暗和阴冷的色调。在他的散文中,儿时的记忆,逝去的岁月,乡愁的煎熬,生活的艰辛,亲情的牵挂,生死的别离,无望的守候,等等,都让人真切地感受到在时空的交融中,时光越久,思念越烈的力道与深度,都是让人无法在心情舒展的状态下轻松阅读的题材。

吴全礼散文的主题集中于亲情友情的生动演绎,时光岁月的白驹过隙,活着死亡的悲喜交集,篇篇都像现场的即时录制,涉猎的题材并不宽,然而,恰恰是这种不加雕琢的原生态的写作方式,使他的作品忠实地记录了现实的人所传承的文化基因,所遵循的精神逻辑。它可以让我们很好地感知疼痛与关爱,消除误会与隔膜,有情有义地生活在一起,有滋有味地寻求更美好、更快乐的生活。

在吴全礼的笔下,亲情、人情、心情,以及念想、挣扎、隐忍年复一年日复一日地慰藉着、诱骗着、疼痛着一颗颗无法舍弃又无法释怀的心,在一种心力的强势统领整合下,截然相反的诸多情怀呈现出一种似是而非的和谐融洽,但其中也隐藏着某种隐秘的变化。在描写那些籍籍无名的平民百姓乃至家长里短的幸与不幸时,他采取了一种冷静克制的笔触和几乎白描的手法,不动声色地倾注了内心涌动着的一腔怀念与怜悯之情。那些再普通不过的一类最底层人的"原生态"生活场景,他们的喜怒哀乐与生老病死,显得艰难辛酸而真实丰富,平凡卑微而厚重深刻,单调无奈而复杂生动。我们在那些貌似祥和稳定的面纱之下,隐约可以看到生存的压力、时代的隐痛乃至死亡的阴影,仿佛能真实地触摸到底层众生皮肤的温度。

有生命力有温度的文字一定是从内心生长出来的,散文更是直接进入人内心梦想的文体,像一束光芒一样照耀着我们迷茫或者幽暗的内心世界,它由我们的内心打通事物的无所不能,即使面对迷宫一样的世界感知,它也会像触须一样,沿着思维攀爬,走到任何一个被发现和打开的通道。许多困乏无聊让人找不到现场感的事物,我们身在其中习以为常,直到将要失去时才突然发现它的多情多义,才体味到它的缤纷绚丽。吴全礼的散文紧贴生活,几乎都是对时光和生命的感悟。他的散文中,有很大一部分是写亲情的。譬如《堡子里的时光记忆》《尘埃微粒》《来的和去的》《镇北堡的味儿》等文章,有对时光一去不复返的感慨,有与病魔抗争过程中的坚强与虚弱,有对活着的留恋与对死亡的恐惧,有被亲情抚慰和误伤的冷暖。在他故作冷静不动声色的讲述里,其实有烈烈的激情燃烧,字里行间流露的是一个情深义重的人对世间万物的情深义重。这是对生与死的感悟,生命在这里完成了自己的轮回。如此富有哲理的彻悟,对生存的逼近体察,贯穿在他的每一篇文章中。

散文中有了人,有了情,散文就活了。亲情是吴全礼散文的一大主题,循着时光和生命的隧道,他有了独特的发现,他意识到了我们身上习焉不察的伤痕,从头到脚,挂满了我们的身体在与时光的殊死搏斗中沉积下来的斑斑伤痕。它不时地现身于我们的肉体之上,提示我们这就是被无意中忽略的那一部分生活,它天生爱以疤或痕的表情逼自己现身,告诉我们所有的疤痕都来自时光,来自生活,它与生命相关,和生存紧密相连。

吴全礼的散文具有真诚的品质。他的文章有一个最基本的出发点,那就是从自己的经历出发,从自己的生命出发,写出自己的所思所悟。时光在他那里,是和他的血肉融合在一起的。他小心翼翼地以自我为中心,书写目力所及的人与事。在他那里,散文不是描摹,不是对自然和社会的歌咏,也不仅仅是对历史的感喟,而是需要以自己的生命为底色的。因此,这样的文字,就会有灵魂,就会有自己的呼吸,就会让人们扪到写作者的心跳。

吴全礼只是一个身处乡村与城市之间的思考者、体悟者。他现在生活在城市,然而他的童年、情感、人格都与乡村密不可分。或者也可以说,是乡村塑造了他。乡村不仅有他的记忆,还存留着他人格形成过程中感受到的一切。他也写了故乡人们之间的矛盾。但这种矛盾又是在亲情与乡村道德的制约中生成、消散的。当然,吴全礼的散文并没有担负找到出路的重任。他只是从自己曾经所见所感所悟中描绘出过去的故乡。这是一个令人怀想的故乡,是一个天蓝水清、富有诗意的故乡,是一个无论身处何处都会让我们的内心温暖、纠结的地方。正因如此,当我们发现故乡今天的落寞、凋零时,才更加深切地感到故乡是多么值得让人依恋、回味,以至于重建。当故乡被置于身后时,故乡依然是故乡。我们不能没有自己的故乡,那样的话,也就没有我们自己,更没有未来。从吴全礼的《堡子里的时光记忆》《尘埃微粒》《镇北堡的味儿》等一篇篇作品里,我们随他走进往事如烟、人生苍凉、情意弥漫的乡村,认识了一个个似曾相识的形象,了解了一个从乡村走来的行者苦涩而坎坷的成长道路和心灵历程,体验和感受到他那种属于生活所分泌的灼人疼痛与温暖。有人说,散文是岁月的天然盟友,有人生处,散文必在。散文青睐岁月的划痕,也不排斥时光的平淡。人生中一些微不足道的小事或细节,往往成就大散文,从这个意义上说,吴全礼的散文强调一种在场感,那是一种自己身体在场的展示,是一种现实的存在,是时空的物证,是以有限的个体生命体验无限的存在。

　　吴全礼笔下的人物都有着诸多的不如意，生存生计、婚姻、邻里、亲朋，为生计奔波，为男女之事焦灼和费尽心机，或坚忍执着，或听天由命，或恪守一种传统，或不择手段为现实富贵。有来自世事的变迁，如《堡子里的时光记忆》；有来自心灵深处的追问，如《来的和去的》；有的来自饥饿的折磨，如《大食堂》；有来自对亲情缺憾的苦恼，如《全家福》。也正是这些人和事，在用一种无意识的生存本能，极力彰显生命的崇高，为命运而奋斗的荣耀。作者看似平淡的纪实叙事给人以沉重的思索。作品虽然是散文，但却颇具小说笔法。作品中那种独特的精神体验，那种撩拨心弦的欢乐与痛苦，使人感动，令人震撼。他的散文不仅流露出一种对于人的本质的深刻理解和洞察，还有着对生命的坚定信仰以及对人性善良的肯定和召唤。其中的一情一景、一事一物，皆是他亲身经历，走过心、动过情的刻骨铭心的留痕。悲苦中有追求、欢乐中有向往，大气而豁达。虽然是过往的人情世故，却传达出人生的真谛，人性光芒充溢其中。

　　读罢吴全礼的《守家的枣树》，我仿佛全身心进入到了他那段既艰辛又多梦的往事之中。我们真切地体味到吴全礼对往日生活苦涩与甘甜滋味的反刍与咀嚼，这种从心底蒸腾出的炽热沉重的情感分量，充分反映出他虽历经生活的磨难和人生的酸苦，依然具有一副情志不改、宅心仁厚的古道热肠。弥漫在作品清醒、冷峻而苛刻的文字中，虽然述说的对象是一棵枣树，但其所浓浓蕴含的是对所有亲人、所有朋友，对那片土地，甚至对自身所走过的那些岁月挥之不去的眷恋。我们从中可以感受到他对自己生命和情感源头的亲情永远的敬畏与痛惜，感受到对生他养他的那片苦涩又灵性之地永远的惦记与牵念，让我们对他所生活过的那饱含故事与情怀的一处处地方、一段段时光由陌生渐渐变得熟悉，印象随之清晰深刻起来，心灵也因之变得异常的空明与澄净。"越来越多的人搬迁走了，越来越多的房屋空了……我的枣树还能够留守多久呢？"这是他对枣树最后的无奈的告别，里面满是亘古不变的怜悯情怀，厄运中的相扶、困境中的相助、孤独中的理解、冷漠中的脉脉温馨和殷殷情爱……吴全礼就是这样透视着人生的苍凉:一种内在的静穆,一种朴实的光芒,一种沉重的忧伤。

《来的和去的》《全家福》《生死重症监护室》,这三篇各自成章,又有千丝万缕剪不断理还乱的内在关联。吴全礼写到了许多与自己血肉相连的人物,还有从未说过一句话却印象深刻的陌生人。如初为人母的产妇、年龄不大的脑出血患者的妻子、五六个神色沉重的男人和女人、耄耋之年的父母、大哥大嫂、姐姐姐夫、小妹妹夫、侄女和外甥女等,这些因现实生活或亲缘关系相遇在一起的人,深刻地构成了作者五味杂陈的生活世界与情感世界。他们都是曾经存在于生活中的真实原型,作者以不加雕饰的笔墨将他们还原,使我们触摸到了那种底层人物清晰的生活质感和时代印迹。他们每个人都经历着重压之下的艰难生存,每个人都有着自身的独特欲望与诉求,每个人也都书写着自己热望与苦难交织的历史。特别是由于血缘关系而如此亲近的亲人们,他们的生生死死与喜乐哀愁,更是无不深深地牵扯、强烈地撞击甚至切割着作者敏感而脆弱的心灵与神经,也都在作者的内心产生剧痛和极为复杂的情感纠结。他在每个人物身都倾注了怨恕与宽恕、疼痛与爱怜的双重笔墨,把笔下人物的秉性与命运轻声细语地写出,让那些本应不堪回首的记忆,幻化为动人心魄的意蕴和余韵。

好的散文总是时常挑动我们的记忆,触动我们的内心,让我们被城市的嘈杂和喧嚣塞满的内心突然裂开一条小缝,并在缝壁滋生出一丝"潮湿",还有一丝柔软。吴全礼始终坚守着散文的实质和内涵,坚守着散文最为本原的朴素品质:真与诚。吴全礼关注父老乡亲的贫困窘迫,在他们乐观、豁达、自由、潇洒的生活表层下潜藏着深深的苦涩与无奈。他散文的一个明显特色是,他每写一人一事,都会翔实生动地刻画当时的环境氛围,有很强的现场感。其中写到的许多节令、物候、家务、农事、风物、习俗,或许我们并不陌生,一经作者绘声绘色的渲染,立刻活化眼前,讶然可喜。如《堡子里的时光记忆》里写大叔家"屋里的上墙摆放着两个连体的大红描花柜子,这也是村里其他人家里见不到的摆设。大叔家的柜子上摆放着一个首饰匣子似的小箱子,颜色残旧,上面的花纹繁复而华丽,还有一张八仙桌样的陈旧颜色的桌子。"其中许多倾注作者真挚情感的细节描写,着笔不多,却情景交融,非常感人。再如《老时光》里写退休后老民警"个别状况比较严重一些的,绕过去没有通知,得到消息由家人推着轮椅过来,颤颤巍巍挪下轮椅,一脸怒气,埋怨不休。一些搬迁到外市的,大多也会乘车赶过来参加,好似一个盛大的活动等着主角的他们。在我们看来这样的活动就是不来也没啥遗憾。"这些浸润生命体验的文字,可以给人以审美的愉悦、心灵的滋养和情感的抚慰。

贴近生活,感动人心,都出自健康、美好的人性。唯有自己真正感动了,才能感动读者。吴全礼感动读者的奥秘,首先是"真",其次还在于表达上的特别,能够写出客体人和事的具体性和独特性。这来源于他的具体经历、独特性格。文学就是这样,命运中的苦涩可能是灰暗的,但写得真切而到位,从艺术表现上说则又是闪光点。他所写的性格各异的人物,不是隔靴搔痒,不是旁观者的描摹,而是将自己整个心灵融进去了,带出来的也必然是滚烫的灵魂。心灵共振了,情感融入了,笔下便有了时间和空间的穿透力。

赵金勇,宁夏作家协会会员,宁夏文艺评论家协会会员,现供职于宁夏英力特化工股份有限公司。

浅析郎业成和他所关注的石嘴山文学

◎余海堂

在文学的路上,各地都有一批默默无闻的写作者,也称基层写作者,他们辛苦多年,写的作品不一定让人们有多熟知,也不一定能获得什么大奖,但他们仍在坚守。基层写作者更有必要获得评论界的关注,他们的文章更需要批评和评论,这似乎也是鼓励数量庞大的基层写作者继续写下去的理由。

近年来,石嘴山文学界的郎业成老师,在这一方面做了许多实实在在的工作。

2018年5月,在宁夏文艺评论人才培训班上,笔者有幸得到了郎业成老师所著的两本书《石嘴山小说散文论》《石嘴山诗论》,先不论其内容,仅从厚厚的容量来说,颇让人惊讶。在学习期间,也见到了郎业成老师本人,匆忙地谈了几句,他说:"地方上写作者的作品需要有人评论。"

据两本书的后记交代,郎业成,生于辽宁省沈阳市,35岁之后来到宁夏,1984年调入石嘴山文联做《贺兰山》杂志编辑,在中断数年后,2014年又开始恢复写作。他先与友人合著写成《石嘴山文学史》,后个人出版了《石嘴山小说散文论》《石嘴山诗论》,这三本书可以说是2015年前石嘴山地区文学发展、作家及作品的概貌,有目录查询价值。地方文学应该予以必要的研究,留下历史资料,这也是郎业成老师出版此系列书籍的初衷。

石嘴山在宁夏之北,曾有过工业、商业的辉煌,新中国成立后,经济以工业、煤炭为主,迁移有全国各地的人口,因此文化复杂多元。与宁夏南部西海固地区贫瘠的地域、传统的农耕文化、靠天吃饭缺水的生活相比,文学的内容迥异,差异化极为明显,这也造就了宁夏文学板块中独特的石嘴山文学。

20世纪80年代初,笔者就读初中时,从同学手中借到过《宁夏群众文艺》,这是80年代较为流行的宁夏文学刊物。从《宁夏群众文艺》的连载中追寻过流行传奇文学《郭栓子覆灭记》。《石嘴山小说散文论》的开篇评论就是《郭栓子覆灭记》,这是郑正著作的石嘴山市的第一部长篇小说,具有开创性,后获得自治区优秀文学奖。郑正先生还写过一部长篇自传体小说《活着就好》,郎业成老师边引用边评说此书。我更为感兴趣的是《活着就好》。它不仅仅是一部小说,有历史价值,有文化价值,更是口述历史的一部分。

宁夏作家古越、唐羽萱合写的长篇历史小说《大清洋买办》,可说是石嘴山本土的《子夜》,题材取自于百年前的石嘴山"洋行"贸易时期,是地方史记忆的小说范本。关于这段历史,《宁夏文史》等史志类书籍多有回忆文章和记载,如今的宁夏人很难想象石嘴山百年前的辉煌。《大清洋买办》第一部"金羊毛"是写羊毛贸易的,第二部"菊花醉"是写茶叶贸易的,第三部"大黄吟"是写药物贸易的。郎业成在这几篇评论中,用力至深,用大量的篇幅分析这几部小说中的人物形象。人物形象分析这种评论模式是传统文学评论的一部分。从郎业成的系列评论著作中,我们也看到了石嘴山文学中的长篇小说概况,例如陈勇的《养女》和《盛宴》、张玉秋的《家事》《贺兰山深处》和讽刺小说《办公室的故事》。诸多篇幅宏大的长篇小说是石嘴山文学的亮点。

石嘴山历史上有一名人郑万福,既是政府参议,又是公司老板,还是镖局镖头,是有多个身份的"多面人",以郑万福为原型的小说,有李万成的获奖长篇历史小说《荣德堂》,有岳亚东写的长篇小说《白虎镇》。两位作家写同一原型,写法不同,各有千秋。

岳亚东的另一部长篇小说《黄龙山》,时间跨度较大,从解放前一直写到改革开放前,从郎业成的评论中看出,该书的现实主义性更为强烈,难能可贵的是书中还保留了许多西北民俗,例如结婚仪式上的"送亲红车""换红裤带""倒毡""冠巾""躲灰"等,是宁夏北部乡村生活的记录。岳亚东的另一部长篇小说《青马山》,是写挖煤、开煤井、种枸杞等大山生活的。岳亚东的三部小说《白虎镇》《黄龙山》《青马山》组成了自己的《故乡》系列三部曲。

郎业成又评论了焦艳华的长篇小说《紊乱》,小说写都市生活的焦虑和躁动,反映了梦幻与挣扎者对人生信仰、社会紊乱以及人心紊乱的再追问。从郎业成的评论中,我们知道了石嘴山文学中数量较大的鸿篇巨制,各种题材的长篇小说,以及这些长篇小说组成的诸多三部曲,确有立传、保存、评论、记录之必要,也为将来有志于此的研究者提供清晰的文学范本。

石嘴山地区曾经是"三线建设"建设者生活过的地方,齐宝库的《大山作证》描述了有着5000人的"西北电机厂",在艰苦、封闭、严酷时期的生活,记录了一段难忘的历史。"大山"这一文学语言,在宁夏作家的作品中,大多是关于宁夏南部大山的解读,普遍联系着一段艰难的农耕时光。《大山作证》写到的宁夏之北的大山,是对工业的全景化展现,"大山"意象在宁夏文学中南北迥异,南部的农耕文明和北部的工业文明给大山赋予了不同的定义。

石嘴山是煤炭工业重镇,两本书评论了许多以煤矿生活为题材的长篇、中篇、短篇小说和部分散文、诗歌作品。

《石嘴山诗论》中有篇幅较大的《宁夏煤炭诗述评》,对于行业文学做了记录和梳理。《石嘴山诗论》的第三辑、第四辑,是作者对各种诗体的鉴赏类文章,相比于小说散文评论,这类鉴赏类文章也有个人独特的感悟。

从《石嘴山小说散文论》《石嘴山诗论》两本书中可以看出,作者对本地的长篇小说较为重视,关注度更为宽泛,有记录地方历史的,有表现地方人物的,有从中国古代史取材的,有侧重于行业的,这也是与作者本人的城市生活有关,几乎很少出现有关洋芋、放羊、喂牛相关作品的评论,这既是石嘴山文学的特色,也从一个侧面反映了工业化地区人们生产生活方式的变化。

文学是宽广的,文学是多样的,郎业成论述下的石嘴山文学就具备这样的特征,数量庞大的石嘴山文学在宁夏文学占据了一席之地,充实了宁夏文学的多样性。

余海堂,宁夏作家协会会员,宁夏文艺评论家协会会员,吴忠市文艺评论家协会理事,同心县作家协会秘书长。

缘于热爱

——谈谈王跃英的散文诗创作

◎张开翼

　　2022年初春，备受诗坛瞩目的第八届中国诗歌春晚，首次将散文诗这一"小众"文体纳入"大众"视野。其中评选出的首届"全国十佳散文诗人"也尤为引人瞩目。宁夏散文诗专业委员会主任王跃英名列其中。一时间，熟悉的诗友纷纷发去微信留言，赞其"实至名归"。2022年，距王跃英第一篇散文诗《纪念碑》发表在《宁夏日报》整整40周年了。

　　40年的坚持，40年的梦想，过去的40年绝对值得回顾和展望。

　　20世纪80年代的宁夏，以散文诗文体进行创作的诗人屈指可数，王跃英便是其中之一。时至今日，40年过去，当年坚持下来的散文诗人可谓凤毛麟角，源于深深的热爱，王跃英也成为宁夏散文诗作家队伍的领军人物。

　　创作散文诗和编辑出版散文诗成果，是王跃英跋涉在散文诗道路上的"两把刷子"。40年来，王跃英在全国120多家报刊上发表散文诗作品千余章，先后出版散文诗专著《走向故乡》《人在高原》《贺兰山之恋》及《三座小城》《城市发展的足音》《在路上》等多部文集，其中散文诗集《贺兰山之恋》入选2019年度石嘴山市重点文艺作品支持项目。其作品先后荣获首届"中国·刘河湾牡丹诗歌奖"全国征文一等奖、宁夏作家协会征文一等奖及石嘴山市政府文学奖等奖项。创作之余，他还先后主持编辑了散文诗集《红沙枣》《宁夏散文诗选》以及《塞上散文诗丛》等书籍。

只要谈起宁夏散文诗的话题，必谈王跃英；而谈起王跃英，必谈散文诗。也正是受到他的启发和引领，宁夏许多文学爱好者开始爱上了散文诗，并从此走上了散文诗的创作之路。他们的名字和作品开始频频出现在《散文诗》《星星》《散文诗世界》《诗选刊》《诗潮》《大湾》《朔方》《绿风》《大沽河》《作家报》《世界日报》《菲律宾商报》《宁夏日报》《华兴时报》《银川晚报》等报纸杂志，也有人出版了散文诗集，而这一切都得益于他这个引路人。

王跃英是一个对散文诗投入无限热情的人。2017年，当看到河南创办的《中原散文诗》专刊后，已近知天命之年的他，内心再次激情澎湃。不日，便借应邀参加河南散文诗年会之机，亲赴河南取经、调研、论证，从杂志的创办前后到散文诗学会的筹办成立等方方面面事无巨细，一一了解，详细探查。从河南返宁后，王跃英踌躇满志，立志将宁夏（特别是石嘴山市）打造成全国散文诗重镇，其中的困难可想而知。但他排除一切困难，勇毅前行。2018年年初，宁夏第一本散文诗专刊《塞上散文诗》问世了。

2018年，他不遗余力地促成了由宁夏作家协会、宁夏文艺评论家协会和《朔方》编辑部联合开展的"宁夏文学现象·塞上散文诗"研讨会等多个会议的成功召开。紧接着，在他的多方奔走和呼吁下，宁夏散文诗专业委员会于2019年10月12日成立了，宁夏作者从此有了与全国其他省区作者交流互鉴的平台和窗口，也拥有属于自己的组织和团队，这些对于宁夏散文诗未来的发展壮大，可谓意义深远。

此后，在王跃英的组织和协调下，宁夏每年都能举办一两次散文诗征文活动，其中由《星星》诗刊和宁夏散文诗专业委员会共同举办的全国散文诗征文大赛，更是把宁夏散文诗创作推向了高潮，有力促进了宁夏散文诗的蓬勃发展。

2019年10月，第十九届全国散文诗笔会在宁夏隆重召开，这是宁夏散文诗事业发展的一件盛事，也是当年中国散文诗界的新闻事件。而在这次全国散文诗盛会上，石嘴山市被授予"中国散文诗作家创作基地"称号。台前幕后辛苦奔波的王跃英,功不可没。

在任何时间、地点,谈起散文诗的发展,王跃英都信心满满。几年来,他在办好《塞上散文诗》的同时,又相继创办了《石嘴山日报·散文诗页》和文学季刊《大武口文艺》。这是全国范围内唯一的地级市域内拥有省级散文诗内刊、市级散文诗"专页"、县级散文诗"专栏"格局的地方,为把石嘴山市真正打造为"中国散文诗作家创作基地"奠定了坚实的基础。这一现象也被评为2021年度"中国十大散文诗大事"之一。人们的目光再次聚焦宁夏、聚焦石嘴山。

创建"宁夏散文诗作家著作馆",揭牌"宁夏散文诗作家创作基地",筹划散文诗研讨会……在大家的印象中,他总是忙忙碌碌,乐此不疲,好像浑身有使不完的劲。

究竟是什么让他坚持到今天?许多人都大惑不解。在我看来,答案只有一个,那就是热爱——一种对散文诗的无限热爱。他的血液中好像永远流淌着散文诗,唯有散文诗才是他真正的力量之源。从爱上散文诗的那一天起,他就坚持着这份沉甸甸的热爱,并将它作为一粒梦的种子播撒在生活中、生命里,直至壮大为奋斗的事业。

张开翼,宁夏作家协会会员,宁夏文艺评论家协会会员。宁夏散文诗专业委员会副秘书长。《塞上散文诗》杂志编委、编辑,《大武口文艺》特约编辑。

山边幽谷水边村

——读《中卫历史文化名村》有感

◎张 兴

张国平《中卫历史文化名村》由文化出版社出版了。

《中卫历史文化名村》一书洋洋洒洒20多万字，是一本史料性质的书。全书共收集了中卫市62个建制村，对每个村的起源、建置、沿革、出产、风景、文化、经济、民俗、著名人士等娓娓道来，内容很丰富，人情味浓郁，乡情味厚重，是很接地气、忆乡愁、解民情的农村大观书。该书囊括了中卫乡村的方方面面，翻开书页，给人耳目一新的感觉，可使读者增加对中卫地区的了解。

这本书，立意新颖，题材独特。作者踏遍了中卫的山山水水，到农村各地采访，深挖乡村历史文化和逸闻趣事，多方考证，倾心研究，史料翔实可信，脉络清晰，语言通俗易懂，以饱满的热情，讴歌了中卫农村数千年的历史演变，多角度、多方位客观公正地记述了中卫农村的整体形象和内在品位。每个村庄的名称大都反映出了村庄的特色，堪称一部中卫乡村史书，也填补了中卫乡村发展史的一项空白。

书中有我熟悉的村落，如九曲古渡——莫楼村，作者着墨较多，描写了莫楼村地理位置、耕地面积、人口状况、历史演变、老梧桐树、码头、盐业、繁荣的商业、文化、著名人士等。最主要的是莫楼村的盐业，曾经周边省份和地区群众生活所需都购自于莫楼村。莫楼的码头更是甘肃和宁夏水陆交通要道,西至兰州,东至银川,北通沙漠,南下汉中,地方不大,但能遏制大局,也是自古的军事要地,历来为兵家必争之地。20世纪30年代,每年进出口的食盐就达6300吨,在当时的社会背景下是一个了不起的数据。

《中卫历史文化名村》中记载了莫楼村的文化。1949年以来莫家楼自发成立了业余剧团,这是除县专业秦腔剧团外的又一有名的文化团体,排演的现代剧《小二黑结婚》《梁秋燕》,演遍了中卫城乡山川,受到人民群众的赞誉,到县里挂牌演出,反响很大。

每逢过年,莫家楼盐务局出资协办的民间社火,阵容庞大,五彩缤纷。社火队上街表演花样多,色彩艳丽,形式多种多样。各条街道,行人拥挤,铜锣喧天,热闹非凡。舞龙队大摆龙阵,舞狮队大振雄风。物华天宝、人杰地灵的莫楼村,繁华不尽,人气凝聚,涌现出一批精英栋梁,如大泥水匠周兴礼,是修建中卫高庙的名匠;20世纪70年代,中卫第一位回族女县长马凤英,也是宁夏美术家协会会员;中卫文化名人、著名画家王学义(满族);中卫知名作家莫如江等。

《中卫历史文化名村》全方位道出了莫楼村作为历史文化名村的发展兴衰史,比较全面、客观公正地描述了莫楼村村史。除莫楼村外,对古塔悠悠的砖塔村、古堡连垣的沙滩村等都写得很到位,记述详细,文笔生动,突出了这些村的特色。

《宁夏文史》副主编李宪亮先生评价道:"本书记载的正是中卫市美丽新农村建设中的真实调查资料,具有故事性、纪实性、趣味性、可读性。愿中卫人民以奋斗的姿态把新农村建设得更加繁荣昌盛。"

国平先生的这本书出版,是我们认识自身、展现自身的一面镜子,也是一种重要的文化资源,为中卫人民做了一件好事、善事、实事,贡献出了自己的一份力量,这是一种社会职责,是一种自我担当,为家乡奉献了一部"存史、资政、育人的乡土教材",为中卫史库补苴罅漏,添砖加瓦,充实了文史之库。通读此书,能激发起中卫人民热爱家乡、赞美家乡、建设家乡的信念和决心。

尽管这本书较完整地记录了中卫乡村历史文化变迁，但也许是作者掌握的资料有限或篇幅局限，有些村庄撰写过于简单或粗糙，如北纬辉煌——城北村、黄河绿洲——李嘴村等村着墨较少，分量不足，没能反映出这些村的特色。

一分耕耘一分收获，张国平先生经过多年辛勤忘我耕耘，终于了却了这本书的写作及出版愿望。作者大胆尝试、勇于开拓的精神值得赞赏。

行文至此，以诗联作结：功精笔健出佳作，意兴力勤生妙篇。

张兴，中国科普作家协会会员，宁夏作家协会会员，中卫市作家协会理事，中卫市文艺评论家协会会员。

诗歌·评论

简约的力量

——评张铎诗集《榆钱儿》

◎杨建虎

和张铎先生相识多年，知道他人生经历的曲曲折折，但不管他在哪个岗位上，都永葆一颗天然的诗心，实属难得。作为一个评论家，他始终关注、关心着宁夏文学的发展，不时有评论本土作家、诗人的作品出现。张铎从须弥山下的黄铎堡小镇出发，从西海固到塞上江南，从六盘山到贺兰山，在感性与理性之间，不断求索。正如他在第一本诗集《三地书》的跋中所说："从清水河，到泾河，又从泾河到黄河，这三条河与我水乳交融。从须弥山到六盘山，又从六盘山到贺兰山，这三座山与我生命相依。这三条河，三座山养育了我，我把自己的第一本诗集命名为《三地书》，以示感恩。"在其第二本诗集《榆钱儿》中，他延续了这种真情书写，诗歌大都短小凝练，耐人寻味，显出简约的力量。

一、故乡和童年生活的记忆和呈现

在诗集《榆钱儿》中，有相当一部分诗是写故乡和童年的，在这个永恒的写作课题中，如何写出新意，确实有难度。《梦回故乡》一诗，正是诗人深深想念故乡的真情流露。

> 恍惚间回到故乡/看到了许多亲人/还有儿时的伙伴/我笑出了声/伸手不见五指/拉开灯/回想刚才的经历/禁不住泪流满面

这是多么真实的场景，我们每个人也许都经历过，张铎以简单朴素的语言，替我们描述出来，让我们的心里也潮湿起来。《山中印象》一诗写得更为简洁——

> 风声过后/溪水清亮/随风飘扬/亭亭玉立/白云彳亍/蓝天高远/一行清泪/日渐稀少/涛声依旧/心却怎么/也静不下来/云/把天空擦得更蓝了/云也更白了

这首写自然山水的诗，空灵有致，韵味深长，显出诗人对自然的热爱之情，营造出理想的审美境界。这些其实都源于张铎的故乡和童年生活。诗人以一个孩子的眼光打量世界，同时也在捕捉着人与自然、人与自我，人与人之间完美的相处方式。而在黄铎堡的乡村生活经历，更给诗人留下了刻骨铭心的记忆。那些或辛酸或快乐的过往生活，体现着诗人的人生感悟和心路历程。诗集取名为《榆钱儿》，富有童趣，意味深长，是有其特定的指向和寓意的。

二、塞上的歌唱凸显独特的生命体验

写作是一种深刻的新鲜的生命体验，随着诗人的阅历、阅读的不断升华、拓展，就会有全新的感受。张铎从事文学评论多年，阅读了大量的经典作品，又有丰富的工作、生活体验，这使他学会了以独特的视角观察、提炼并借以呈现事物的情态。尤其调到银川以后，他的视野更为开阔，写下的诗歌以塞上大地为背景，诗集《榆钱儿》第一辑便取名为"塞上的歌"，诗人用心用情发现事物的细微之美，表达生命中的爱与疼痛，替万物诉说心中的向往，不断靠近人性的本质。他的诗中蕴含着丰富的情感和内涵，读来让人回味无穷。如诗歌《在瓦亭》——

镜头中/出现了一个红衣少女/我没心思再拍瓦亭/只想选个角度/把这个姑娘/留在瓦亭

短短几句,仿佛勾勒出一幅画,将心灵深处的想法真实地表达了出来,充满人间情味,不矫揉造作,语言简洁而富有意蕴。

《贺兰山岩画》一诗如此表达——

是画/还是文字/也许是消失的/西夏历史

面对这样的历史遗存和文化景观,诗人将内心律动与慨叹从一个小小的切口呈现出来,可谓匠心独具。

三、简约的力量和叙事的必要

张铎曾说过:"我喜欢写瓷实而有质感的诗,不喜欢故弄玄虚的东西。这里的瓷实,即有生活,有感悟,有真情实感;质感,即有形象,有诗感,有艺术境界。诗是语言的艺术,写诗就应当锤炼语言,用平常的字,写出不平常的诗,努力做到'言有尽而意无穷'。"在诗歌创作中,他也是自己诗观的践行者。张铎诗歌意境淡而深远,常用白描的手法描摹诗意之美,画面感强,语言简洁而富有张力。

树弯下腰/亲我/我忘情地/跳了起来/树和人/终于达成一致
——《林海深处》
望着蓝天/没有云朵/也没有雨/泪却下来了/比雨还多
——《盼雨》

上面两首诗歌通过描绘人与自然的关系,从生活经验到诗的经验,达到了情景交融、天人合一的审美意境。语言生动、鲜活,富有意趣,对具体的物象和细节的捕捉都很到位。张铎的许多诗都呈现口语化的表达,让这种轻松的话语在日常和经验的层面上运行。当然,他的诗歌还是以抒情为主的,抒发内心的真挚情感,但也没有排斥叙事。事实上抒情在张铎的诗歌中早已奏效。抒情作为诗歌的本质和灵魂,已是公认。诗歌永远存在一种特殊的情感性,在话语方式及整体感觉上,携带着写作者内在的情感。张铎在诗歌创作中不放逐抒情,但也试图在抒情与叙事的结合上寻找更好的表达和转换。

邻居家的孩子/拿着一块白面馍馍/他看着我咬了一口/越嚼馍馍越白/我咽着唾液/想象着那馍馍的滋味/瓦蓝瓦蓝的天/是那么高远

——《忆童年》

诗人通过叙述的口吻描写吃一口"白面馍馍"的情态,而瓦蓝的天空依然"高远",他笔下的童年活灵活现,借物抒情,给我们带来难忘的岁月场景,读罢让人回味无穷。

放学了/赤脚的孩子/在雪地上飞奔/脚冻裂了/一道道血口子/像婴儿的小嘴/红红地张着/太阳快要落山了/他坐在自家的门台上/抱着冻裂的一双小脚/祈求太阳/像夏天那样晒一阵

——《赤脚的孩子》

这首诗的现场感很强,写苦难岁月中赤脚在雪中飞奔的孩子,由于贫穷,没有鞋穿,在寒冷的冬天,脚被冻伤,但孩子的心中却有祈求和希望。一双裂开血口子的小脚直击心灵,诗人带着深厚的感情带我们回忆那些贫穷而寒冷的日子,以期唤醒我们更加珍惜当下的生活。短短的诗句间,一个让人心疼的孩子的形象跃然纸上,留下了更多的回味与思考。这就是张铎诗歌显示出的简约的力量,当然,其中的叙事已然成为必要。

张铎的诗歌有深厚的生活基础,也有情感的经验,不管写乡情、亲情还是爱情,都显得形象而又生动。意象简单,画面感强,使生活中平凡的事物显出了光彩。但也存在一些诗句表达太过直白,在一定程度上削弱了诗歌的意境美。在诗歌的整体推进中,也要注意加强节奏感,结合现代汉语的特有韵律,凸显美学个性,更多反映现实生活。

杨建虎,中国作家协会会员,宁夏文联《朔方评论》副主编。

黑夜情诗与精神原乡

——读倪万军诗集《寄往黑夜的情诗》

◎杨建虎

　　偶尔翻起倪万军的最新诗集《寄往黑夜的情诗》(百花洲文艺出版社,2022年),读其中的诗歌,恍若回到在西海固工作、生活的日子。那时,我在一家报社供职,编辑副刊,和许多当地的文学爱好者且诗且歌。还记得倪万军大学毕业前夕,在报社实习,因为诗歌,我们相识。常在一些青春气息弥漫的夜晚,喝酒,唱歌,谈论诗歌和爱情。从鲁迅到海子,从泰戈尔、普希金到里尔克、博尔赫斯,我们常常以他们的诗歌为蓝本,交换词语和思想。而《寄往黑夜的情诗》把我重新拉回到那个激情的年代,让我不断品味时光和生命的味道,进入他所构建的精神原乡。

一

　　倪万军从西海固的一个村庄出发,在银川读完大学,又返回到故乡唯一的一所大学教书,他的求学经历和生命历练曲曲折折,但也丰富多彩。诗集《寄往黑夜的情诗》收录了他近年来创作的诗歌作品一百多首,基本是以时间为序,从2010年至2020年,也算是倪万军十年诗歌写作的一个总结。

　　每一位出身于乡村的诗人,在他的写作中无论如何都会有大量的故乡题材的作品。对故乡的书写几乎成为了一种精神的自觉。鲁迅先生在《新文学大系·小说二集导言》中曾谈到故乡,"作家在开写故乡之前,早已经被故乡所放逐",这几乎是作家诗人不得不接受的命运的预言,倪万军也是如此,《路家梁》一诗这样写道:

> 这是我的村庄/他的另一个名字叫作故乡/不同的名字里面深埋着/各自的历史和传说
>
> 每一次回去/我都会看见/路家梁/就像我离开时那样/在背光处沉默

在面对自己的故乡时,诗人赋予故乡更深的内涵,也寄托着复杂的情感,"在背光处沉默"是诗人体悟故乡的方式,更是诗人灵魂深处的情感表达。对故乡的反思和怀念,不断出现在倪万军的诗歌中。如在《故乡,一个叫西海固的孩子》《去彭阳》《蒲公英的女儿》等诗中,诗人作为一个守望者,写故乡的爱与痛,尽力寻找精神的家园:

> 但我依然爱着你/你冬日天空的苍白和夜一般的黑/我深爱你梦里的每一声叹息/就像是我的生命在滴答作响/也好像,是我的骨头已经锈迹斑斑/却来不及剥落
>
> ——《故乡,一个叫西海固的孩子》

倪万军的诗歌是植根于现实故土之上的,但又在大量阅读与写作训练的基础上建构起自己的精神原乡。一个真正的写作者,不可能纯粹关闭在书斋里面完成他的作品,因此既要有对文学的真诚与热情,又要有直面现实的勇气和魄力,也要有较为清醒的对历史的认识和判断。在倪万军的诗歌作品中,有着对历史与现实的回顾与观照。如他在《夜读三国》中写道:

> 不知是谁的手在涂抹/小丑的肃穆/敌人的恭敬/叛徒的忠勇

低劣的油彩斑斑驳驳/历史终于裹上流光溢彩的华服/诗人
却说:看看,里面爬满了虱子

是的,这些我都看过/我还听过暗夜里的哭声/一条从岁月深
处蜿蜒而来的流水/面目狰狞跌跌宕宕

这首诗充满诗人对历史的回顾与反思,尤其对《三国演义》中的人物,
诗人提出自己的观点和看法,也听到了"暗夜里的哭声",留下了让读者思
考的空间。在《就像是一条逆流的河》《嗡嗡嗡响着的城里》《笑:梦见安徒
生》等诗中,在诗人的想象和抒情中,也留下现实生活的影子,在某种意义
上,倪万军一直追寻的就是精神上的原乡。

二

爱尔兰诗人谢默斯·希尼在《个人的诗泉》一诗中写道:"我写诗/是为了
认识自己,使黑暗发出回声。"每个人都是一个与众不同的个体,尤其诗人,
其所思所想更有不同于他人的特殊的纤细与敏感。倪万军的《寄往黑夜的
情诗》,有许多是写夜晚的,有着独特的生命体验和感受,他笔下的黑夜,被
赋予更多的象征、隐喻、想象。"我们几个走在黑夜/在风中衣裳被雨淋湿/黑
夜是一团黏稠的液体/将我们紧紧包裹"(《我们几个走在夜晚》)。这首诗的
现场感很强,似乎让我又回到多年前的夜晚,故乡小城的夜晚,我们或歌或
哭,吹着风,淋着雨走在大街上,几个理想主义青年,搜寻的是时间和道路,
也是对生命意义的一次次叩问。倪万军将黑夜喻为一团"黏稠的液体",显
得更加形象、贴切。正像诗人王怀凌在《寄往黑夜的情诗·序》中所言:"黑夜
使一个人发疯,黑夜也可以使一个人清醒。万军无疑是清醒的。他与生俱来
的敏感、温和、内省的气质,以及丰富深厚的文化素养,在黑夜里闪光,使他
的诗蕴藏着无尽的阐释空间。纵观其写作历程,始终忠实于内心对现实生
存世界的深刻洞察,并以诗歌的方式反观、体察和审视自己的生活、工作、
情感及所处的时代。自省和温情是诗歌不变的底色。"倪万军有关黑夜的诗

歌中,有着对自我的剖析、审视和反省。如《在这深夜》表现诗人理想被"扭断时痛苦的呻吟";《夜的葬歌》中"被铁链锁住的绝望的哀鸣",但诗人在"高高低低的犬吠中"又有着"对温暖黎明的赞颂和期许"。由此可见,倪万军的黑夜情诗,让我们一次次在绝望、痛苦的心灵磨炼中最终看到光明和希望,黑夜过后是黎明,黎明的来到,便是新的开始。

倪万军的诗歌意象比较丰富,除过黑夜,草衰木荣、伤春悲秋在倪万军的诗歌中比比皆是。比如《春天,水绘江南》系列,有"羞涩的山水",更有爱恨情仇、侠肝义胆的"江南女子";《春尽》《秋天》等诗中对时间和人生的追问都使倪万军的诗歌有了别样的意蕴。从这个角度来看,诗人的一生就是在不断燃烧中闪耀出烈焰,以照亮前行的道路。

三

我曾说过,写诗是情感和语言的双重冒险,磨洗诗歌,重要的是要捍卫语言的尊严,应该追求诗歌语言表达的多种可能性,让语言发出光芒,让诗歌呈现生命的奥秘。倪万军诗歌的语言是纯粹和干净的,这源于他丰富的阅读和自觉的写作训练。一首诗歌不表达情感肯定是苍白的。当下诗坛,有些人过度强调叙事,忽视和抹杀诗歌抒情的本质特征,常常使诗歌陷入口水化的状态。沈从文先生曾称自己的作品为"情绪的体操",诗歌更要感知生命、表达情感。作为最为理想的抒情手段,诗歌更是情感和精神的载体。倪万军的诗歌中,有大量的作品都与爱情、亲情、友情有关,比如《寄往黑夜的情诗》《秋雨过后就是冬天》《夜里的孩子》《细碎的声响》,等等。

在《八里庄疲惫的抒情》中,诗人写道:"八里庄雨中的女孩/她们深色的连衣裙上溅满了泥水/犹如经卷上写满了尘世的辛酸",诗人以极其形象、生动的语言描绘雨中的女孩,同时通过溅满了泥水的连衣裙表现在都市奋斗的青年一代的不易和掩藏的"心酸"。"我爱八里庄的清晨/梦的羽翼覆盖的尘世/爱你柔软的手指/和彻夜不眠的轻语/爱你银子一般的笑声/从尘世开出花朵",自然流淌的抒情意味中,诗人所爱恋和眷顾的事物尽显笔端,从而绕过了生活素材中直白的部分,传达了某种难以直说的情绪,达到了很好的艺术效果。

鲁迅先生曾说过:"无穷的远方,无数的人们,都和我有关。"我觉得,作为一个诗人,更应关注和表现万事万物的存在和深藏的生命密码。倪万军的诗歌中,有着对尘世中众多事物的描绘和揭示,有绝望,也有希望,有幻灭,也有重生,形成了自己独特的生命体验和真诚、深刻的表达和书写。他的诗意境深幽,情感丰盈,以丰富的想象描绘出一个内向的世界,也构建出独特的精神张力。这是一个诗人置身于尘世留下的深刻感悟和理性思考,也是倪万军在浓烈抒情中传递出的精神力量,凸显出倪万军诗歌创作的特色和追求。当然,倪万军的诗歌在语言上还需继续锤炼,在创作中也要向日常生活经验靠拢,寻找不同的表达方式和叙述策略。在当代语境中,以词语抵达日常生活现场,作为一个诗人,必须保持自己的在场感,直面我们的现实生活处境,在诗歌写作中更要处理好抒情与叙事的关系,以提高写作者介入、反映生活和时代的能力。

深沉的悲悯情怀与独特的叙事策略

——读林混诗集《论雨后》

◎杨建虎

　　2022年暮春的一个午后,收到林混的新诗集《论雨后》,一口气就读完了。可以看出,这是林混诗歌的精选集,七十多首诗歌,大都短小精悍,但却耐人寻味,体现出深沉的悲悯情怀,也有着自己独特的叙事策略。

　　我和林混相识多年,深知他对诗歌刻骨铭心的热爱。最初在乡镇工作,他和诗友自费创办《现代诗报》,后来调到宣传文化部门,业余编辑一份县级文学刊物,积极组织诗歌活动,为原州区被授予"中国诗歌之乡"尽心竭力,做出了重要贡献。这次又策划、组织在百花洲文艺出版社出版"诗书原州"系列图书,使原州作家群以整体的风貌出现在读者面前,显示出不俗的实力。林混就是这样,始终怀揣着心中的梦想,高举诗歌的火炬,一步一个脚印,不断前行。

一

　　从诗集《论雨后》中可以看出,林混总是将目光投射在底层百姓的生活中,"人民"这个词,在林混的笔下,得到具体而真实的呈现。他的诗歌,直击生活中的事实与真相,从细微处表达对普通生命的同情和关怀,有着深沉的悲悯情怀。当然,也通过诗歌,留下自己生命中的印记和感受。如在《突然

伤感起来》一诗中,林混如此表达:

> 半夜时分醒来/坐在一张床上/突然伤感起来/不是死人/不是
> 无望/不是困苦/而是和我睡在一起的穆小元/烂醉如泥/鼾声阵阵
> 他给我说/几天后就离校了/至今没有找到工作/他打算去东
> 莞/碰碰运气/那里玩具厂很多的

林混用简单的语言,呈现出如此真实的场景,似乎在唤醒我们的想象和思考,也从一个侧面反映出就业难的社会现实,以及人对未来命运的不可预知:

> 4天前/福建莆田作坊火灾/37人死/重庆秀山烟花爆炸/16死
> 15伤/3天前/山西阳泉建隧道致民房倒塌/10人死/2天前/哈尔滨
> 发生沉船事故/7人死/江苏吴江发生火灾/8人死
> 这些死去的人/被隐缩成一个个数字/放在一张过期报纸上/
> 交给了收破烂的
>
> ——《这些数字》

《这些数字》一诗写得更为简单,一串冰冷的数字背后,是一个个生命的陨落和一个个家庭的悲剧。诗人以新闻的手法呈现悲凉的生命的消失,把我们拉回到一个个让人窒息和悲伤的现场,看似不经意的简单表述中,却充满疼痛的思考和深沉的悲悯情怀,具有强烈的批判意识,达到了令人深思和反省的艺术效果。

林混的诗歌充满对自然万物和弱小生命的关注,具有鲜明的人文关怀。他的诗歌除关注底层人物的生活和命运外,也有着对人类自身阴暗和残酷的反思。《屠夫老王》一诗便是例证:

屠夫老王说/杀一头牛一头驴/还要绳子/刀子/杀一只麻雀太简单了/什么也不用/一把就捏死了

简单的语言,完全口语化的陈述,却直击人的心灵,让人感到痛楚和难受。读这样的诗歌,似乎有一把锥子扎向心灵的深处。人性的恶毒与对生命的漠视,在现世生活中,得到了尖锐的凸显,蕴含着强烈的批判意识和深沉的悲悯情怀。如果从宁夏诗歌创作的现实状态和整体背景来看,林混的诗歌创作独辟蹊径,尤其在诗歌的主题开掘方面,真诚地面对当下生活,走在了现实主义的道路上。敢于表现和挖掘普通人生活背后的辛酸与无奈,敢于揭示人性深处的丑陋与灰暗。对底层百姓生活的关注和对社会现实的表现和反思,使林混的诗歌产生一定的价值效益,大大拓宽了诗歌的境界,也使其诗歌表现的深度得到了有效推进。

二

在我的印象中,林混大概是在西海固,甚至是在宁夏最早进行口语化写作实践的诗人,他的叙述和表达总是面向生活的场景和日常的经验,用简单和朴素的语言,描述、呈现日常生活万象,揭示灵魂深处的奥秘。他的诗歌是直击当下的,但又有着独特的叙述策略。青年评论家张富宝于2019年11月在银川举办的"走进新时代"宁夏诗歌研讨会上曾说:"林混的写作具有去历史化、去抒情化、去理想化的后现代特征,着力剔除宏大主题与绵密隐喻的包裹,用简单、朴实、日常的微观叙事和近乎瘦削骨感的形式去直击生活的事实与真相,大大丰富了宁夏诗歌的类型……如果结合中国当代的诗歌进程来看,林混是对韩东的'诗到语言为止'以来的诗歌理念的追随者和实践者,他的诗具有解构崇高与颠覆传统的意味,反对过度的抒情与繁复的技巧,甚至在努力消除那些流行的趣味与诗意。"事实上,林混诗歌的口语化表达直截了当,语言的腔调和节奏就像平常生活中他说话、做事一样,少有修饰,竭力反映的也大多是"没有修饰的生活",而且多用白描手

法,始终忠于日常生活经验的表达。例如他写的几首与羊有关的诗《一只羊》《回忆》《羊》,都是以一种特有的叙述方式展开的:

> 一只热爱生活的羊/吃草喝水/嘴巴沾了多少土/不知道/受了多少风吹雨打/不知道/有时候/它误食了地里/放置的农药/四蹄朝天/抽搐着死去
>
> 这天中午/弟弟剥下羊皮/去了集市/我埋羊的时候/多壅了些土/一座圆圆的小山丘/像坟一样
>
> ——《一只羊》

这首诗歌,去除了多余的修饰,完全摆脱了抒情的困扰,直面现实,却让人读罢感到心有余悸,一只羊和一个人一样,经受风吹雨打,却有着未知的命运和不安,在生与死之间,生命常常遭受磨难和打击,显得多么脆弱和渺小。林混的简洁叙述,却显示出诗歌特有的力量。这些都源自他在日常生活中的敏感、发现和体验,这些完全口语化的诗,是林混诗歌理念的具体表现。

诗歌是一种声音。诗人张执浩说:"声音不仅仅是指音乐性,诗歌的声音元素比音乐性更为复杂。我们谈论某种文体的价值和存在的必要性,首先要明白它是否具有不可替代性,为什么不可替代。我认为,只有从声音入手,才能渐渐搞清楚诗歌的分行、换气,以及它从外部世界向我们内心世界层层推进的力量感;也才能通过音色和音质的差异,来区分诗人之间的不同样貌。"(《写诗就是倾听心跳和克服心慌的过程》,《长江文艺》2022年第3期)。林混以自己的方式一路走来,也使自己的诗歌传递出独特的声音,如《论雨后》一诗:

> 阳光爬出乌云/丈量田野的宽阔/小草是阳光的脚印/一路清新下去/我在山顶上/临风古书里的绝句/我想我也是一束阳光/体

会着现在的奔跑

这是收在诗集《论雨后》中的一首诗，显示出林混诗歌的另一种走向——他用感觉推动着诗歌像雨后阳光一样流动、奔跑。在这里，诗人并没有拒绝抒情，而是让诗意的运行更加流畅和自然，虚实相间，语言生动，画面感强，诗歌的意境显得宽阔而深远，并留下让读者想象的空间。

三

写诗是一种深刻的新鲜的生命体验，从林混的诗歌中，可以看到个人经验的呈现和敞开，他书写自己的生活经历，也渗透着自己对生活的辛酸与苦涩的切身体验及对人性的复杂性的思考：

我是一个普通人/干过许多活/打小工/割麦子/放羊放驴/砌墙/种树
这是生命中的印记/不能移除/我按住自己/余音穿过了田野
——《余音穿过了田野》

我一直在想/我是一个善良的人/不争吵/不计较/可即使这样/我还是受到了欺辱
我不相信/这世上还有谁/比我更需要
——《比我更需要》

林混的这些短小的诗歌，立足于个体生命体验，带着自己的经历和忙碌奔波中的身影，语言明快、利落、客观而又克制，也有着深刻的寓意，透视出人生存的困境与无奈，在沉默中蕴藏着坚韧的力量。
诗是语言存在的家园，汉语之美，体现在有绚烂的表情，有生命的体温,有情感的温度。林混的诗歌不故弄玄虚,有生活,有感悟,有真情实感,达到了"言有尽而意无穷"的效果。他的诗歌突出表现为现场感强,语言简洁而富有张力。在个人化的口语写作中,塑造了一些动人的形象,表明了自己的写作立场。

诗歌是人类情感的抒发和交流,应该具有精神的高度、人性的广度和思想的深度,林混的诗歌有时也存在写得太过直白、写作手法比较单一的问题,在主题表现上应继续向更深处开掘。但愿林混能不断突破自己,在叙事与抒情的结合上寻找更好的表达和转换,不断增强诗歌的深度和厚度,给我们带来更多的精彩。

"北方"的咏叹与自我否定后的蜕变

——贾羽诗歌论

◎许　峰

　　20世纪80年代中期以来,中国诗歌流派不断以一种"弑父"情结亮相诗坛(比如第三代诗人喊出的"pass北岛,打倒舒婷"),鼓吹自己诗歌的现代性与革命性,此时的宁夏诗人们整体还处于静悄悄的观望状态。对于诗歌主流的导向,宁夏诗坛并没有表现出焦虑而盲目的跟风心态,而是呈现出"你玩你的,我要我的"一种不参与、不迎合的姿态。实际上,宁夏诗人们并非"与世隔绝""闭门造车",而是在边缘处思索体验诗歌的本质,他们没有将诗歌的创作置于对抗性的政治话语语境中去实现。相对80年代的宁夏小说创作,宁夏的诗歌没有表现出时代的"共名"。宁夏诗人们的诗歌创作趋于传统,他们热爱家乡,赞美土地,向往爱情。在时代的变迁中,恪守着诗人对于生活一贯的精神思索和情感表达,形成了富有特色的地域诗歌写作的况景。洪子诚、刘登翰所著的《中国当代新诗史》指出,诗歌的地域问题,不仅是为诗歌批评增添一个分析的维度,而且是"地域"因素在80年代以来诗歌状貌的构成中是难以忽略不计的因素。在偏远而广袤的西部,宁夏的诗人们在朦胧诗与后朦胧诗的夹缝中,依托传统文化与地域风貌,去做传统的吟唱与审美化的诗意展开。在这些诗人中,贾羽是最富激情和创造力的诗人之一。

一、对"北方"的咏叹

学界从"地域美学"方面来区分北方诗歌与南方诗歌,区分的标准在于诗歌对现实事物的感受是否细致与绵密。当然,这种标准存在着表述意义上的缺陷,但在另一个层面上阐发出地域诗歌所蕴含的审美追求与价值趋向。贾羽早期的诗歌带有鲜明的地域色彩,大量的诗作主要以歌颂、表现北方风物情感为主,其中,受授业恩师"九叶派"诗人唐祈的影响,贾羽创作了大量的十四行诗。出生在北方的贾羽,对北方有一种天生的亲切感,对北方的咏叹是他诗歌表现出来的一个基本主题。"北方"在贾羽的诗中,是一种壮美。诗人对诗歌表达的对象不断进行美学化的修饰,赋予了"北方"独有的审美特质,也使得"北方"呈现出迷人的艺术魅力。在他的名篇《北方》中这样写道:"北方,噘起小嘴就是一阵风暴/太阳通红通红像疼痛的心/大山倔强地闭上眼睛想着往事/撒欢的马群跑累了/倒向草滩/北方不要温柔/不要大片大片的梅雨季/不要成堆成堆的芭蕉梦/茫茫风沙练就了北方是一个/有野男人性格的世界/呵的气是白毛风/唱的歌是黄河/北方,迎接客人的方式很特别/帐篷伴着星云/奶茶熬着深情/北方有比南方更古老的传说/北方有比日月更长久的昨天。"诗中,诗人追求一种豪迈、壮阔的人生境界,北方那广袤的苍穹,炽热的太阳,绵延的大山,辽阔的土地,漫漫风沙,在诗人的眼里都成了人格化的风景。在这首诗中,贾羽有意识地确立了自己诗歌的美学基调与咏叹对象,并在诗中,树立了表现对象特有的形象范畴。如果说,诗人在诗歌《北方》中还与表现对象处于审美距离的观望中,那么,《我们,走向北方》则呈现出诗人融入对象的决心与激情,这仿佛成了诗人的宣言:"我们,走向北方/从此,我们的经历便重新开始继续/履历表上再加上一段关于暴风雪掀起的勇气。"随后在《大草原》《北国草》《北国秋笺》《草原与沙漠》等诗歌中,充满北方意味的丰富意象在诗人眼里,皆成为一种隐喻化的力量,换句话说,就是诗人把"北方"这一模糊的对象进一步具象化加以礼赞。同时,物我交融,主体与对象之间互相转化,形成主体对象化,对象主体化的相对主义的哲学思辨。如在《黄土地的子民》中,诗人这样写道:"我们眺望远方也让远方眺望我们",“我们有着前方明亮的太阳啊,太阳也有着朝气蓬勃的我们。"诗人在咏叹北方的同时,也在极力歌颂北方人的刚强粗犷和对远方百折不回的向往之情。诗人写道:“遇见风暴便退却的/绝不是草原上的男人/草原上的男人/能摔倒风暴/能套住雪山/能拽动太阳/能一气喝一瓶子烈性酒/然后抱着心爱的女人打一夜呼噜"(《大草原》);“男子汉的旅行/越远越好"(《远方旅行》);“让我的眼睛去远方/像哲人的一次流浪/像探险者的双脚/仔细地将珍藏寻找或者满载而归/带来许多神奇的珠贝/或者一无所有/饿死在回来的山口"。

华兹华斯定义诗歌是强烈情感的自然流露,然而诗歌如果仅仅停留在情感抒发上的话,必然会使诗歌缺乏深层的精神向度而流于一种肤浅的感性。贾羽的诗歌在对北方的咏叹中,不满足于对北方众多风物的吟咏,他结合自己的人生体验,去思考人生的况味,去探寻人生的真谛,因而他的诗歌彰显出一种形而上的哲理意味。“啊,还记得吗?还记得/那关于幸福的名言吗?/步入生活步入开拓/我才真正领悟了其中的真谛……"(《塞上寄语》)。这种思索在他的十四行诗里表现得尤为明显,“我们要作好迎接苦难的准备/迎接它的冷漠,让严冬钦佩/迎接无有休止的凶猛的风寒/迎接世界的一次艰难的分娩/我们要欢乐地迎接苦难的使者/问候它一路上的顺利和挫折/掸净它远征的灰尘,掸净/它微笑中射来的冷峻/它如果赠给我们一个黑暗/我们干脆痛快地来一个长眠/它如果赠给我们一个葬礼/我们索性潇洒地感觉这个神秘/或者约它一同闭上眼睛/让世界重新安排欢快的人生"(《苦难》)。诗人彰显出的是面对苦难从容洒脱的态度。在长诗《北方充满爱情》中,诗人这样写道:“村与村离得很远/而人与人离得很近……"简短的两句,就将北方地广人稀和民风淳朴的特点体现得淋漓尽致。最重要的是,这两句诗体现出物理空间和心理空间之间的辩证关系。另外,贾羽早期的诗歌有着很强的画面感,受中国传统诗歌造境的影响,通过诗歌的艺术表现,在读者的脑海中形成一个画面。《在远方》这样描绘:“在远方/雄浑的足音里/马群掠过一面面/飘扬的旗/苍穹的背景下/雪峰低垂着思绪/这时,太阳/正注视着/消退的孤独云/闪现的绿草地/一位牧人,此刻扬鞭/甩出一串心音/一如发亮的旋律/栗色驼蹀响肉蹄/出发的黎明/震颤在驼铃声里。"这是一幅多么优美的草原放牧的图景。

贾羽早期的诗歌主题与题材比较集中,在对北方的咏叹中,抒发着强烈的感情,诗歌在一种近乎牧歌的氛围中释放着诗人情感的力量,并将这种情感化成了对于生活的态度和哲理化的思索。但是,在写作中,诗人明显地也意识到浪漫抒写遮蔽了主体对现实的感知力度,导致了诗歌情绪化的痕迹比较明显。这种写作的困惑,贾羽努力地去调整和改变,去改变主体对客观世界的认知方式和态度,然而,蜕变付出的代价是残酷的,对于贾羽而言,就是通过自我的否定来完成艺术表达方式上的更新。

二、蜕变:自我否定后的成就

在诗集《风起之源》后记中,贾羽开门见山地写道:"如果说,完成创作只是完成了一种竞技,完成了一种自我与自我的竞技,完成了一种智慧与智慧的竞技,完成了一种空间与空间的竞技,那么,我宣告我将背叛我在过去任何一个时期所尊崇的已被多数人习惯了的创作原则,同时我宣告我对任何以往接触过并极力运用的创作方法,还会有一次真正意义上的最彻底的否定。"在稍后出版的诗集《立体的船舶》中,贾羽的姿态更加决绝:人应该敢于不断地否定自己,诗人尤该如此。这是一种精神,一种诗的精神,一种艺术的精神,缺少这种精神,诗和艺术便因沉沦而成为封闭中的死魂灵。贾羽此时的诗歌与前期相比,呈现出不一样的创作理念,如果说前期的诗歌还处于一种激情唱响,那么,此时明显感受到诗歌主体的紧张与内敛。比如诗歌《向日葵的加冕仪式》:"阳光的桥梁,连通着/一个舰队与另一个舰队/一茎毛发与另一茎毛发/面庞的鳞片,正啜饮着/一杯红酒充满油脂的/蛋青般娇软的啼鸣//红的,和更红的/把脆弱的指头/咬向艳丽的一团黄昏/紧接着,一大堆/向日葵涡旋的脚步/就像响彻在俱乐部一样/凝聚胸饰的专卖店/任何一种加冕的仪式/都会通过电话的音容/剔除草稞异常和谐的短须/如毡的白昼,接触之门/正是秋日的向日葵/最为动感的天堂//透过万花筒,你会听到/那一束束嘹亮的色彩/甚至不再阴湿的手掌/在顷刻间,辉煌于/微带喘息的原野……"这首诗歌带有鲜明的现代主义气息,这种从梵高演化而来的意象,诗人充分汲取向日葵所带有的"战胜困境的力量与信仰"的隐喻意义,向日葵没有被消费文化语境阉割,依旧肩负苦痛,散发着高贵的精神气质。物象在诗中已经完全失去了本真意味,通过陌生化的表达方式,成为诗人表达情感好恶的载体。后期,贾羽的诗歌开始注重诗中物象的隐喻、变形、象征等修辞手法,其诗歌意义处于一种幽闭与缄默的状态。在诗集《立体的船舶》中,大量的诗歌以叙述替代了抒情、异质、粗粝的词句以及感性、高亢的语气,改变了惯有的纯净与细密——就像平缓的河流上突然涌起湍急的漩涡,结构却是严谨甚至完美无瑕的。贾羽拒绝庸常的感受,在意象的排列上,采用了一种电影"蒙太奇"的意象组织方式,这种诗歌技艺的运用,激发了意象的活力和新鲜感。比如《失去光泽的语言》,诗中"血管、太阳、将军、大雁、风车"这些意象没有任何的联系,却被诗人组织在了一起。借用洪子诚评价北岛的一个说法,就是"价值取向差异或对立象征性意象密集并置所产生的对比、撞击,在诗中形成了'悖谬性情境',常用来表现复杂的精神内容和心理冲突"(洪子诚,刘登翰《中国当代新诗史》,北京大学出版社,2006年)。

贾羽这一时期的诗歌,有一个显著特征,就是诗歌带有明显的现代派和超现实的特点,但贾羽对于现代派的哲学渊源保持着一定的警惕,比如他在《存在主义存在于存在主义的存在里》,指出了"存在主义"存在的内在矛盾和悖论,"存在主义从一开始就拥有真理/存在主义从一开始就失去别人和自己/存在主义者从一开始就互相矛盾地承诺/宇宙将获得一种谁也无法明白的纯粹"。这首诗歌充满着内在的张力,也为我们交代"存在主义"曲高和寡的境地。存在主义哲学的两位大师海德格尔与萨特,其代表作《存在与时间》与《存在与虚无》被公认为最晦涩难懂的哲学著作,因而,大多数人不敢奢望能够读明白。可是,即便如此,这两本著作依然深刻地阐释出存在主义的科学内涵,能够准确地把握时代的精神本质。贾羽敏锐地洞察出存在主义哲学在社会中的命运。贾羽的《现代神话》组诗(包括《蝙蝠枪手》《关于龙虾和井蛙》《小拇指》《母权的印迹》)暗含着对生活的联想,也有着自己深处这个社会的生命体验。卡西尔认为,作为一种符号形式,神话思维已经有了空间、时间和因果的联系等种种观念。神话与诗一样都是隐喻,是一种想象的创造活动。贾羽的《现代神话》交织着诗人对这个世界的复杂的感受,在现代性的背景下,神话思维充斥着我们生活的这个社会。

贾羽随着对时代的不同感受,也在不断调整自己的创作理念,前期的诗歌追求一种外在的真实,后期的诗歌则转向了对人的内心世界的探索,而且更趋于深邃。贾羽后期的诗歌写作不再拘囿地域文化的表征,在创作手法与观念上,呈现出全球化的现代性视野。在追求现代性的文化语境下,贾羽的诗歌不再属于宁夏、北方、中国,而属于整个人类世界。

许峰,文学博士,中国文艺评论家协会会员,中国少数民族文学学会会员,宁夏作家协会会员,宁夏文艺评论家协会会员,第八届宁夏文联委员。宁夏社会科学院助理研究员,主要从事当代文学与文化研究。

地域迁移中的灵魂守望

——张铎诗歌简析

◎王武军

张铎是一位既写诗歌又写文学评论的"两栖"作家。20世纪80年代初期开始文学创作,先后出版散文诗集《春的履历》、诗集《三地书》,以及文学评论集《塞上潮音》和《塞上涛声》。2014年2月,当诗集《三地书》出版以后,引起众人的关注,既有普通读者,也有大专院校的教授和学生,更有诗歌界的评论家。他们站在各自的立场,以不同的方式和方法对张铎的诗歌进行了评论。有人说他的诗"瓷实而又有质感",有人说他的诗是"对于乡村的投入与疏离",也有人说他的诗有"自然地理与人文地理的美学个性",甚至有人说他是在苦难书写与温情想象之间的"土人"……凡此种种,表明张铎在宁夏乃至西部诗坛占有重要的位置。

张铎属于60后诗人,他的诗歌创作题材虽然比较丰富,但仔细梳理,就不难发现,无论怎样去写,始终没有离开过"三地"。所谓"三地",是指三条河和三座山,即清水河、泾河、黄河,须弥山、六盘山、贺兰山,一河一山为一地。它们构成了诗人人生旅程的背景和成长的生活环境(吴淮生语)。正如他自己在诗集《三地书》的跋中所说:"从清水河,到泾河,又从泾河到黄河,这三条河与我水乳交融。从须弥山到六盘山,又从六盘山到贺兰山,这三座山与我生命相依。这三条河,三座山养育了我,我把自己的第一本诗集命名为《三地书》,以示感恩。"

一般情况下,诗歌普遍具有"在地"的品格,而张铎的诗歌"在地性"尤为突出。诗人围绕"三地",用一颗敏锐的诗心,从"水乳交融"的三条河流和"生命相依"的三座大山出发,用充满理想主义的情怀和地域迁移中的灵魂守望,给我们展现了一个更为广阔的精神世界。

一、凝练:张铎诗歌固有的特质

诗歌是用高度凝练的语言,形象表达作者丰富情感,集中反映社会生活,并具有一定节奏和韵律的文学体裁。在此定义中,把"高度凝练的语言"放在了第一位,可见,"凝练"是诗歌区别于其他文学体裁的最重要的特质。而张铎的诗歌,正好体现了这个特点。他所有的诗歌都比较精短,或三言两语,或五行六行,每句不超过十个字,超过十几行的诗也很少。如《在瓦亭》《山溪》《林中凤》《同城的人》等诗,虽然只有三五行,却包容了丰富的诗歌意象和生命内涵,在不事雕琢的抒写中,营造了巨大的诗歌磁场。"在异乡/都很亲切/回来了/却很陌生"(《同城的人》)。是什么让"同城的人"变得陌生呢?全诗只有4行14个字,读来却让人眼前一亮,诗人把一个"对门相住不相识,老死不相往来"的人们熟知的城市生活话题,用一种反差对比的方式表达出来,可谓言简意赅、寓意深长,令人深思。

其一,张铎诗歌的凝练表现在诗的简约之中。戴笠人先生花费了三年的时间创作构思了一首微型短诗,这首诗的题目为《人生》,而诗的内容通篇只有一个字:"灯"。以灯比喻人生,诗意回味无穷,真可谓天下最短的诗了。有意思的是,著名诗人祇时与戴笠人《人生》同题诗文也只有一个字:"烛"。诗评家把戴笠人和祇时两位诗人的同题诗《人生》作了比较,认为后者的意境和普世意义远高于前者,灯和烛同样光照世人,灯只发光,其能量是外来性的,而烛之发光,震撼人的是其自我牺牲和奉献精神,及其高贵人格。

诗歌的语言不在于多,而在于"少","少"便是简约,一字胜千言,一行抵万语。而张铎的诗歌，最短的只有两句，比如《山城春色》："小姑娘的脸色/有点苍白"。著名老诗人吴淮生是这样赏析这首诗的："如果将标题盖住，你能知道是写山城春色吗？恐怕不能。此诗用的是传统和现代相结合的方法。将山城比作小姑娘，显示了诗人偏爱山城的感情倾向。从传统的角度来说，将城比作人，是拟人；按现代的视角观察，用人状写城，则是隐喻。这不能不说是一种妙笔。山城地处高寒偏僻之区，春天来得晚，姹紫嫣红也较逊色。既然将城拟人，以人喻城，那么'脸色/有点苍白'就很贴切了。"此诗达到了少即为多、以简胜繁、词少意丰的境界。

其二，张铎诗歌的凝练表现在诗的洗练之中。唐代司空图在《二十四诗品》中是这样论述"洗练"的："犹矿出金，如铅出银。超心炼冶，绝爱缁磷。"意思是说，写诗要像在矿石中炼出黄金，如从铅块里提取白银。精心进行提取，杂质务要除尽，保持品德高洁。而作为诗人和评论家的张铎，近几年，尤其对旧体诗词评论得比较多，他在传统古典诗词中不断汲取营养，以超脱世俗之心，不断丰富和洗练自己的诗歌纯度，达到返璞归真的境界。例如《扬场》一诗："母亲把装满小麦的尼龙袋子/一个个扶起来/然后拍拍打打/就像拍打自己的孩子"。整首诗没有任何修饰和修辞，只用了两个动词"扶"和"拍打"，就表现出非凡的诗意——粮食对于农民来说就是"亲人"，母亲对待粮食就像对待自己的孩子，有什么样的爱能胜过一个母亲对自己孩子的爱呢？作者借用母亲的动作把这种血肉相连的爱表达出来了，同时也表达出作者对粮食、对母亲深深的敬意和感恩。这就是诗人对人生、对生活、对时光的一种"打磨"和"提纯"，也是诗人诗歌创作回归自然、容纳天地、突破境界、抵达灵魂的真实体现。

其三，张铎诗歌的凝练表现在诗的缜密之中。张铎诗歌除了简约与洗练之外，还很缜密。司空图在《二十四诗品》中指出："是有真迹，如不可知。"意思是说作品里确实有真切的形貌，读起来细密而不见痕迹。张铎在自己的诗歌作品中，无论是写乡村、写亲情、写山水、写时光……细密而不见痕迹，缜密像水流花开、层层浮现，多一字而拙，少一字而缺，结构严谨而不事雕琢。在《思念》一诗中诗人写道："把思念/捻成丝/拧成绳子/把你捆起来/看你再跑"。读这首诗，让人心里感到有一种情感在挣扎，内心深处的思念是捆绑不住的，捆得越紧，思念就会越深。既有一种"意象欲出，造化已奇"的诗意美，又有一种"体裁绮密，情喻渊深"的情感美。正如诗人在诗集《三地书》的跋中所言："诗是语言的艺术，写诗就应当锤炼语言，用平常的字，写出不平常的诗，努力做到'言有尽而意无穷'。"

二、抒情：张铎诗歌飘逸的灵魂

刘勰在《文心雕龙·情采》篇中说："昔诗人什篇，为情而造文。"意思是说，从前《诗经》的作者写的诗歌，是为了抒发感情而创作作品。可见，抒情，是诗歌亘古永恒的主题。而张铎的诗，就是为了抒发内心的真挚情感而创作。虽然他生活和工作的轨迹是从原州区，到泾源县，再到银川市，但无论如何迁移，人在哪里，时间有多久，也无法泯灭他心中那份炽热的情感，那就是对六盘山、须弥山和贺兰山的守望，对清水河、泾河和黄河的依恋。

其一，张铎诗歌的抒情表现在诗的守望之中。在张铎的诗歌中，从宁南到宁北，蓝天白云是诗，山水田园亦是诗；春夏秋冬是诗，东南西北也是诗……青春是诗，爱情是诗，事业是诗，理想是诗，淡泊是诗，守望更是诗。《扬场》《土豆》《山民》《山里人》《花儿》《塞上榆》《西山上的云》等诗，是对西海固农事、风情、乡俗、季节的守望。如《塞上榆》一诗，"像一群粗犷的男子汉/他们从来不事修饰/或皱眉沉思/或扬眉大笑/对于沙漠/对于肃杀/对于贫瘠/对于寂寞/他们不屑一顾/傲然挺立在黄土高原上"。这里，诗人给我们展现的是像榆树一样的宁夏人，对肃杀、对贫瘠、对寂寞不屑一顾，傲然挺立的形象。《致祖父》《哦，我的父老乡亲》《父亲的眼光》《乡亲》《致妻子》《致女儿》《思念》等诗，是对亲情和爱情的守望。他在《春歌》中写道："青铜色的肩背/倚在金色的麦捆上/丰收的喜气和着热汗/在闪光的脸上流淌/歇一口气/割二十趟/心里浮出一幅画/用金色的麦粒/铺成地毯/迎接没过门的新娘"。一个农民的爱情，既淳朴自然，又富有乡土气息。《银川》《银川之晨》《湖城银川》《黄河风》《爱伊河》《阅海》《吴忠》《贺兰雪》等诗,是对"塞上江南"银川的守望。在《银川》一诗中,诗人写道:"银川长大了/越来越漂亮/既像楷书'一'/又像起跑线/更像站在黄河边的/神话里的飞天"。这首诗先写直觉体验:"银川长大了/越来越漂亮",紧接着又写视觉感受:"既像楷书'一'/又像起跑线",最后写想象:"更像站在黄河边的/神话里的飞天",展现出银川无限的发展活力,寄托了诗人最美好的愿望,表达出诗人内心真挚的情感。正如清代袁枚所言:"诗者由情生者也,有必不可解之情,而后有必不可朽之诗。"

其二,张铎诗歌的抒情表现在诗的悲悯之中。诗人在清水河边长大,清水河给了他太多的记忆。在清水河边的小山村,看着"邻居家的孩子/拿着一块白面馍馍/他看着我咬了一口/越嚼馍馍越白/我咽着唾液/想象着那馍馍的滋味/瓦蓝瓦蓝的天/是那么高远"。读这首《忆童年》,饥饿仿佛就在昨天,而贫困还未远去,一个赤脚的孩子,"坐在自己家的门台上/抱着冻裂的一双小脚/祈求太阳/像夏天那样晒一阵"(《一个赤脚的孩子》)。在乡村,多少乡亲,"望着蓝天/没有云朵/也没有雨/泪却下来了/比雨还多"(《盼雨》)。诗人用满含泪水的目光,抚摸着故乡的土地,怀念着小小的村庄,记忆着妈妈抱紧他的温暖。"心里老惦着乡下人/他们还很'土'呀/我怎么能'洋'起来"。一首《土地的儿子》,用"洋"和"土"作为暗喻,表达出诗人关注农村、关注底层百姓生活的悲悯之心。这种悲悯之心不是一贯的,也不是一成不变的,而是向着理想的、心之向往的方向发展——"固原/绿得有点慢/也有些困难/似乎很无奈/又很执着"(《固原》),透过"执着",让我们看到了发展的希望、幸福的梦想。可见,悲悯之心,不仅是孕育和释放诗歌情感的源头,也是诗歌情感超越现实、走向希望的时代关怀,既包容了苦难,又超越了苦难。

其三,张铎诗歌的抒情表现在诗的静美之中。诗人从宁南山区到银川平原,地域在变换,时光在流逝,而他的人生经历却在不断丰富、思想在不断升华,除了悲悯和守望,他的诗显得更加豁达和宁静。这一点,在一些山水诗中表现得尤为突出。诗人说:"从清水河,到泾河,又从泾河到黄河,这三条河与我水乳交融。"是的,在清水河边,看着"月亮升起来了/小河边,一个小姑娘望着水中的倒影发愣/她的像水一样的手/她的像月亮一样的脸"(《片段》)。这里,诗人截取乡村片段式意象,形成审美的留白,让我们去想"她的像水一样的手/她的像月亮一样的脸",体味诗的宁静美感。而泾河水给了他自然的安静,这里有香水河、胭脂河、二龙河等众多的溪水和河流,在绿林峡谷中"笑声淙淙/不见倩影/束一条银链/款款而行"(《山溪》)。林海深处,鸟声翠鸣,"树弯下腰/亲我/我忘情地/跳了起来/树和人/终于达成一致"(《林海深处》)。黄河水给了他澎湃的诗情,诗人沿着泾河、清水河,一路向北,涓涓细流终于与黄河汇合;登上黄河楼远眺,"黄土高原/一点绿/黄河岸边/一颗珠/游人眼里/一幅画/游子心中/一首诗"(《凤凰之城》)。这是宁南和宁北的一幅"水彩画",绿色中透着辽阔,晶莹中饱含宁静。"我从山里来/念过小溪/读过泾河/现在开始阅海……/渐渐地/心静如水/不再躁动"(《阅海》)。诗人领略过清水河的清澈、泾河的唯美,而阅海给了他心静如水的包容。这三条河,就像三滴晶莹的水珠,在诗人的灵魂深处,相聚,离散,又交融在一起,使他的诗像河水一样明快而宁静,清纯而富有质感。

三、哲思:张铎诗歌蕴含的魅力

美国现代著名的哲学家、美学家和文学批评家乔治·桑塔耶那说:"最伟大的诗人都是哲思的,诗像哲学一样,是人类感知世界的最高形式,伟大的诗像哲学一样,是对宇宙间最深刻关系的把握。"张铎的诗歌不但精短凝练,而且富有哲思。比如《溪流》一诗:"溪水在流/一旦堵住/便急得团团转/实在走不了/就蓄积力量/寻找时间的出口"。全诗只有短短的六行文字,读来却让人深省,有一种绵长的韵味溢出诗行。诗人在这里是写"溪流"吗?表面看是的,实则表述的是一种人生的大境界,当我们在工作和生活中遇到挫折的时候,不要着急,实在走不动了,就慢下来默默地积聚力量,寻找灵魂的出口。他的诗小巧中蕴含着丰富的内涵,读来让人回味无穷。

其一,张铎诗歌的哲思表现在诗的含蓄之中。唐代司空图说"含蓄"就是"不著一字,尽得风流。语不涉己,若不堪忧。是有真宰,与之沉浮",意思是指不用文字明确表达,就能显示生活的美妙;文辞虽未说到苦难的情状,读时却使人十分哀伤;产生这种含蓄的根本原因在于诗境之自然本性,是这种自在的规律使含蓄呈现出自然的态势,似乎永远有无穷无尽的深意蕴藏于其中。张铎有许多诗深藏哲思,言已尽而意未了,耐人寻味,令人深思。比如《留守妇女》:"起风了/哗哗的声音/就像雨一样/抽打着月光下/光滑的胴体"。诗中未有一字提及寂寞、孤独、幽怨,而留守妇女那种在白天沉重繁忙的劳作之后,夜晚虽有皎洁的月光和美丽的胴体,却独守空房,幽怨和思念尽在言辞之外,给人以无限遐想的空间和深层的思考,包蕴了"含不尽之意,见于言外"之神韵。

其二,张铎诗歌的哲思表现在诗的疏野之中。中国传统诗词将"疏野"定义为"惟性所宅,真取弗羁。控物自富,与率为期"。意思是说,任性而随其所安,但取其天真自然而毫无种种世俗羁绊;随手而自由取物,则自可富足不尽;唯求与真率相约为期,而绝无任何规矩约束。邹慧萍曾经评价张铎的诗"像自然一样自然",我想也是依据"疏野"中的取其天真自然而毫无种种世俗羁绊而来的吧。张铎的诗就是信手拈来、自然天成、富有哲理。比如《雾》:"雾来了/伸出湿润的小手/将我揽进怀里/让人分辨不出/东南西北"。诗人用拟人的手法,把一种自然现象上升到人生境界的高度,看似写雾,实质上是在抒发自己对生活、对人生的感悟,告诉人们远离"温暖"的诱惑,寻找精神的坚守;心境与环境融为一体,天然去雕饰,朴素动人心。这不仅是一种诗的境界,也是人生的大智慧。他的诗无论从内容到形式,都一任自然、不事雕琢、朴实无华,给人以自然、纯真的美感。正如他自己所言:"诗是人与自然达成一致的标志,我写诗,诗也在写我。"

其三,张铎诗歌的哲思表现在诗的瓷实之中。诗人在《三地书》的跋中说:"我喜欢写瓷实而有质感的诗,不喜欢故弄玄虚的东西。这里的瓷实,即有生活,有感悟,有真情实感。"诗人正是基于生活、情感,才有了诗意的"悟道"《自由》一诗,只有短短的四句:"我麻木了/心便自由了/心麻木了/我就不自由了"。诗人用反衬和对比的手法,对"麻木"和"自由"做了阐释:身体的"麻木"不可怕,最可怕的是心灵的"麻木",只有"心的自由"才是最高境界的"自由"。又如《人生》:"从慈母到地母/这中间短短的/一段距离/就叫人生"。也是四句,但用"距离"揭示出了人生的短暂和漫长,用具象把抽象的哲理表达出来,给人一种厚重的温暖感。正如《二十四诗品》所言:"取语甚直,计思匪深。忽逢幽人,如见道心。"诗人用瓷实质朴的语言,给人以心灵的启迪和灵魂的洗礼。

综上所述,张铎的诗歌不但精短凝练,自然天成,而且富有哲思。"瓷实"是他诗歌的主旨,"短"是他诗歌的特质,自然而然则是他的诗学风格。纵观他的诗歌创作,其诗主要以短诗为主,隽永凝练,兼具感性与理性,篇幅短却精粹而深刻,有巨大的容量和表现力,也有缜密的布局和内在的韵律节奏,在自然而然中呈现出一种博大、厚重与恢宏之气,具有鲜明的自然美学之风格。

当然,他的诗歌还存在一些局限和不足,和宁夏大多数诗人一样,他的诗还局限在地域写作之中,没有打破宁夏或者是西部"乡村"和"城市"这两个特殊的情感环境,诗人的生活轨迹就是从乡村到城市,在城市回望乡村。殊不知,地域写作既是我们创作的长处,也是我们创作的短板,我们不可能永远生活在记忆的乡愁里,更不可能脱离城市快节奏生活。因此,只有打破地域限制,诗人才能发现新的彼岸,走向更广阔的诗意空间。

王武军,笔名悟君,中国诗歌学会会员,宁夏文艺评论家协会理事,宁夏诗歌学会副秘书长,宁夏诗词学会副秘书长,银川市作家协会理事。宁夏政协文史委文史资料编辑。

听君翻唱杨柳枝

——读李仁安《望江南·眊宁夏》

◎封宏砚

宁夏大学人文学院副教授李仁安先生的《望江南·眊宁夏》，我反复赏读之后，回环含咀，不能自已。声调情韵别开异径，雅趣流畅婉转，令人荡气回肠。

《望江南》原为唐教坊曲名，后用为词牌。"眊"，《说文》："目少精也，从目毛声。"《眊宁夏》的"眊"则是宁夏方言，有"看、观、瞧、望、瞅"之意，与词典的释义大相径庭。

唐代以来，无数文人墨客竞相抒写了众多吟咏宁夏山水的诗文。而《望江南·眊宁夏》词与常见的怀古览胜、纪行之作不同。词人以独具的慧眼捕捉宁夏山川秀色，以生花妙笔描摹边塞奇观。十阕词恰似清雅俊秀的美学导游，通过"眊"，引导人们去认识宁夏的历史渊源、规模形制、风光特色、文物价值，去感受塞外自然胜景的诗情画意。全词内容丰富，形式优美，有宁夏地理名胜、文化遗址、著名景点、民俗风情，还有神话传说、地方特产、非物质文化遗产。古堡新影、贺兰晴雪、黄河金岸、回乡风情、沙坡鸣钟、神秘西夏、水洞兵沟等著名景观在词中一一展现。字少而调缓，言简而意长。词人写实兼比兴，虚实相生，相得益彰。比物取象，万取一收。摇曳生辉，收放自如。

首阕写首府银川。"十里东风""一池春水",词性对仗,用"柳絮""微澜"两种自然物象作对比,显得色彩鲜明,形象生动。写景不言情而情自至,由飘飞的柳絮和泛起的微澜,发出湖城"人道赛江南"的赞叹。立意工巧,不着痕迹,堪称华彩之笔。接下来的各阕咏叹"岩画斑斑"的贺兰山,"草障连云"的中卫沙坡头,"层峦叠翠"的南华山。在宁夏驰名中外的文物古迹中,着重描绘了"夕照残缺"的西夏王陵,"断壁巉岩"的古长城,"巨岸掩沙津"的黄河古渡,"洞穴伫奇兵"的藏兵洞,"梦剑斩蛟龙"的老龙潭……

第十阕写宁夏的物产。从"獭祭"季候描述起笔,春暖花开,冰河解冻,鲤鱼肥美,韭花尤香,到农家婚庆,可谓物华天宝,人杰地灵。

在词人笔下,宁夏山川青山脉脉,芳草萋萋,"今古一般同";隐隐松涛,潺潺流泉,"夏日胜秋天";黄河、渔歌、落霞、垂柳、冰河、秋风,如诗如画,"人道赛江南"。

皎然在《诗式·文章宗旨》中倡导诗文要"真于情性,尚于作用,不顾辞彩,而风流自然"。古今词人、诗家都很讲究文字声韵之外的情趣意味,即韵外之致,味外之旨。《望江南·眊宁夏》用语平实简约,清新雅致,活泼灵动,构思奇妙,以极短小的篇幅来表达丰富深刻的内容特征,表现最完整的意境和情感。词人严格选择所要表现的内容,摄取最有典型意义的片段来浓墨重彩描绘,给读者呈现的是生活中精彩的场景、强烈的感受、灵魂的悸动,是司空见惯的一处风景中最优美的角落,一个事物最突出的镜头。这种人人眼中有、人人手下无、富有创造性的艺术手法,让塞上美景尽收眼底。

全词格调高峻疏朗,意蕴丰沛悠远,充分调动了读者的视觉、听觉、嗅觉、触觉,自然而然地把读者引入词境之中,表达了词人内敛、真挚、率性而为的生活情趣,显示出散淡、清幽、高雅、峭折的诗意情怀。词含蓄隽永,寄托深而措辞婉,给人以足够的愉悦和美的享受。

词人截取了宁夏富有代表性的景观景点、民俗物产,通过"眊"移动着的景物,把云淡风轻的怡然和塞上江南的自豪之感自然地融会在一起。全词行文自然流畅,优美舒缓,对偶工整,声律严谨,平仄相间相重,抑扬顿挫，富有和谐之美。全词各阕首句均采用俗语入词，雅俗共赏，毫无斧凿和雕琢之痕，富有纯情、自然之美。词人的情致含而不露，浓淡有致，用思虽极精细，遣词却殊华丽。全词十阕写了十处景观，每阕只有二十七个字，委婉曲折，摇曳生姿。声辞俱美，情韵无穷。旧体翻新，俚语活用，因而别有动人之处。可谓言已尽而意无穷，流连玩味，有"不著一字尽得风流"之妙。

李仁安先生多年在高校教授古代汉语，尤精熟诗词格律。我作为后生晚辈，曾受教于先生，承蒙赐教，受益良多。此番拜读先生词作，不揣浅陋，臆测谬误颇多。幸好，古人论诗有"诗人之用心未必然，而读者之用心何必不然"之说。看来，好的诗词并不是对每个时代、每个读者都以同一面貌出现的自足客体，也不是展示超时代本质的纪念碑。艺术文本潜在的审美价值，只有通过读者的理解和阐释，才能构成接受者的集体意识和与作品相融合的审美，从而表现出实际的审美价值。

封宏砚，宁夏大学新闻传播学院在读硕士研究生，宁夏文艺评论家协会会员。

简论邱新荣以诗叙史的诗歌创作

◎李澄芳

　　文化自信离不开诗意审美的历史观照和艺术活动。诗人邱新荣以诗叙史，用诗意的文字呈现华夏五千年文明灿烂的物质和非物质文化遗产，自然蕴藉了深厚的家国情怀、民族情怀和文化情怀。他1982年开始诗歌创作，作品发表于《星星》《绿风》《朔方》等文学刊物。已出版十多部诗集，影响深远的是《诗歌中国》。这是一套描绘中华民族历史的系列巨构，含诗2000余首，10万余行，从远古传说、历代人物和文明创造等诸多方面着手，形象化描绘古往今来中华民族丰富灿烂的人文图景和风云变幻的历史场景。这也是一曲长河式的荡气回肠的史诗般的巨作，献礼中华人民共和国成立70周年大庆之艺术赞歌。文学是民族文化的精神魂魄，"民族审美心理和传统文学性格仍然是一个民族的性格中色彩最鲜明的部分之一"，"都随着民族社会生活的发展而处于不断的流动的、变化中"（荆竹《智慧与觉醒》，宁夏人民出版社1994年版，第8页）。这种流动的变化，一方面是面向世界的开放与交流，更重要的是对家国和谐的审美认同，不断促进中华民族多民族的融合、凝聚和团结。诗人往往因人提笔，因事缘情，或赞叹讴歌，或感喟伤怀。观邱新荣诗集之名，便知上下五千年历史光辉在其心海里跳跃着、升腾着，进而有了叙述、重述和描绘的审美再现。

邱新荣早年的作品收入诗集《野风》，情感深沉，意境较为开阔，充分体现了诗人对人生和历史深刻的思考和独特的感受。某种意义上说，其诗歌以当下为立足点，扎根脚下大地，以史为鉴，凸显当代诗人对人类历史和历史创造的审美想象。以个性化的思考展现对历史的生命观照，真切而充分地体现了作者对人类历史活动的诗意审视。

《土地·人》的第四节，大地与母亲是一个相互印证的诗歌意象和文化符号。人类的生存繁衍和情感获取，离不开大地和大地般孕育生命的母体，所以诗人时空遥想的物象描写中穿插母亲的形象。土地和时序交错，还有农作物，形成中国人集体无意识的意念和想象，因而现实和历史感性交织着的《七月》《八月》《九月》联袂而来，数千年的土地渗透同样的喜怒哀乐。土地的收获、时序的浸染，还有劳作的母亲及其喜悦，灌注秋风而有了十足的自然意味和诗意蕴含。

当然，邱新荣的诗在土地、母亲和儿女情长的沉吟外，更多是对中华大地人文历史和风物景观的诗性书写，还试图注入一种生命体悟的感性力量。耿占春说："邱新荣的历史抒情诗，像是一座没有墙的博物馆，从古老的神话时代开始，逐一呈现着人们熟悉的各种器物、人物、历史事件和积累着时间性的地点。这些诗篇的呈现又不同于博物馆，因为这些器物和人物都被诗的书写再次唤醒。"这是对邱新荣创作特色的特别肯定，也是对其诗歌写作中历史情结和文化情怀的感性认同。

可以说，诗人对人文地理环境的感知，特别是黄河、长城，还有贺兰山，以及河渠灌溉欣欣向荣的农耕景象，时时激荡诗人的情感和想象。这种情愫始终在诗人的心中萦绕，随其读书思考和文字锤炼开始走向开阔。《野风》出版之后十多年里诗人孜孜不倦地在求索亲近大地的历史抒情。20世纪90年代以来，张铎一直关注宁夏诗歌创作，他在细读邱新荣这段沉静时期的《黄褐色的土风》等作品后说："这是写意画，还是古歌谣。不！应该说这是大型浮雕。尽管，这首诗的意境，也许并不新鲜，但其中意象的叠加及交错使用，使得这首诗色泽鲜明，具有极强的力度和包容性。它使作者从平面反映生活,走向立体地呼应人类存在的整个状况。它对历史生活作了总体的综合和把握,以求繁复而又浑厚地,多方位地展示丰富的人生真谛。"这种西部诗的豪迈风情在新时期诗人秦中吟、肖川、屈文焜等的新边塞诗的创作中有过显现。新世纪以来,也成了邱新荣自觉承继的艺术追求。

这种沉浸历史的艺术写真多样而丰富,十多年读而写的大量思考汇集为《大风歌》诗丛12册,其中一些诗自由而拙朴,犹如读书的随意遐想。也可以说,以史入诗考验着邱新荣的才情和见识,诗人自由地游走在历史长河,确实展现了历史与诗撞击在一起的某种精彩。"在诗人眼里,众多的器物所呈现的并非仅仅是神话与传说的历史。"(耿占春《让这错金铭文念我》)史与诗、诗与史的凝练焊接中所有的文字吹响的是百家争鸣的多彩乐章,能够感受的是春秋争霸的战火烽烟,或观赏古老的编钟,吹奏低沉的陶埙,聆听远古乐音,或"八千年前,有一把石镰""在秋风中,看秦始皇陵""听听那些陪葬的哭声",或"在铜圭表上测量时辰"……《史·诗·史》里这许多篇目以诗纵论几千年中华历史,用诗意的渲染来探寻古代遗物、遗迹、物象中的奇趣奥妙,每篇作品拥有自己清晰的中心意象,一系列独立的意象丛又组合构成诗人情感的完整结构。邱新荣作品总体的叙事是宏观的、完整的,又以细小的个人情感和思考,致力于恢复曾经历过的历史文化节点。故读者读其诗集,发现民间与庙堂,官吏与黎民,正史与野史,日常与庆典,历史与现实,纵横交错,辩证统一。以诗重现历史,与古人的沟通试图抵达客观想象,又极具个性化情绪皴染。

正是基于对文化诗意孜孜不倦的追求,邱新荣将其所有作品精选整理为《诗歌中国》六卷(《原初流韵》《秦月汉关》《唐风宋雨》《铁马华章》《关河梦断》《血荐轩辕》)。重新修订打磨而成的多卷本开篇扉页写着"这是诗化的历史也是历史的诗",这句话正是邱新荣对自己艺术追求的真实写照。诗集前奏《祖国啊　我的祖国》,表达了自己爱国的深情。诗人在后记中还提到,三十年前"我想从中华民族的神话传说及历史源头写起,沿时间而下,写一部诗集"。六卷本《诗歌中国》正文就从盘古《开天辟地》写起,一直到近代的东北易旗——《易帜不仅仅是旗帜——1928年12月29日东北易旗》。其部分诗作后附的名词解释亦让人欢喜,颇有意趣。如发掘于河姆渡遗址,《一件牙雕》后附注解:"中国新石器时代的重要遗址,位于浙江余姚河姆渡村东北。……该遗址的发现,证明从很早时起,中国人的祖先不仅在黄河流域,同时也在长江流域创造了灿烂的原始文化。"(卷壹《原初流韵》)让读者对人类祖先生活有所想象,才能欣赏"一件牙雕的醒来"。这是一种时间的问询,也是对古人智慧的礼敬。又如《卡拉库里湖》后附对地理名词卡拉库里湖的解释:"位于冰山之父——慕士塔格峰的山脚下。'卡拉库里'意为'黑海',是一座高山冰蚀冰碛湖,其水面映衬着巍峨又神秘的慕士塔格峰,白雪皑皑,山水同色,是世界上少有的高原湖泊。"(卷伍《关河梦断》)可以让读者在更清晰的地理背景中赏读作品。

以诗化的文字凸显中华历史,邱新荣没有用宏大的叙事手法,选择无数历史节点,以富有韵律的书写建构了史诗的内涵和气势。也可以说,《诗歌中国》以抒情形式,炽热情感,以及丰富的内容,全方位展示了中华历史。他立足现实去理解历史,爱憎分明地发现美与恶,反顾反思地赞美与批评。《原初流韵》是对人类文明起源发展的追溯,在诗意的话语里,发现探索并意图构建原始起源的精神文明线索图。《秦月汉关》《唐风宋雨》《铁马华章》等,有思考、有批判。反思被压抑被奴役的人失去了自由——人身的自由,思想的自由,一切自由。在遮天蔽日的历史阴霾里渴望光明,是诗人人文情怀的别样呈现。《关河梦断》《血荐轩辕》深蕴历史的沉浮,民族的苦难,还有一次次的崛起。当然,文字浮现历史的沧桑风雨,所有动情的描绘里饱含诗人对中华民族始终追寻光明与进步精神的真诚礼赞。

简而言之,邱新荣的诗,是抒情,是纪实,是赞颂,亦是热爱。以史为鉴,以家国情怀直面历史的痛苦和不幸,冷静反思,批评强权暴政。以诗为镜,以民族情怀赞美先辈的勤劳和智慧。基于历史的感性审美,表达了中华民族曾经的辉煌,也蕴藉对家国民族美好未来的期冀和想象。邱新荣的诗质朴、坦诚,充满爱国的激情和文化的自信。诗人用诗歌致敬五千年中华民族的辉煌,在历史长河里聆听中华民族风雨沧桑的交响曲,以自我的爱国之情展现对人类历史的生命观照,特别体现了个体对民族文化的诗性观照。日月璀璨,气象万千,文化与艺术交融的双重审美,以文字描绘的艺术方式显现了中华大地上人们生存与奋斗的诸多历史景象。

　　李澄芳,宁夏大学音乐学院在读研究生。

以谦卑姿态倾听大地心跳

——读苇岸《大地上的事情》

◎傅彩霞

阅读苇岸的散文集《大地上的事情》有点晚,但是,好书不怕晚,良缘不怕迟。

苇岸的灵魂是辽阔的、飞舞的、诗意的,他深情地匍匐在大地上,静听鸟鸣,且听风吟,敏锐地感受大自然里那些常常被人忽略的麦田、雪雨、白桦林、二十四节气,还有大地上可爱的麻雀、喜鹊、蚂蚁、野兔、胡蜂……山川草木,花鸟鱼虫都被他逐个唤起了丰富的天赋灵性,捕获成心中的歌,化成了笔下简约优美的哲思文字,让人尽情得到美的享受、深刻的启示。他赞美一切,不管是动物植物,还是矿物,也忧思人类和地球的生存环境。他不仅是生活在都市边缘的自然之子,而且具有知识分子的正直、良知和忧患意识,他执着地尽自己的绵薄之力,拯救人类日趋遭遇破坏的地球。

不论春夏秋冬,还是酷暑严寒,他有如大地上的检阅首领,对大地上的事情,看得透彻,想得深远,说得动情。如,"喜鹊是王,灰喜鹊是后,而那些在它们周围起落的、时而尾随它们飞行一程的麻雀,则是数量众多的国民"。他说二十四节气之一的惊蛰,"这是一个带有'推进'和'改革'色彩的节气,它反映了对象的被动、消极、依赖和等待的状态,显现出一丝善意的冒犯和介入,就像一个乡村客店老板凌晨轻摇他的诸事在身的客人:'客官,醒醒,天亮了,该上路了'。"跳跃的思维生发会意美好的意象,抽象的惊蛰,在他的妙笔下摇曳生姿,登时复活了。而那沟堑和道路两旁破土而出的青草,"连片的草色已似报纸头条一样醒目"。草色与报纸头条相关联,多么有趣形象的比喻!

如果读者诸君只看到苇岸散文里葳蕤的诗性,未看到他睿智的哲思,便是一种遗憾,甚至是一种巨大损失,犹如鸟儿失去了一只飞翔的羽翼。苇岸自言,白桦树淳朴正直的形象,是他灵魂与生命的象征。的确,他就像大自然中的一株白桦树,稳重挺立在天地间,偶尔坠落的树叶,似递给行人的一把珍贵金钥匙,启迪心智,开启智慧,渗透人生。"正与直是它们赖以生存的首要条件,哪棵树在生长中偏离了这个方向,即意味着失去阳光和死亡。"庸者无聊,天才孤独,在岁月深处,苇岸像匍匐在大地上的孤独者,专注地聆听着大地的心律,孜孜不倦地思索着,体会着,收获着……把智慧的结晶化成春天的花朵,把热烈的雨滴,飞舞的雪花,洒向人间。人,唯有以匍匐的谦卑姿态,紧紧扎根于大地,才能聆听到大地的心跳,叩问一切生灵生命的意义。

苇岸是一位注重人文关怀、居安思危的作家。他用慈悲的心灵,关爱人类的历史发展;他以作家的责任担当,传递着精神的火炬。当人类把地球当作一口取之不尽,用之不竭的井,地球遭遇到严重破坏,森林和动物不断消失时,他理性地告诫人们,善待地球,珍惜地球,保护地球,合理开发利用,不要浪费与挥霍有限的自然资源。因为,地球是有生命的,世上的万物都有生命,万物一体,生命平等。

苇岸匍匐在大地上,陶醉却又清醒,爱并痛着,苦并乐着,时刻感受到生命的律动和爱的奥秘。"人类仿佛是火,它的存在便伴随着欲和求的光焰。"面对人类对地球无止境的攫夺,他剖析现代人焦虑的根源,是对现代社会快节奏与自然节律的脱节,于是,他努力抗争,想逃离水泥砌成的世界,回到"与自然节律同步运行"的环境。

他是一根会思想的芦苇,他用思想照亮空旷寂寞的大地,也照亮彼此的灵魂,大地上那些隐秘而壮丽的事情,被他细致敏锐地发现,并诗意慈悲地表述出来,这个被他细细抚摸过的世界,永恒定格在了1999年的春天。"数年前我就预感到我不是一个适宜进入二十一世纪的人,甚至生活在二十世纪也是个错误。我非常热爱农业文明,而对工业文明的存在和进程一直有一种源自内心的悲哀和抵触,但我没办法不被裹挟其中。"没想到一语成谶,这颗文坛新星陨落的时候,只有三十九岁,正是如日中天的年龄,他义无反顾地踏着麦浪而去,追随他大自然的梦境。他已与大地相依相偎,同生共眠了二十一年,那些土地上"最优美、最典雅、最令人动情"的麦子,不知哪一棵是他瘦高的身影。二十四个节气里,不知哪个节气是他的隐藏之处。也许,他已化成了一只在万花丛里忙碌采蜜的小蜜蜂,或者一只冬日里窗下跳跃的小麻雀。假如苇岸能活到今天,已年过花甲,当他看到如今雾霾天气频繁出现时,不知会作何感想!

人类唯有遵循天道,彻底清醒地意识到自己是悬浮在阳光下的一粒尘埃,才会丢掉那些自以为是的为人优越性,贪婪自私的妄念,不再高高在上,颐指气使,也唯有与蕴含神灵的世间万物和睦共处,平等对话,才能经由时间的淬炼,好运降临,实现传奇永恒。《大地上的事情》恍若一阵春风,迎面扑来,清新芳香;宛如一湖清水,涤荡心灵,润物无声。掩卷长思,仿佛缓缓走在陌上花香的华夏大地,桃红柳绿,万紫千红。人类是生活在地球上的生物,不是地球的盟主,我们和大地上的事情,应是联盟对接,融合共赢,走向未来,迎接黎明。

苇岸仿佛一片云彩,轻轻地来,又悄悄地走了,唯留下一棵芦苇的标本,和二十万警世温情的文字,成为大地不朽的符号,也是他真诚笃志活过的证据。恰如他在《一个人的道路》的序中所言:"在我的一生中,我希望我成为一个'人类的增光者'。"的确,苇岸的出类拔萃和严谨克制,使他从未消失,他简约精湛的文字随着时间的流逝愈发熠熠生辉。这是在读者心灵撒播的一颗颗金色豆粒,每当看到大地上的山川草木,花鸟鱼虫,我便会想到苇岸,想到那个匍匐在大地的吟者,仿佛这一切都有他善良高贵的影子。

傅彩霞,中国作家协会会员。

写下诗行,献给亲娘

——浅析马永珍诗歌创作

◎史映红

马永珍的诗歌,就像广袤的西北大地上的一棵树,朴实憨厚,真诚真挚,情感饱满,细品慢读,收获满满,让你不得不说点什么。下面从四方面浅析马永珍诗歌特点。

一、我的乡亲

诗人马永珍与我们一样,在远离故乡的日子,他把这些想到的,甚至梦见的情景都变成了文字,是生活的有心人。

品读马永珍作品,就能清晰地看到作者对生活的态度,积极阳光、向上向善。他笔下人物耿直厚道,正义坚强,隐忍,就是我们每个人在村头巷尾遇到的邻居,就是在田间地头手握锄头挥汗如雨、侍奉土地的本家大爷。《剥玉米》里的马老六,是典型的中国传统农民的代表,他敬畏土地、雨水、太阳和宿命;他相信日出而作,日落而息的劳作方式和自己滂沱的汗水能创造幸福生活;他精耕细作,成天面朝黄土背朝天,像呵护自己孩子一样对待庄稼,恨不得拔苗助长。收成好的时候满心喜悦面带憨憨地笑,收成不好的时候怨自己气力下得不够、命运不好,但该上交的公粮税赋,即使无米下锅勒紧裤腰带也要如期完成。马永珍的诗歌创作,显然是来自生活的,来自左邻右舍的农家小院的，来自田间地头和牛羊圈舍的，有泥土，有温度，有力度。

马永珍作品，很少有高大上的表述，少有荡气回肠的呐喊，文字也没有铿锵落地的声响，他的文字如同他自己，是安静的，也如生他养他的那片土地，低调，卑微，幽沉；但他能感知到那片土地微微的脉动。同样，那片土地也能感知到他的心跳，能给他的诗歌艺术以韵律、以激情；能给他讴歌生命、歌唱生活的灵感。如《磨镰刀》："割草，割五谷，割光阴/都需要一把好镰刀//马老六磨了一辈子镰刀/镰刀也磨了他一辈子//磨弯了镰刀也磨弯了腰/却把树梢的弯月给磨圆了"。这首简短诗歌，惜字如金，掷地有声，又蕴含着哲理式的诘问与思考，能看得出诗人在短诗歌的写作上所下的功夫和反复打磨的痕迹。

二、我的母亲

与不少作家诗人一样，马永珍也很多次写到自己的母亲，细细阅读作品，老人好像就站在我们面前：她慈祥可亲，心智平和；她勤劳质朴，善解人意；她仰不愧于天，俯不怍于人。我们读着觉得真实、可信，能在内心产生共鸣，甚至有时泪花晶莹。母亲不仅仅是人类最初的温暖与支撑，也是我们净化心灵、升华心智的根源。母亲是崇高的，母爱是伟大的，母亲与文字，母爱与诗歌，本身就是一样的情怀，是母亲和母爱的阳光照耀着我们寻找文学的家园，寻找原生态的甜蜜和幸福。

马永珍笔下的母亲贯穿在针头线脑中，贯穿在洗洗涮涮、烟熏火燎里，贯穿在鸡鸣犬吠和娃娃们的哭闹中，因为细碎，彰显母亲崇高，因为平凡，彰显母爱伟大。诗人马永珍的诗歌，给我们真实呈现了一位崇高而伟大的母亲。《给奶奶治病》写母亲对长辈的孝顺与关爱，《苹果四十岁了》写母亲对丈夫、儿女的呵护和爱恋。诗人在写作中，用内心的力量去捕捉最的生活细节，用一种朴拙之美、一种蕴藏在心底已经很久很久的深情，表达他旭日喷薄般的爱与尊敬，唤起读者心中久违的善良与关爱。

马永珍的诗没有咋咋呼呼的故弄玄虚,没有声嘶力竭的大呼小叫,以真入手,以诚入题,娓娓道来,却在这些直白、平静无波的文字间,给读者以可信和真实,进而对老人生发出无限的敬重。

三、我的城郭

翻阅马永珍作品,个人认为基本上分为三部分:一是以写故乡山水和风土人情为主的乡土诗歌;二是以写名胜古迹和地理地貌为主的地标式诗歌;三是以写漂泊四方的所见所闻、生活感悟为主的情感式诗歌。地标式诗歌是他面对那些历史痕迹和险峻山川,生发出来的激情和灵感,阅读的时候,能给我们一种"大漠孤烟直,长河落日圆"的大美与苍凉感。当诗人走到长城脚下,就用仰望的姿势看待沧桑历史,看待峥嵘岁月,看待无数的先辈,他知道生命的短暂与仓促,他知道作为人的个体在历史的洪流中,在无穷的时空下,如尘埃般渺小,如草芥般卑微。诗句简洁却意蕴丰厚,文字简约却情感充沛,节奏张弛有度,表达手法较为娴熟。

永珍在写作意境上、诗意表达上有自己的特点,比如《老龙潭》具有三个基本的标准,那就是言志者激人进取,催人奋进;言情者撼人心魄,涤荡心灵;言道者点拨迷津,启人心智。作为读者的我们,可以把老龙潭看作一段久远的历史,它可以湮没足够多的钩心斗角、你死我活的争斗;也可以看作盛大的时空,它能包容足够多壮怀激烈的战斗、金戈铁马的厮杀;还可以看作是汹涌澎湃的洪流,它能带走无数个凄凉婉约、感天动地的缠绵爱情。在写作中,诗人做到隐约抒怀,含而不露。

四、我的乡愁

永珍是一个普通人、平凡人,为了生计,为了老人家小,他要奔波、打拼,要在远离故土的地方漂泊。在异乡的日子久了,职场的压力大了,茫茫人海里累了,甚至在工作中、生活中受到了委屈,就自然而然地想念亲人,这是人之常情。诗人在写作中,总会融入浓浓的乡思和乡情,让人过目不忘,比如《干一杯乡音醉千年》,诗行里有家乡山水、家乡人物、家乡风物和饮食,看似琐碎,却融入了真情,看着平淡,思乡情愫却浓烈灼热。诗人马永珍是清醒的,他站在乡土文明与城市文明的双重视角,寻找生命的本质与起点,寻觅作为现代人日趋流失的乡愁和对生命的感悟与初心。这些质朴简洁的文字,这些文字间隙盈涌的情感,有空间的广度,有人性的深度,有时间的长度。

与《干一杯乡音醉千年》有着异曲同工之妙的还有《不想回去,还得回去》,他在内心最柔软的地方,存放着只属于自己的家和村庄,那里的毛驴能"把太阳拱上东山","又一蹄子,把炊烟拦腰踢断";那里的杏树会"东张西望","时间久了,甜核都变成了苦核"。诗以情真取胜,文字不僵直、不艰涩、不花里胡哨,而是在平淡、平静与自然中,给读者以内心的弹鸣和震荡。诗作最后一句"醒来后,几千公里外又只剩下我。一个人,妈妈,我怕",寥寥数字,写出了世事的繁复、生存的艰险,映射出诗人内心的迷茫和隐痛。

翻阅马永珍作品,这一摞厚厚的书稿,是他各个阶段心迹与感悟的见证,是他创作之路上的探索和经历。这段漫长的心路历程他表现得很执拗,很决绝。他的诗有以写家乡风物和思恋亲人为主的乡土诗,有以捡拾生活当中精美的贝壳、打捞人间百态的感悟诗,有以感叹山川之雄奇、名胜之博伟、岁月之厚重的赞美诗。我觉得这个路子很好。美国文豪海明威曾说:"每一个作家都要找到自己的句子。"写故乡、写别离、写亲人、写感悟、写风物、写历史,这就是马永珍的路子。毋庸置疑,这是一座富矿,我们深信,以永珍的聪慧和坚持,一定会写得更多、更好,我们祝福他。

史映红,中国作家协会会员,西南文学网签约作家。

诗意葱茏清新美

——读小小诗集《那些高高挂起的故事》

◎张旭东

诗人小小的处女作《那些高高挂起的故事》问鼎诗坛,我在阅读诗集的过程中,如同开启了一次无名的旅行,砥砺了不一样的情怀。年初,春花文学社(文学杨河诗会)专门召集相关诗人文友,对小小的诗集进行了赏读和评析。我学习了大家的发言精句,受益匪浅,深受启发。

一、诗集表现出了丰富的情感世界

诗歌是情感的结晶,能给人以心灵的慰藉。小小的诗集中收录的诗歌,包含了对国家、对家乡的讴歌,特别是对故土、爱情、亲情、童年的依恋,对血脉亲情刻骨的思念、回味以及对山川田园的向往和热爱,其率性而为的笔端,流露出的日常生活充满着人间烟火味;对自然风物和社会现实,展现得朴素而真挚,坦诚,自然,贴近生活,让人深思,令人耳目一新。马正虎先生就小小的诗集已经做了非常中肯的评价。马正虎谈到这部诗集,想象丰富,联想合理,他说,作家理清了两对关系:知识、文化与才情的关系;逻辑、哲理与审美的关系。诗人丰富而曲折的求学经历,决定了她知识储备的广度,文学素养的高度,人文情怀的深度。

《我爱你,我的国》,从国家从容应对灾难、战胜困难,到挺起民族脊梁;

从构建人类命运共同体到复兴之路;从祖国犹如浴火中涅槃重生到繁荣昌盛,每个字眼,铿锵有力,自然过渡,一口气读罢,可谓余香满纸,韵味悠长。

走进《西海固》,诗人以其独有的执着、坚韧,诉说西海固的不屈不挠,书写出了西海固人精神的高地。

在《吊庄移民》中,诗人最后提到:"故乡的亲人啊!/在暮鼓晨钟香火缭绕里,/我要与你们分享这澎湃的潮,/我要向你们讲述这时代的风,/我要为你们奏一首和谐的音,/我要向你们诉说一个关于吊庄移民的秘密!"诗人在父辈搬迁奋斗的故事的讲述上,是暖色调的。将自然性、地域性与时代性和人性进行了同构,既有对过去的追忆,又有对当下的警醒和思考,更有对未来的憧憬。

《你来,请别带雪来》:"你来,请别带雪来,/别把我冰封在这个春天,/我的柔软的梦乡,/一只扇动着彩色翅膀的蝴蝶,/它正要落在一株迎春花上,/答应我不要惊扰它,/也不要摧毁它的迎春花。/如果要来,/就好好来像暖阳一样,好吗?"语言轻盈柔和,平实灵动,随情感的起伏和情思的遐想,诗句如清泉般自然倾泻而出。

《献给自己》:"黄色的花在玻璃门内低着头,/秋风随同落叶奏响一曲挽歌,/那个夏日残酷过后,/天狗跳出来,/不但吞食了月亮,/连同太阳的光灿也拉入帷幕,/白色蜡烛的黄焰,/以及等待擦拭的蜡泪,/是我还没来得及燃尽的余生!/还有,那微曛中遗落的柔情,/须保留一点神秘,/压着脚步,去叩响地狱之门。"从创作的规律而言,诗人平时积淀的情感肯定受到了某种契机触发,才能演绎成章,倾泻在字里行间,这种契机就是情感的突破口。诗人通过一系列的自然规律,表达自己的心情。

二、诗集表现出了浓烈的乡愁情结

小小眷恋着故乡,《回到故乡去》,让《奔跑在脑海的羊群》踢开我的栅栏,拽着绳索一路狂奔。小小围绕自己的生活展开,写一切在生命中游历过的印象,在创作中打开了所有的感官,让每个细节、每幅画面在他笔下鲜活起来,从平淡的文字中流露出对生活的热爱,不经意间就能触动读者内心的柔软之处,使她的诗进入一个更为广阔的境界。

《故乡有一犁铧春墒》:"我的故乡,/她给不了你莺歌燕舞的浪漫,/也不会给你留下桃红柳绿的印象,/但她有一犁铧春墒。/我的故乡,/她的皮肤被狂风掠去了羽毛,/烈日也啃噬着她密匝的骨架,/你一旦撕开她的胸膛,/就能看到翻涌着的春潮,/她有一犁铧春墒。/为了攥紧这一犁铧春墒,/一个老汉放弃了黎明甜蜜的梦,/一头耕牛半夜进食、汲水,/一片犁铧被从墙上取下,/擦得铮亮,/一麻袋精挑细选的种子,/准备好跳入冢穴,重生!"小小把思绪扎根于祖辈生息的土地,农村的生活现场历历在目。创作主体是农民,表现场域是乡村,意蕴根基是土地。

《北方的初春》:"北方的初春冷冷如我,/去年的一场瑞雪早已褪去了银装素裹,/今年却失掉了江山!/我在冷冷的初春,/在冷冷的山谷中寻觅,/一粒具备了发芽能力的蒲公英种子和一个准备要飞起来的梦,/胎儿般被一米阳光孕育着。/雪是不会姗姗来迟的,/雨也没有提前预约,/蒲公英的约定,/在这个冷冷的初春像风铃一样挂着!/北方的风,/只有北方的春风,/像大西北的汉子爱上了江南女,/狂野地携着沙尘!"小小对文字的痴迷,对生活的强烈拥抱,对自然生命的神圣叩问,体现了诗人有一颗柔软、温暖的心。

《走出大山,走不出乡思》:"从张家埫出发一路向北,沿着故乡的脉络逃离。/大山的夜色荒凉,/热头烤过更加荒凉,/芨芨草同庄稼一起,/被时间挤干了水分。/父辈凌乱的脚印,/为我踩踏出今日出征的路。/我北上的决心,/如胡杨倒下的姿势一样不可思议;/出门的念头,/比一场过雨还要措手不及!/肩上的褡裢越走越轻,/遥远的路途上的乡思越来越重!"这首诗,是小小对乡愁表现出的最精华表达,是最原始的,最质朴的,也是最纯粹的!爱自己的家乡,是人类与生俱来的情感,是每一个人与乡土田园天然的血缘关系,这种乡愁情结正是千千万万离乡游子的惆怅。往返故土与大都市,小小痛苦地体验数次后,完成了精神家园的回归。因此,她说,背着乡愁离开的人,总觉得人间一拐弯,就能回到故乡!

可以说,小小把乡愁提升到一个更加具象的位置,通过诗歌把对乡愁难以割舍的情结表现得淋漓尽致!

三、诗集表现出了变化多样的语言风格

用语新颖,不落俗套是小小语言的主要风格,同时,小小受气质、修养、阅历等诸多因素影响,在诗歌的表现上又追求多样化,如后面的几首古体诗,笔力厚重,韵味十足。文如其人,诗更如其人。或刚如利剑,气势磅礴,或柔若柳丝,婉转悠扬。

《天生我多情》,对友人感情之真挚,让人深刻感受到,作者内心的复杂与彷徨,青春早逝,白首难逢。今又言别,何时再逢,谁又能知?

《邂逅》中的"寻了你多少年啊,/终于在这条幽暗的小径与你相遇!/少女放出的白鸽,/带着那个少年的消息回来啦,在我皱着的每一寸肌肤里,/都藏着一份寄不出的忧伤!请你捧起我,/不再光滑的脸颊,/穿过我低垂的睫毛,/在我潮湿的眸子里翻阅它!"爱是情感的艺术,这首倾注心血的力作,通篇反映着小小细腻的文字表达。

小小的诗色彩绚丽,不浅薄,不单一。读其配有插图的一首诗,感觉就是为画而做,正所谓"诗中有画,画中有诗"。

非常庆幸的是木兰书院,"文学杨河诗会"为和小小一样的女诗人建立了如此雅集的家园,打造了一个美丽的百花园。在这里大家彼此影响,彼此滋养。期待更多如小小一样的诗人和诗作。

张旭东,西吉县作家协会原主席。

写在大地上的诗行

——再谈李兴民的新乡村诗歌

◎史静波

一、问题的提出

李兴民的杨河系列诗歌有两个根本性特征。

其一是主体性。杨河系列诗歌是他在杨河进行的一场新乡村建设社会实验的一部分。他是作为新乡村建设的直接参与者，对乡村进行书写和表达。

兴民是最先走进乡村，进行新乡村建设社会实验的一批人。这种社会实验，和乡村振兴并不具有相同的内涵，而更多的是在哲学思考上的一种理想化建构。兴民的诗歌就呈现出一种难得的勇气和自觉。这是非常了不起的。对于兴民的诗歌，都要从这里出发去理解。

乡村振兴的主体是农民。有什么样的农民，就有什么样的乡村。乡村的振兴，首要的和最终的落脚点，都是农民自身的振兴。农民的文学创作，是对乡村生活的多维度记录，是对乡村振兴历史进程的记录，也是农民自身振兴的记录和书写。同时，它将深层次地影响和推动乡村建设。

兴民率先敏锐地洞察时代的变革浪潮，走进乡村，以建设者的实践主体身份，进行文学的创作和实验，这是兴民杨河系列诗歌的重大价值之一。

其二是实践性。作为一场新乡村建设社会实验的实际参与者,兴民的杨河系列诗歌就必然地具有实践性的特征,它是从新乡村建设的社会实践中直接产生的。

兴民杨河系列诗歌的实践性特征,不仅表现在它对乡村建设实践的真实性和艺术性的反映,更重要的是,它将审美的创造作为新乡村建设社会实验的重要组成部分和最高审美原则,为新乡村建设社会实验提供直接的"指导"和"规划"。这是以往文学所不具有的。

对于兴民诗歌的重大时代性意义,都要从这样的层面上去理解。如果我们看不到兴民的诗歌所代表的一种新文学、新诗歌的方向,如果我们单纯从文学性上看待兴民的杨河系列诗歌,不仅不得要领,而且对于文学"行内人"来说,那是比较遗憾的。

我将兴民杨河系列诗歌所代表的这种新文学、新诗歌概括为以新乡村建设为时代背景,以乡村建设者为主体,以乡村为主题,建立在哲学思考和社会实践基础上的、以建构美好理想社会为目标的文学审美探索和创造。

二、审美的创造

兴民在杨河系列诗歌中选择了麻雀、喜鹊、老史书记的罐罐茶、杨河的蜜蜂、杏花、水……每一个意象都是一个高度的象征,折射出诗人对村庄的过去、现在和未来的判断、理解和构想,都是从诗人对乡村社会生活本质感性和理性的双重考察抽出的一部分。这就是我为什么要说兴民的杨河系列诗歌具有高度的深刻性和诗的自觉的原因。

诗,不仅仅在意境和意象的创造上,在表达方式和表达形式上,也要实现内容与形式的美的和谐统一。因此,不一样的内容,需要创造出新的表达形式来。怎样理解这句话呢?打个比方,我们用美声唱法唱陕北民歌,一定不对味;用京剧的唱法来唱秦腔,也一定不对头。

因此,为了创造出一种更适合的美的表现形式,兴民进行了勇敢的尝试和探索。这一点,在他之前的诗歌中,是显而易见的。他力求从方言俗语、花儿、秦腔等民间文艺中,找到与古典文学和现代文学相兼容的最为和谐的表达方式和表现形式。

在西海固生活过的人都知道,我们把唱花儿不叫"唱"而叫"漫",把唱秦腔叫"吼一板秦腔",这一个"漫"和"吼",实际上最为传神地表现了西海固人最为深远的表达方式。因此,你看兴民的诗,许多是直抒胸臆地吼出来的:

> 一副扁担挑着大西北崖畔上/两孔百年窑洞/一头通渭,一头西海固/那些远远近近的/沧桑的模糊的记忆/逝者如斯夫,不舍昼夜/风吹渭水吆/风吹葫芦河兮
>
> ——《杨河史》

> 蜂王,上笾,上笾/白雨来了,白雨来了
>
> 蜂儿,你们飞吧/你们飞吧,多采些蜜回来
>
> 尝尝鲜蜜吧/心里怀爱,才能品出/村庄特别的味儿
>
> ——《蜂蜜是今天杨河村的心情》

正是因为上述深层次的缘由,马正虎老师才会得出"兴民的诗土而不俗"的评价。

在兴民的诗里,到处都是土疙瘩,到处都是"粗麻大汉",到处都是直呼而出的家常话。兴民开玩笑说:"土就土吧,咱们本来都长得又黑又丑,非要扮成个油面小生,也装得不像。"

兴民走在一条正确的道路上,这种探索和创造的旅程值得期待,也充满惊喜和欢愉。而兴民关于新文学新诗歌的探索所具有的时代性意义,最终一定是会被文学的实践证明了的。

也许有人会说,我之所以写下对兴民夸赞的文字,是因为我们私交甚

好。殊不知,我对于文学人的相互吹捧最为不屑,按照兴民的人格,也绝不需要拍马屁的文章。我相信,我对于兴民诗歌的解读,我提出"文学杨河"这个概念,是基于深刻、慎重的理性思考的。

因此,我也为兴民的探索和创造,心中充满喜悦。

史静波,西吉县作家协会主席,固原市作家协会副主席,宁夏文艺评论家协会会员。

西北散文诗的创作范式及其开拓

——评王跃英《贺兰山之恋》

◎拜剑锋

宁夏文学虽受地理位置影响一直处于"边缘地带",但得天独厚的地域特色使其一枝独秀,极具不可替代的独特价值。——宁夏文学如此,宁夏散文诗也不例外。

有评论家曾说:"开始写一首散文诗是容易的,然而要使其成为一种艺术品却不是一件易事。"通过长年累月的积淀,王跃英先生的散文诗得以结集出版面世,以飨读者,这是难能可贵的美事。

王跃英先生的散文诗,不仅内容自然,情感饱满,还有丰富的思想性和哲理性。他将内容和形式完美结合起来,使得散文诗集意味悠长。本文基于对《贺兰山之恋》的全面观照,现从王跃英散文诗创作具有的范式意义,王跃英散文诗的开拓意义和亟待解决的问题等方面进行论述。

一、王跃英散文诗创作具有的范式意义

从文本探究的角度,对王跃英先生众多的散文诗成果加以分析、研究,有助于对之后的散文诗创作与发展提供新的可资借鉴的方式方法,给其他的研究者提供新的启发。

（一）独特的审美体验

散文诗的抒写不仅要具有深厚细腻的感情，同时也应该具有一定的审美体验。诗人华兹沃斯曾经说过："一朵微小的花对于我可以唤起不能用眼泪表达出的那样深的思想。"在王跃英先生的散文集当中处处可见这种由细小的情感、细小的事物而引发出深沉情感的独特审美体验。

在王跃英先生的散文诗集之中，我们不仅读到了许许多多崇高的理想，而且还感受到了字里行间所体现出来的高度美感。其在创作的过程中并不是简单将文字进行一味地堆砌，而是用简短的文字着重表现自己独特的个人想法，彰显了其独特的人格魅力。诚如宗白华在《美学的境界》中所言："片面强调美，就走向唯美主义；片面强调真，就走向自然主义。"鉴于此，在散文诗的创作过程当中，不仅要具有形式美，同时需进一步加深文本内在的深层意蕴。

例如在《两个红苹果》中，王跃英先生说："忽然，在递给我一个大苹果的一刹那，你的手神经质地一颤，在换成另一个小苹果时，你坦然一笑：'我比你小，小孩应该吃大的'。"初看时，貌似兄弟两人中有人要"吃亏"，但真正的原因却是大苹果是一个带着疤痕的坏苹果，兄弟之中有人要抢着"霸占"大苹果不是为了占便宜，而是想让对方吃好苹果。通过兄弟二人分吃苹果的一个生活小细节，感受到兄弟之情的真、善、美，文章充满了无限的美感。再如《在照片面前》："在所有的照片面前，能称得上端详的，多半是没有着色的那种。"如此另类的审美，作家看到了常人所看不到的美。

王跃英先生的散文诗创作，使我们清晰地认识到散文诗创作者将看到的所有情景、所有事物都不能简单做1+1的积累，而是要通过眼观四路、耳听八方，把所有能调动的情感、视觉、听觉、情思等方方面面的因素进行重构，进而营造出一幅散文诗优美的画面。这种内含着流动美的创作体式，对当代文学具有示范引领作用。

（二）虚实相生的表达方式

在散文诗领域，文本的内容以及外在的形式美如何完美结合，从而创造出独具个性的形象?这就需要我们不断地去探索。清人笪重光曾说:"虚实相生,无画处皆成妙境。"王跃英先生在散文诗的创作过程当中,运用虚实相生的表达方式给予了文本千变万化的可能,使得经过洗涤的感情克服了个人狭隘的情思,让所有读者能够感受到散文诗字里行间散发的芬芳。

我们发现王跃英先生的散文诗集中,大量运用拟人、通感、反问、比喻、对比、排比、夸张等多样化的修辞,营造出了密集的意象集群,创造出了具有深刻含义的散文诗。例如《思念》一文中说:"思念是一片连绵起伏的沙丘,并不陡峭,却让念想时时塌陷。"用看得见、摸得着的沙丘塌陷来表现无边无际的思念,一实一虚,虚实结合,使得作家无处安放的情感得到宣泄。再如《归隐》中说:"山石无语,隐于天地。"山石所在,历经千万年而不变更迁移,不可能轻易发生变化,这是"实"在。但因天地之间的日升月落,使得山石之形,也有隐匿的时候。这看似简单的存在,经过作家的笔触充满了深层的意蕴。

王跃英先生在散文诗集中,通过这种虚实相生的方式,赋予了散文诗无限多的思想内涵,也进一步扩充了散文诗的内在美以及内在蕴含,使得文字更加精彩,吸引了无数的读者。

(三)画龙点睛式的篇章题目与结尾

"题眼"是一篇文章的精气神所在,"结尾"是一篇文章的灵魂所系。王跃英先生的散文诗集《贺兰山之恋》聚集了大量的篇什,共分为三辑,每一辑约六十余篇,每一篇均有一个精彩的题目。他为每一篇散文诗所精心准备的"题目"与"结尾",其实可以视作"题眼"与"文魂"。例如《小河流出我的故乡》《风在雪后面跟着来》《山没有脚印》《凝固的船》等题目,读者只需看题目就已经被醉倒,更何况那一个个精心构思,留给读者无限遐想的结尾。如《我在北方》:"在高原,什么绝望的事情都会绝处逢生。"《了却一个心愿》里:"瞧,人们凝视荒原的眼里,又多了一层温暖!"《最后的日子》:"也许,这就是我们要走过的最后的日子。"《我们上路》:"只要我们向前走,美好的日子就会如期而至。"诸如此类的篇章结尾,常常使人流连忘返。

我们应该看到,作家用画龙点睛式的篇章题目与结尾,在开拓我们感情的同时,也使我们的情感得到升华。对于此类作家,我们应该满怀敬意。其为宁夏散文诗的繁荣、为西北文学的繁荣提供了新鲜的血液和新的可能。囿于篇幅,我们很难对王跃英先生散文诗的题目、结尾做更深一层的探讨,不妨留给日后的研究者进行爬梳。

二、王跃英散文诗的开拓意义

散文诗的发展也需要百花齐放、百家争鸣式的创作态度,而如何将日常性的个人体验与人类共同的生存经验暗合,构建题材丰富、风格迥异、手法不一的多元化发展体系,进而坚持实践出真理的原则,在创作与评论的过程当中不断探索、提炼,不断升华散文诗的创作之路,使散文诗创作者们始终保持清晰的认识,应是全体散文诗创作者认真思考的问题。王跃英先生在此领域的探索具有开拓意义,具体体现在以下几点。

(一)对故园和亲情的虔诚守望

我们发现,一篇优秀的散文诗既不能简简单单描物状景,也不能一味地进行逻辑推理或者吟咏性情,应该用创作者长久的生活经验与创作经验,将读者带入文学欣赏的世界。

王跃英先生将自己日常所见、所思、所感用优美的文字输出,表达出了对山水风物、故园亲人等的无限眷恋。例如"打开思恋乡村的门窗,乡情、乡思、乡音纷纷启程。""那柔和的光晕,成了游子永世思恋故园的底色。"(《乡村》)"故乡是从这条小河里打捞出来的,故乡是从这条小河里生长出来的?不知道,只是听说,自从有了这条小河,就有了岸边星星点点的小村庄,就有了我日思夜想的故乡。"(《小河流出我的故乡》)"对故乡的思念是一种美好的享受。"(《思念》)

王跃英先生通过对自己内心世界全方位的描摹,表达了对故园和亲情的虔诚守望,以情动人,为之后在散文诗的创作方面,具有可资借鉴的意义。

（二）吟咏对象的特殊性

不同的作家会有不同的人格以及创作风格，即便是对同一题材，不同时间段、不同年代、不同季节，所表达出来的情感也很难相同。在王跃英先生的散文诗集中有很多种充满符号意义的吟咏对象，例如，贺兰山、荒原、乡村、湖、枸杞、沙枣花、葡萄、兰花等作家精心挑选出的特殊吟咏对象。

王跃英先生说："永难想象，没有了关于乡村的记忆，我贫寒的诗行里还会有多少养分。"直言其散文诗的养分来源于心心念念的乡村。而在《河流拐弯的地方》中："又一处被开垦的荒原，用宽厚的胸膛接纳了一批异乡人。"一个"又"字，将荒原的无私和包容展现无遗。

其对贺兰山的反复吟咏，使"贺兰山"具有了"恒定""淡远"的符号意义，成为读者和评论家们着重观照的一个点。例如《雪落在贺兰山之巅》中说："雪落在贺兰山之巅，那种圣洁，让灵魂为之战栗。"《风雪中》中说："看山去，那是一件说走就走的惬意事情。"《山里，星空依旧湛蓝》中说："与山一样的人们，总有着仰望湛蓝星空的秉性。"文字里透露出对山无比自豪和惬意的情感。"能否直言：这一座巍峨高山，就是生命中的靠山？"（《山那边，好地方》）"守着一座山，不会再目空一切。"（《与山为邻》）因为大山既是"最忠实的邻居"，也"一直那么硬气"，充满着"恒定"与"淡远"。

诗人爱里略说："一个造出新节奏的人，就是一个拓展了我们的感情并使他更高明的人。"王跃英先生遵循基本的抒写规范，利用丰富的创作经验，在散文诗中通过反复吟咏和描摹特定的对象，拓宽了散文诗的抒写内容，摒弃了评论家对散文诗"空洞""乏味"的刻板印象，使得散文诗整体上得到升华。

（三）饱满的情感与自然朴素的语言

通过对王跃英先生散文诗的研究，我们可以看到，饱满情感的迸发与自然朴素的语言是其散文诗成功的关键一环。仅看散文诗集《贺兰山之恋》的目录即可得知，散文诗的创作，不仅需要引发创作者无限多的情思，更需要在充满逻辑构思的基础上，用诗化的语言将这种情思映射于散文诗之中,成为作家构造美的世界的直接所在。

例如在《湖魂》中,他说:"古道驿站,有西风把相思瘦成难言的孤独。"《乡村》:"不能轻易打开思恋乡村的门窗。一旦钻进思恋乡村的湿漉漉的雨中,甜蜜的失眠就会啃啮漫漫的长夜时光。"《那一年》:"离开故乡多年后,我才尝到离开故乡的滋味。"如上的句子,在王跃英先生的散文诗中不胜枚举。创作者以通俗化的表达、复调式的叙述,用饱含情感的笔触和看似毫不华丽、自然朴素的语言,将自己对故乡的依恋娓娓道来。

刘再复曾说:"中国古代文化缺少灵魂叩问的资源,导致文学作品中个体生命内部缺乏灵魂的论辩和搏斗,或者说,灵魂的维度相当薄弱。相比西方文学如陀思妥耶夫斯基'旷野的呼号',中国文学缺少灵魂的挣扎、思考与活力。"散文诗作为中国文学的重要组成部分,是否也存在情感和语言的空白无力?在我看来,这需要从长计议。首先,我们不该人为割裂当下的散文诗创作与古代优秀传统文化的承接关系,因为这是极其不理智的一种行为。其次,我们应该坚信,在散文诗发展中,一方面要继续发现散文诗在当下文学创作中的特质,另一方面也要注意到散文诗从古代优秀的传统文化当中汲取的有益"营养",例如情感的适度表达,以及语言的规范使用。不仅如此,还应对照中国散文诗与西方散文诗的异同,将散文诗的发展放置在中外文化共通的背景下进行研究,这将有利于散文诗在未来中国文坛乃至世界文化之林中发出自己独特的声音。

三、亟待解决的问题

在散文诗创作方面,时至今日,仍有很多种不同的声音。有人倡议散文诗就该"与众不同",在"融合了诗的表现性和散文描写性","拥有独特的体式特征、思想内容和审美尺度"后,该用"不同的话语结构反映不同的精神结构"。我们需要反思,这样的倡议到底适不适合当下散文诗的创作?

纵观王跃英先生的散文诗,我们不难发现,其打破旧的传统,立足于优秀的传统文化,赋予散文诗新的时代内容,对宁夏乃至西北散文诗的发展壮大,具有深远影响。但,我们也应该注意到其散文诗所遇到的瓶颈。第一,诗意的流失问题。现有的散文诗创作格调偏移,与"中国诗"在诗法问题上很难有明显的区别,例如将散体语言装入传统句式之中,这就使初涉文学的读者很容易产生混淆。第二,用语模糊。在当下的散文诗创作中,创作者有意将诸如倒装、省略、比喻、通感等现代诗歌表现手法运用到散文诗中,这在很大程度上稀释了散文诗作为一种独特文体的存在。第三,创作格式的程式化问题。由于体式所限,散文诗普遍押尾韵,这就造成散文诗在分行、分段、音节、韵脚等方面大致相同,颇伤文意。

散文诗作为一种正在逐渐被世人认可的文学样式,依旧需要接受万千读者以及未来不断发展的文学史的检验。我们应该看到散文诗所取的成就,在继承过去的文学经典的同时,也并不拘泥于过去,而是立足当下,着眼于国外。在新的散文诗创作过程中融入更多的中国元素,同时仔细研究西方优秀的散文诗发展脉络,以及他们的科学体系框架,以史为鉴,可知得失。借鉴现有的优秀文化,助力中国散文诗,具有更多发展的可能性。

四、结语

可喜的是,在当下已经有很多评论家,拟从各个方面对散文诗进行全面的观照。我们相信,不久的将来,在文学发展领域,散文诗的发展一定会在中国文学史上大放异彩。我想到那时人们一定会反观这段历史,回溯这段艰苦的"创业史",重新认识具有"拓荒"意义的王跃英先生对中国散文诗的贡献。

在散文诗创作方面,现在有很多种声音,但我们要坚定,散文诗的抒写之路该怎么走。应该由散文诗创作者来不断探索和摸索,而不是由某些评论家纸上谈兵予以指导的。我们应该坚持实践出真理的原则,在创作过程当中不断提炼,不断升华散文诗的创作之路。

拜剑锋,宁夏理工学院教师,宁夏文艺评论家协会会员。

一抹春色慰苍凉

——读陈斌的散文诗《时光之上》

◎王　丹

散文诗,既属于诗,亦属散文。它有诗对生活、对自然万物浪漫的情感与想象,也有诗对语言音韵美的要求。同时,散文诗也有散文的特质,形散神不散,这就要求文章具备诗意美的同时也要朦胧有度,要处理好与生活实际问题的关系,体现作者对生活的态度,而不是"藏着掖着",故意蒙上一层朦胧的面纱,这样才不会造成散文诗的情感苍白无力。

好的散文诗应该像鲁迅的《好的故事》一样,是一个精心编织的美梦,充满了浪漫、理想的色彩,也有缜密的逻辑。梦境中鲁迅坐着小船,一切美的事物依次映入眼帘,每一处意象都是对美好生活的象征,这梦境就是一篇构思精巧的美文,文末作者转笔写道:"我真爱这一篇好的故事,趁碎影还在,我要追回他,完成他,留下他。我抛了书,欠身伸手去取笔,何尝有一丝碎影,只见昏暗的灯光,我不在小船里了。但我总记得见过这一篇好的故事,在昏沉的夜……"原来这是鲁迅不满现实而对美好生活的向往。散文诗应该是一个精心编织的"故事",即使有片段式、跳跃式的描写,也应遵循事物的内部逻辑,不能任由思绪天马行空,将华而不实的意象进行拼凑、跳跃、堆积,让人眼花缭乱,不知所云。文字和内容精心编织,情感和情绪刻意节制的文章,才是一篇对读者负责的作品。

在塞上文坛中，有一位年轻的散文诗作家陈斌，小心翼翼地创作着散文诗。在陈斌的散文诗集《时光之上》中，我看到了一位情感细腻、丰盈的诗人，看到了一个孤独、坚毅的灵魂，他善于在荒芜的大地上游弋，因为他能从荒芜的大地上发掘自然之美、人性之美。他善于低入尘埃，与老旧的、孤立的事物对话，赋予它们充盈的精神世界，以诗的语言描述出一位在大地上挺拔站立的灵魂，孤独，倔强，满怀希望，作者的情感在作品里起伏、升华，内心得以充实、慰藉。

在《塌陷区的春天》里，作者借着单一的意象桃花，燃烧起"凤凰涅槃，浴火重生"的生命希望。这些从《诗经》里走出的女子，"漫溢出幽微的情丝"，给了"这片古老的土地以最深情的拥抱"。这倔强攀升的桃花在"朔方早春的风里怒笑着"。作者嗅到了桃花的诗语，闻到了桃花的呐喊，是桃花想告诉人们它们炙热的存在，因为桃花的姿态象征着如今惠农坚强的存在，象征着过去热闹的石嘴山，也象征着孤傲的朔方大地。

《石嘴子公园记》："空城计已唱响。逃离这里的事物已越来越多，空荡荡的街道在夕阳下瘦成一张车票，在欲望的站台前，一辆接一辆的厂车划过黎明。"石嘴山成了一座被遗忘的城市，成了一座想要被逃离的城市，欲望是驱使的车票，石嘴山往日的风采随之消散。直到诗人站在它的面前，"面对黄河边上的这块胎记，一件残损的陶片，从记忆的岩层喷涌而来，而在她兜售的所有商品中，唯有沉默，我收入囊中"。一个站立，一个行走，却因二者有着孤独、坚守的气质而相互吸引，两个沉默的灵魂碰撞出内心生命的声响，这声响因彼此的缄默愈发坚定，那是彼此对生命意义的追寻，是对未来的信心和希望。

因为散文诗的短小和诗性特征，语言的含蓄隽永才会促人联想，令散文诗富有灵气。在《时光之上》中，可以看到作品语言的柔性之美。作者善于将几个看似不相干的名词用在一段话中，这几个名词之间的联系依靠的是事物内部的联系，是某种相似的特质，是需要读者去融进想象和对生活的一点诗意态度。比如《酒后，他回到了故乡》，作品的题目有着诗意的朦胧，刚读题目时，本想是作者借着微醺后的醉意进行一番意料之外情理之中的构想，借以表达不能归乡的思念。不想作者是"实在"之人，三杯两盏淡酒后就真的出现在阔别多年的老屋。"在故乡，月色正浓，是浓得化不开的一坛老酒，多年封存。"故乡是一坛封存多年的老酒，无人问津却从未被遗忘，当踏入故土时，将这层面纱揭开，才能感受到它的醇正浓香，老屋的过去历历在目，陈酿多年的思乡情怀随着屋门的推开涌上心头，这五味杂陈的怀念之情怎能不叫人沉醉。只是老屋内已"不见牛羊鸡犬的抒情诗"，古老的村落也四下无人。月光洒在屋檐、洒在地面，"空荡荡的院子里只有他和他的影子，在月色里反复浸泡"。作者和整个村落被黑夜吞噬，孤独却不寂寞，他们彼此相依，回味着相关的一切，只是微醺后，故乡分外浓郁、香醇。

《枯叶蝶》，作者以时间的概念来呈现枯叶，构思独特，通篇只有第一段和最后一段里将"枯叶"一笔带过，没有任何对枯叶的描述。"精致的瓶中，是夜，是透明的水，稀释了无数黏稠的夜，稀释了那些飞禽走兽的羽翼。"最后一片枯叶落地，万物惊醒，本想继续沉浸在花香鸟鸣中，但最后一片落地的枯叶宣告迎接万物的将是凛冽的寒冬。自然万物这才抓住时光的尾巴，回想着属于各自的秘密，悄无声息，坚定有力。它们不是时光，却是时光最直观的印证。瓶中的水是无数个夜，是悄然流逝的时光，所以它能冲淡伤痛，也为岁月留下了痕迹。"一件绝美的古董，陈列于某个晚上，参观者都已睡了，在梦中打量着一件瓷器的前世今生。"古董是对历史的见证，未来将成历史，古董不断地经历着时间的交替，参观者想挖掘它身上关于历史的秘密，怎想这发生的一切尽收枯叶眼底，它才是四季交替、万物生长中永恒和普遍的存在，奈何这永恒和普遍常被遗忘。

要说比陈斌散文诗浪漫、朦胧的诗意文字，我更钟情于他文中脚踩大地有力量感的情感冲击，轻描淡写之间充斥着人间最朴实无华的珍贵的感情。比如《怀念祖父》，精短的篇幅和质朴的文字中也有巧妙的构思，细节片段的平淡、节制叙述，撑起了一位祖父慈爱、坚韧的高大形象。祖父的病从未提起，回到家时"他照旧说说笑笑，去田间干活，收拾庄稼和蔬菜"，"我走的时候，还忘不了替我扛一箱多余的书，远远地送我出了村口"。文中这两处对祖父的简短描述，却将祖父的慈祥、隐忍的形象表现得鲜活、有力。"也许身上的痛，充满了整个白天黑夜，只有那些细微的咳嗽和苦涩的药片最为熟悉。"老人能抗，他自己扛下病痛的折磨，扛过的山、水以及命运不公正的待遇也就不算什么。"祖父走的时候，细碎的白雪落满了庭院，多么像他放下扛着的一切。那一刻，他轻飘飘地上路，有云彩扛着他，有清风扛着他。"生死离别的哀痛写得这样美妙、轻盈，面对生活的苦涩，离开的祖父可以深深地舒口气了，让云彩和清风扛着他飘往没有伤痛的天堂。面对挚爱的祖父，诗人的情感收敛，节制，面对祖父的离世，用唯美的文字寄以深刻的思念和祝福，读来伤而不悲，自然舒适，留在心中的情感绵长，浓厚。

《苍凉如水》也是我颇为喜欢的篇章。其中的情感苍凉如水，将人在面对突如其来的病痛、疾苦、困境时的绝望、孤寂、荒凉、无助之感写得真实而无奈。"从医院出来的时候，街上的行人与车辆少了很多。""黄昏的路灯照着水泥地，散发出更深的寒气。我搀扶着输完液的妻子，一步一个台阶。那一刻，世界的高度仅限于此，空气异常沉重。""孤独的月光将我们的影子瞬间拉长，缓缓移动。像记忆的铁轨一样悠长的影子，让我想起更多的冬天、冬天里的雪以及更多的炭火。"一位诗人，他孤身站在苍凉的大地上，瘦长的身影里布满能量，他享受这份宁静与孤独，可当他回归烟火，面对医院、面对至亲的病痛时，他异常脆弱，无可奈何，承受，消化，继续迎接那不可知的未来的生活。记得我上初中的时候，父亲因工伤住院，母亲每天到医院照顾父亲，在那段记忆里，风很大，我站在楼口，望着昏暗的天空，四周的寒气向我袭来，可那还不是冬天啊！我走回家，屋里满是看望父亲的人送的牛奶与香蕉的味道，这味道很浓，持续了很久，直到父亲出院的很长一段时间，当我再闻到香蕉和牛奶的味道时，都会想起父亲住院的那段日子，想起那时内心的惶恐和四周的冷寂。当作者搀扶着妻子走出医院，昏暗的路灯、冰冷的水泥地、漫长的台阶让作者的内心孤寒、冷寂，这一切是此刻诗作者全部的世界，清冷的月光下仿佛只有他自己，此时外界的任何声音都无法打破他心底深深的苍凉。"生活需要取暖,我们更多的是向对岸泅渡,在月光里打捞单薄的身影。"作者诗意地表现内心真实,又直逼现实生活的常态。

读陈斌的文字,觉得他是大地的孩子,他总是设身处地替大地母亲说话,孤身一人,内心坚定,仿佛没有什么能纷扰了他的心,被遗忘的塌陷区、大地的子宫六盘山、被时光抛弃的春晖市场、遭遇着不公命运的石嘴子公园,哪怕是凌晨五点的车站都无一例外倾诉着各自的存在,作者的身体游走在荒寒的朔北大地,没有讨好世间的谄笑,他仔细地倾听着大地儿女的呼吸,为他们诉说衷肠。可诗人的肉身也在经历着人间疾苦,他深知活着的不易,所以他要脚踩大地仰望星空,借脚下走过的路发现美的瞬间,挖掘事物的独特气质,表现生活尚有一丝温度,让自己对未来的生活心存信仰,积蓄力量。

王丹,银川科技学院教师,宁夏文艺评论家协会会员。

立足于本土和本我的书写

——《花艳灵州》赏读

◎潘志远

《花艳灵州》，看见此书目，我的目光定格于灵州，觉得应该是个很有意思的地方，在何处，有些茫然；一想到张开翼是宁夏散文诗人，便有了归属；若具体，还是不知其址。后来知道它今名叫灵武，古时称灵州，又叫薄骨律城。立足于本土，再立足于本我，这诗集定大有嚼头。抱着此念，我打开诗集，一章一章、一页一页读，三个深秋的下午逝去，若用一个词概括我的感受，曰惊艳。

惊艳是一个旧词，在这里，艳是此诗集，是灵州，是灵州的一草一木、一事一物、一情一理，是诗人的描摹、洞悉、体验和悲悯，是诗人的感悟、省悟、领悟和禅悟，惊在我。

《花艳灵州》分三辑："春暖花开""耳畔的声音"和"静水流深"。自有诗人分辑的标准和体系，却不符合我赏读的习惯和心理，感受也难以与分辑恰当匹配和对应。我行我素，我只听命于我的内心。惊艳，我就以此词撒开我的赏读吧。

感受之一：来自诗人对本土和本我的一草一木的描摹和感悟。一草一木，不限于草木，而是各物，普通的、细小的物。描摹是写是画，是各种手法，不一而足。他写灵武的麻雀，如"一群麻雀争先恐后地啄食雪粒，成为地上的另一种落叶。忽然,麻雀们一哄而散,好像落叶又飞了起来。"(《春天来了》)这是一个远距离的比喻,形似的因素少,神似的因素多,它不满足于眼睛,而是满足于心灵和感悟,带来生机和审美。他写马兰花,如"修长的叶子是你茂密的长发,尖尖的发梢盖在眼睛上,那是世间最美姑娘的刘海儿,白天梳过大地,夜晚梳过星光"(《荒原上的马兰花》),跨界模拟,亦花亦人,花人合一,有通往内心的神秘。他写蛐蛐的叫声"多像无线电波,夜夜不倦地向未知的远方发报",有点戏谑,说不定还真是一种电报,我们无法破译,但蛐蛐们能准确接收;他写乌鸦"它是个诗人,喜欢在黎明朗诵抒情",有点自嘲,却令人肃然起敬;他写杜鹃"多像老师的鼓励,朋友的调侃,亲人的诉说",能开启无穷的想象。他写"一棵树就是一尊佛。一棵树就是一座庙。一棵树,孤零零地站着,脸被大漠的风吹歪。"(《树》),独特的地域(本土)和独特的喻象(本我),像法师和得道高僧的偈语;而"脸被大漠的风吹歪",应该是身子,却偏偏换成脸,这一换跳出"旧",跳出"不恰当",走进"新",走进"艳",更走进更微妙的联想。他写"镰刀挂在墙角,是麦子的一节骨骼,很艺术地呈现农业、标记汗水"(《镰刀的村庄》),将镰刀与麦子、与农业、与汗水的关系具象而又淋漓尽致地揭示了出来。

感受之二:来自诗人对本土和本我的一事一物的洞悉和省悟。能洞悉事物,才能洞悉内心,或者说能洞悉内心,才能洞悉事物,两者不必分出先后,应该兼容。苏格拉底说,没有经过省察的人生没有价值。我们是否也可以说,没有经过省察的事物没有价值。这里所说的价值,是指艺术价值和审美价值。这是一个诗人能让读者惊艳的首要前提,在这个方面,作者是能堪称优秀的。他写《红山堡》"300米×300米的古堡,如一副残破的棋局。谁都无法置身局外,独善其身",是警告,还是警醒?他写素有"关中捍蔽、朔方雄镇、汉家门户"之称的灵州,"站在灵州经历了2200年风雨的城头,听历史敲门。咚咚,咚咚,好像传来巨大的心跳",幻听而又不是幻听;他写贺兰山"一匹奔驰的骏马,总想跑得更远一些。腾格里在左,毛乌素在右,乌兰布和在前,三大沙漠悻悻而来,被奔驰的铁蹄踏碎",静景和动景、历史和现实融汇到一处；他写"铁的叫声，尖厉、刺耳、醒脑。是成全，还是互殴？是促膝谈心，还是争吵论辩？"（《听见打铁的声音》），由外向内，再由内向外，便实现了诗人思考"打铁"的价值和意义；他写《碎片》："石头是山的碎片，陵墓和荒冢是往事的碎片；歌声是赞美的碎片，磨难和苦痛是成长的碎片；落叶是秋天的碎片，花瓣是果实和爱情的碎片；诗歌是灵魂的碎片，文字是历史和传承的碎片……我们是未来的碎片……"，则完全打破界限，包容自然、社会、人生，一派喧响。他写生命"我是蚂，你是蚱/已是白露，马上秋分/已是秋分，马上寒露/快，让我们抓紧时间相爱"（《梦的边缘》），人生苦短，还有什么必要争斗和内耗？把洞悉还给洞悉，把省悟还给省悟，这是诗人最应该具备的品质，也应该成为世人的品质，否则，将糊涂一生。

感受之三：来自于诗人对本土和本我的一情一理的体验和领悟。体验孕生领悟，领悟促进和加深体验，两者有作用和反作用的关系，在诗人这里得到了很好的验证。他写父爱"煤油灯火，忽闪忽闪，在小屋里展开一个湖面。父亲在里面忙碌着，像个夜捕的渔夫"（《木匠父亲》），融情入景，跨行体验，领悟在心；"他埋入土中的十个脚趾，仿佛十只蚯蚓，在黄土里上下舞蹈"（《坐在苹果树下的父亲》），寓情于理，奇谲的体验和领悟具象于蚯蚓；"我只能一次次在北方寒冷的季节里思念南方的父亲/带着北方的雪花北方的大雁北方凌厉的风，来看你/我的一生只会酿蜜的父亲"（《南方的我的父亲》），虽然有点直抒胸臆，但境界阔大，将父亲养蜂的职业与劳动的意义，糅合在蜜蜂和酿蜜中，恰切之至。他写"母亲仿佛是万能机器"（《母亲》），从某种意义上讲，尤其在孩子心里，母亲确实具有这样的功能；"母亲，在村口的树下张望，红了眼，太阳也红了眼"（《回家》），时间、地点、景物和人，弥合得天衣无缝。他写祖孙之情，以雪起兴，反复絮叨生活细节，缠绵悱恻，颇有艾青《大堰河，我的保姆》的影子；或以梦为媒介，梦里梦外，写失去祖母之痛和对祖母的缅怀。他写《瘦月》："干枯后的月是后山采得的一把草药，定能治愈一个人久别故乡的思恋顽疾"，是漂泊羁旅者独到体验和领悟的结晶。他写《大磴沟》："是贺兰山的一条皱纹，夹满岁月、鸟鸣和朔风"，由象入情,也由象见理。他写《碑》:"碑是英雄的一把傲骨/碑是精神矿藏的坐标,标注一个人生的重要位置和灿烂瞬间,"高度囊括,体验和领悟含金量重重,哲理意蕴也深深。

感受之四:来自于诗人对本土和本我的历史与现实的悲悯和醒悟。他写《灵武龙》"硕大的骸骨",笔锋一转,"坐在一粒尘埃上,静听你的往事,如听我们自己的宿命/来,灵武龙,再一起看看,这退无可退的星球",由悲悯衍生忧患意识,水乳交融。他写定远营"像一把牛头锁挂在帝国版图的西北",既是骄傲的历史,也是冷酷的现实,"牛头锁"一词则极具象征和言外之意。他写《高台寺》:"把手伸进废墟,掏出往事的跫音,疼痛不止,"极大地彰显诗人的悲悯情怀。他写《小城之夜》:"高楼的一排排窗户如储满蜜汁的蜂巢,泛出甜腻腻的光,"有顿悟的灵犀,更有俗世的温馨和幸福。他写《草根》:"在草的根部诞生了风和草原",渺小和雄伟的辩证不言自明,十分耐人寻味。他写黄河和时间,"浑黄的逝水,浑黄的时间",是孔子"逝者如斯,不舍昼夜"典故的延续,但也有创新,"浑黄的时间"有禅悟之妙,也能惊心并生发更多的玄想。

掩卷之余,我想说《花艳灵州》里惊艳多多,但缺憾也非一二,还有一些篇章在诗意散文上游弋和徘徊。《散文诗》总编辑卜寸丹在《散文诗的边界与身份》一文中说:"散文诗是诗,是一种体量、形态与精神结构更庞大、更自由、节奏韵律及语言的流向更复杂与多义的块状诗。"对照这个定义,很容易鉴照出此诗集中的瑕疵。另,此诗集中一些作品的平面化、同质化的问题,还有待进一步解决。如何向散文借形,向诗歌要魂(思想和诗性),并做到游刃有余,作者还有一段长长的路要走、要探索。我也以此为诚勉,并警醒于散文诗诸君。

潘志远,出版诗文集《心灵的风景》《鸟鸣是一种修辞》《槐花正和衣而眠》。

优美的诗句　心灵的歌唱

——读散文诗《踏歌的蜗牛》

◎ 刘庆烨

阅读张月平散文诗《踏歌的蜗牛》，感受一种纯净之美。诗人善于观察生活中的细微之处，诗中所用意象多为生活细节、生活经历，通过优美的诗句娓娓道来宁夏的风土人情，让读者体会到诗中蕴藏的深厚感情。

诗是对平凡生活的提纯。诗人萃取出经历过的普通生活中的刹那美感，并凝结成诗，令人油然而生幸福感和喜悦感。"天上一个月亮，地上一个月亮。天上的月亮照亮了大地，地上的月亮照亮了乡愁"（《月牙湖叙事（组章）》），"阳光温润，庙庙湖边桃花灼灼，惊艳了未来的时光；秋风送爽，滨河道旁金岸稻香，所有的日子粒粒饱满"（《我的城池我的书》），这些句子韵律美妙，节奏柔和，仿佛在听音乐。古罗马诗人贺拉斯认为："仅仅有美，对诗来说是不够的。诗应该打动人心，把听从的灵魂引导到诗的意境中去。"在品读每章散文诗的过程中，我确信自己被带进了诗句营造的神秘意境内，让我逐渐敏感，接触外界的方式开始由视线转为心灵，去捕捉生命每一刻的惊艳。"看似寻常最奇崛"，在遣词造句当中，诗人没有使用太过晦涩的文字，多为生活中常见的大风、荷花、山脉等，与自己的思索、感触、情绪熔为一炉，从而产生极强烈的变化，使散文诗不仅拥有美的躯体，而且内核更加独特细腻，引人深思。这种思考包括对自身、世界、自然、历史以及生命本真的认知,明白如话,平凡之间见真意。

诗人具有地域性,因此张月平的散文诗也别具一格,西北独特的人文地貌和宁夏塞上江南的特点彰显其间。黄河古渡、月牙湖、贺兰山、沙湖、芨芨草等西北的标志性地点或事物,使得优美的诗句生出根扎进孕育它的土地。这些文字踏实质朴,深情浓郁,不像很多抒情诗美则美矣,却缺乏情感产生的根源,轻浮空虚,让读者感觉乏味,读不下去,仅仅是词句的拼接与无聊的炫技。诚如诗人所说:"我知道,随波逐流的浮萍不是我。我有根,我的根在故乡。"(《炊烟,一朵花》)

诗歌在当代依旧有其社会价值。张月平的散文诗除抒情外,还怀古颂今,让人追忆历史的厚重,感慨今日的盛世繁华。"赞美"从来都不是一个贬义词。在诗中,"沙湖使沙漠和湖水生死相依,它是一个奇迹""石嘴山人如同石头,把无惧刻在心里""蓝田石的温润是爱最有力的表达""黄河是古诗里最烫手的一个词语,从唐诗到宋词所有的丰饶都来自它的滋养和自律""平罗是一本值得我们细细品读的书"。这些语言都是诗人情至深处不由自主发出的赞叹,它们不是定语,不是论文,不是生硬的感叹句,而是一把打开读者心房的钥匙,让人的的确确感受到所歌颂主体的魅力与迷人之处。脱贫攻坚战的伟大胜利,中国共产党百年庆典无不彰显我国的繁荣强盛与中华民族的伟大复兴,诗人不应该吝惜自己的诗句去赞颂这个伟大的时代。在《开往春天的列车(四章)》当中,我感受到了诗人对宁夏开通首条高铁的兴奋激动之情,她用诗意的语言阐述了高铁对于宁夏乃至全国交通的重要意义,身为宁夏人,她为之骄傲,为之自豪,并期待能有更多人坐高铁来宁夏旅游和发展。她激动万分地赞颂:"高铁是跳动的音符,为宁夏经济发展奏出一曲'黄河大合唱'。声声铿锵,句句高亢。歌声穿过千山万水,响彻大江南北。"(《开往春天的列车(四章)》)这让我们看到当代诗歌不光有诗人的自我表达,更有对国家璀璨闪光的赞扬与深思。

张月平的散文诗亦着眼于细微,如炊烟、芨芨草、君子兰、荷花等。诗人借这些事物表达内心的情感,寄托自己的志向,歌颂其品质,也激发人们对生活的热爱之情。散文诗这种文体既有诗意，以诗歌意象的象征、隐喻表达心绪，又保留了散文叙述的细节性。在张月平的散文诗章中，既有优美动人的长句，也有简洁精悍的短句，节奏明快，有流淌音乐感的奇妙律动；其蕴含了诗人复杂细腻的情感与人生哲理，句式多样，题材丰富，让人品读时颇受灵魂的激荡，心情愉悦，绝无阴暗愤懑之意，让人对生活、对未来充满信心与期待。

品读张月平的散文诗，能感受到诗人对待文学的严肃和认真，字斟句酌，绝无轻佻玩闹心，这十分值得像我这样的散文诗初习者学习，只有敬畏文字，敬畏诗，才能写出好的诗句。张月平说："我是一只蜗牛，但我一直在前行的路上。"薛青峰就借这句话将她的散文诗命名为《踏歌的蜗牛》。读完这组散文诗后，我觉得很是贴切张月平的写作态度，也恰到好处地呈现了张月平的写作状态。张月平的创作告诉我，写作不能急功近利，也不是赶热闹去旅游。写作要慢下来，甚至于停下来，慢慢欣赏。欣赏生活的点点滴滴，字斟句酌地锤炼每一句话，尽管慢，但慢工可以出精品。张月平做到了这一点，尽管她的作品不多，但经得住推敲。诗人终会吟唱出美妙动人的"歌声"。最后我想说，在张月平的诗中，"石头以最舒服的样子，安然地站立；花儿以最美的姿态，骄傲地吐蕊；人们以最放松的心情，徜徉其间。"（《奇石山的告白》）

刘庆烨，宁夏理工学院在读学生。

年度·王佐红

文学创作中"总体性"的意义与价值

——由邱新荣诗歌长卷《诗歌中国》谈到

◎ 王佐红

2019年年末,宁夏诗人邱新荣的六卷本《诗歌中国》作为自治区党委宣传部年度重点出版工程由黄河出版传媒集团宁夏人民出版社出版发行了。甫一出版,宁夏回族自治区新闻出版局就主办了以《诗歌中国》为底本的"寻梦中华——大型原创音乐诗史朗诵晚会",千余人在现场聆听,节目完整录制后在宁夏公共频道予以播出,微信圈传播更为广泛,同步在银川举办了研讨会,其影响远远超出了诗歌在今天传统意义上的影响范围。

2017年年底,我与邱新荣先生在一起参加职称评审论文答辩,得知他正在创作这套大作,听他简述了一下规模,感到很吃惊,诚恳地鼓励过几句。书出版之前,哈若蕙老师因此书出版事宜来宁夏人民出版社开会,得见,向我推荐了此作,并嘱写篇评论,哈老师是宁夏著名的文学评论家、出版家,她之肯定再次引起我的格外注意。

从开天辟地、女娲补天、精卫填海的传说,到黄帝的出现,到《文心雕龙》,到大唐盛世、佛教经典,到元曲杂剧、四大名著,到郑和下西洋、《本草纲目》《徐霞客游记》,到虎门销烟、《南京条约》、美丽的新疆、公车上书,到五四运动、到嘉兴红船……邱新荣几乎写尽了中国历史上经济文化社会生活等领域中所有的重大事件、重要典籍、重要领域、重要人物。作者秉持"大事不拘、小事不虚"的处理历史题材的文学原则,沿着中国历史长河,怀着家国深情与知识分子旨趣,对历史中有价值的元素的诗意空间进行外延式的拓展、赋值,生长着历史的可能意义、无边魅力。其历史知识广博,对历史细节有精微的捕捉,对历史本身有足够的多情,能把自我深度地融入历史中,融入历史之痛、之危、之幸中,融出高质量的情感,放飞斑斓的想象,进行诗意的叙事。视野既宏大,又入微,其入古出今的能力、点化历史素材的水平、平常中多汁不竭的诗情尤可称赞。我是一名编审人员,主动与被动阅读的东西也不少,认为《诗歌中国》确非一般气力与水平可为。

　　我以前曾撰文谈过宁夏本土诗人杨梓的《西夏史诗》,放在中国当代汉语诗歌中都绝对是数得上的精品大作,今天看来,宁夏对中国当代诗歌的又一个凸起的重要贡献便是邱新荣的《诗歌中国》。时下,诗歌是一个非常小众的体裁,诗歌的审美趣味整体是趋向个人幽微内心的书写,缺乏对时代、历史、现实的主动激情、开阔观照、全面把握与深刻洞见。诗歌的精神海拔不高、精神质量不优、体格不壮、性格不够阳光。这点诗人们不应置疑,这是新时期以来当代诗歌审美取向的整体走向。背后的原因是多元复杂的,但导致新诗日益走向小众却是事实。对诗歌本身是好是坏?应该都有些。但诗歌不关注重大事件,不贴近大众情感,不与时代精神内胆同频,遭边缘的命运就是必然的了。但我们欣喜地发现,60后及以前的诗人依然有现实视野、历史胸怀与慷慨精神,在诗歌审美整体趋向内心幽微的大潮下,尤其显得难能可贵,邱新荣就是很典型的诗人,《诗歌中国》就是很典型的作品。

　　文学中的"总体性"问题,也只有依附这样的作品才能展开。今天,毫无疑问是个碎片化、快节奏、人们注意力和情感被不断摊薄的时代,文学中长篇(长篇小说、长篇散文、长篇史诗、长篇戏剧)的创作面临更大的难度,但所涉的难度就是使命和价值的源泉所在,若小同小,一大俱大,长篇作品可以给读者提供相对完整的生活图景,足够跨度的历史现场,有长度、深度和厚度的人生经验与情感力量,等等,是对当代读者生活和精神完整性、结构性、立体性、延展性的构建和补全。因之,今天不一定是一个长篇的好时代,但一定是一个呼唤鸿篇巨制的时代。目前国内已有个别在场感比较强的评论家关注到文学写作中的"总体性"问题，《诗歌中国》有点应之而来的意思，是最好的一个注解。它以诗歌的方式大写了中国，大写了中华文明、文化，以恢宏的史诗气魄、深刻的思想内容、相互交融的诗歌形式、充沛的脑力笔力，全面立体、生动形象地面对并展示了中华文明总体，是一曲荡气回肠的中华颂，是对中国历史"总体性""结构性"的一次诗意架构，带给读者的是宏大、完整、全面等精神养成和参照。

其实，"总体性"不光具有重要的文学意义，更具有现实的人生意义，能深刻理解和把握好"总体性"的人，其人生当会受益，将会稳健、从容、流畅、合理，比如不会过分看重短期目标，不会过分透支身体，不会因小失大，等等。因为他（她）会看到更长远、更全面、更一体的人生途程。因之，比于阅读一般的文学作品，一般的诗歌作品，阅读《诗歌中国》会收获更大更沉甸的意义。

王佐红，黄河出版传媒集团副编审。

事实真实与感受真实有效统一的时代存真

——小谈《清凉山驻村笔记》

◎ 王佐红

近年来,关于脱贫攻坚的文学作品可谓多矣,以纪实为主,我主动或被动地读过的也不少,《清凉山驻村笔记》算是比较尖锐的一个存在,入选宁夏回族自治区党委宣传部2021年重点文艺作品扶持项目,是实至名归的。脱贫攻坚是重大题材,对之的写作参与者众多,大作家、小作家,文学中人、文学外的人,多方位全角度地共享了这个大IP。我的总体感受与看法是,专业作家的写作不如一线干部的写作精彩、有味道、耐读。非虚构或者叫报告文学的写作,其实真正的深刻的真实就是作品核心力量的所在,至少脱贫攻坚的书写是这样。我读过的一线干部的此方面文字是更有力道、更有真味、更有信服感的,《清凉山驻村笔记》就是很好的证明之一。本书引我称赞的主要有这么几点:一是对脱贫攻坚书写的绝对真实真诚性;二是珍贵的完整总体的扶贫经历与一线体验及生动鲜活的细节;三是作者对自己工作生活特别珍视后的不小文学收获。

先谈真实与真诚性。这部作品读完,我既没有看到作者不顾个别疾苦的总体概括性赞颂,也没有读出夸大个体苦难特例的意思,而是基本等同于现场真实与绝大多数人的真实感受,所记录的情况既是事实真实,也是作者真实感受,持有完全客观态度的作者代表了大多数人。记录实践的写作中,倾向是一种危险因素,如果作者不够客观偏于一面,就会出现有事实真实但只是部分事实,会让读者的感受不完全真实,或者只是代表个别人的真实感受而不符合总体事实。因为我是农村出身,且也在宁夏同心县韦州镇驻村扶贫过两年,《清凉山驻村笔记》里的那些场景和我经历的一模一样,特别是作者在写到一些农村人物的面貌与语言时,我几乎能想象出他那种传神的样子就在眼前,是我见过的某些人。看来哪里都有爱热闹、语言丰富、特别智慧、风趣率性的农民,他们往往达观坚韧,勇于自嘲,黠慧质朴,抬杠是他们的日常,也是快乐源泉之一。对于脱贫攻坚的书写,需要采访与体验的作家毕竟看到的是表面,至多是次表面,听到的是个别与受访者应急时的高调,且主要是以结果性的简单的赞颂为主,有意无意地忽略了过程与细节,至少述及不足,其实那才是最珍贵的,所以赞颂与肯定不够"复杂"则力量就偏小偏浅。能深入扶贫肌理、把握到质与实的还是需要一定时间段且亲自参与过具体实际工作的人,而《清凉山驻村笔记》的作者段治东这样的专职队员本不是因为写作而去的,他首先是因为工作,其次是用心工作了才有的心得,所以他的体会是本位的,是深刻的,是最可靠的,是直接经验,也是复杂经验。同时,他的写作态度是客观的,不是一味赞颂,也不是专挑人们生活中的垃圾堆看,而是既写到了干部与群众积极光明的大多数与基本的正向前进方向,也写到了他们的不完美处与他们中个别人的偏狭、矛盾与龃龉,这就很好,因为真实真诚而有了足够的力量。主题作品的写作一定不能为了高大宏正而虚假,我们表达好本来就行,我们有这个自信,我们社会与时代的真实与逻辑基本面是不需要粉饰的。但片面似乎是我们的通病,要么高大假空,拒绝观众;要么唯否定,不符合实际,着实遗憾。本身老百姓认为我们的工作、干部得了90分,很优秀了,但我们很多时候的宣传不要这样,非得弄成100分不可,这就与老百姓的真实认识和感受有了偏差。偏差就是变形、夸饰与脱离,这种小偏差甚而让老百姓怀疑,那假的就不仅仅是10分了,冲击到了90分优秀分的真实,结果反而适得其反。电视剧《山海情》之所以受观众热捧,是因为其中的干部、扶贫工作总体精彩,但也有缺憾和问题,正如古希腊号称爱与美的象征的断臂维纳斯一样,主人公与主题的"缺陷"与"不足"是这部剧完美的组成部分。今天,我发现《清凉山驻村笔记》在这方面做出了很好的实践,至少,我作为读者读后确实相信他这是真笔记,里面的人物是真人物,他干的事是真干了,党的政策真的是好,群众也很可爱,干部是真努力了,可以以小见大,中国的脱贫攻坚事业是真的在短期内取得了巨大的成就,但也确实是经历了艰难奋斗。

再说珍贵的完整总体的扶贫经历与一线体验及生动鲜活细节。作者段治东在隆德县清凉村驻村三年多,完整经历了从入户调研、慰问、分析贫困原因、酝酿产业扶贫思路、设计项目、考察调研、筹钱选址、立项到运作起来见到效益的完整的扶贫工作环节,所有的酸甜苦辣、忧愁欢喜都是亲身经历的,关系他的考核评价,他是一线直接参与者与见证者,就是书写对象本身,所以他是最合适的脱贫攻坚书写者之一,他的许多体验深刻而独到,难得而珍贵,比如一氧化碳中毒后,"庆幸自己还能醒来,忙下地去开门,有点头重脚轻",比如"农村工作,有很多活情况,随时变,一时和一时的情况又不一样,让你难把握""各种表格中的名字五花八门、随心所欲。一回和一回还错得不一样,真叫人头疼"。又比如所谓的某项目部王总说要给他们经费支持,却又让他帮着给领导孩子销售价格不低的金银邮册,"我们两个人面面相觑,似乎觉得传说中的利益交换、以小博大的潜规则就摆在眼前。咱也不能不识趣、也不敢不接招。"以上这些经历,都是独一无二的,是实际情况,是切己问题,非深入无法获得,作者不避忌讳地把它们如实地写出来,就很有说服力与证明性,很有感染人的力量。同时,他对群众语言的采撷十分精彩,比如:"你把铁锨朝我头上来""你拿笔就像攥着个铁锨把一样,要把个笔吃了""曲鳝想钻地——腰里没劲""当官不带长,放屁都不响""鼻骨眼里透过斗大的风""真是鸡屁股里掏蛋——一个接不上一个""我咋像是头不合适了(头脑发昏)""任何捐赠都是止疼片——止疼一阵子,过了原样子""死水怕勺舀""嘴上抓得紧(爱吃)""跑成了是好事,跑不成原疤疤子还在么"这些语言就是西海固老乡们的日常语言,话糙理不糙,富含智慧和民间哲学,表意独特而准确,而且特别能展现他们的精神气质与心理实际,可谓引用两句,人物形象立马就活起来了,表达的独特意义一下子就凸显出来了。段治东的扶贫笔记写作是纪实写作,写的是此时此刻,是时代步伐,是现实烟火,是大家许多人的故事,是为真时代真负责的存真,这是读者喜欢看的原因。我曾与家乡西海固的许多作家朋友交流过,作家真正自觉后的写作还是要写身边正在发生与变化着的公共领域的事,我们对旧乡土与单薄自我的回忆性书写执念要尽快松动,要直面时代的变奏与身边的实际与变化,否则我们的写作的意义快要没了。而这次阅读《清凉山驻村笔记》,并非专业作家的段治东的写作再次给了我们这样的积极启示与有益的借鉴。看来,有时候首先打破行业现状的确实是从外部而来的力量。如此意义上,段治东是值得鼓励与希冀的。

再说对工作与生活的珍视出文学。其实,就宁夏来说,在西海固地区有过扶贫经历的干部成千上万,具有文学写作能力的人也不在少数,也包括一些作家,当然有一个羞愧的我,没有谁写出《清凉山驻村笔记》这样的作品,或有小作但不够成书。实际上在今天的我看来,还是我们对曾经的这段经历重视与珍视程度不够,觉得自己太平凡,这样扶贫的干部又多,扶贫工作又鸡毛蒜皮,不具有太大的文学价值与意义,自己的成绩并不大,怕人笑话,等等。其实到后来,我意识到了这是一个严重的误区。在文学面前,人的工作生活没有高下大小之分,最穷的人可以抵达文学,最富的人也可以抵达文学,最穷的人也是文学书写的对象,最富的人也是;最低的人可以抵达文学,最高的人也可以抵达文学,最低的人是文学书写的对象,最高的人也是;最大的事里有文学,最小的事里也有;大作家可以抵达文学的深处高处,小作者同样也可以抵达。所以,每个作家其实都应该尊重并特别珍视自己现实的当下工作生活,没有必要非得追着宏大的独特的事件、题材和人物走,更不该常停留在记忆里。因为自己当下的工作生活就是独一无二的。李娟的《阿勒泰的角落》写了自己在新疆人迹稀少的土地上与牧民日常做生意的细节;刘亮程的《一个人的村庄》,写一个村庄里最平凡的事情和物件;张联的《傍晚集》,所有诗在写一个村子的傍晚,写村子里的云、孩子、夕阳、月亮,但都很成功,别人永远无法复制。因为别人没有那种生活,或许见过那种生活,但没有那么深的体验,或许有类似深的体验,但定然没有相同的心得与阐发,只是写开来不要拘泥于狭小自我内心就行。《清凉山驻村笔记》写的都是琐事,慰问了、抬杠了、开会了、扯皮了、吃饭了、骂仗了、喝酒了、坐大巴被臭脚熏了、合作社牌子办下来了、受到上级表扬了等,作者对这些琐事细节珍视并把它们当回事地去仔细书写,把小事情小人物当唯一的重要的对象去写时,就写出了精彩,写出了文学意义上的那个典型的对象。这对我们广大初学写作的人是一个很好的启发。

要说《清凉山驻村笔记》的不足,它与全国大多数脱贫攻坚题材作品的问题是一致的,就是作品的背后缺少时代全局,缺少国家总体,缺少人民群像。这当然可以成为今后段治东们继续努力的方向,也是小制作不可承受的。脱贫攻坚并没有休止,文学对之的书写还在继续,从历史眼光看去,其实都还在初级阶段,真正的大作经典之作还未出现,因为它一定需要时间沉淀、心灵消化与深加工呈现。在忠诚书写与及时展现方面,段治东与他的《清凉山驻村笔记》做出了自己积极而有效的努力。

先锋气质、后现代特点与才子心态

——略谈长篇小说《没有终点的列车》

◎王佐红

很久没有读过《没有终点的列车》这样一本小说了。我是说这样一本有先锋气质、后现代特点、才子心态溢满全篇的小说。

如今，作为一个阅读趣味比较固化的读者，我较多关注的是文学中的现实广度、历史深度、思想力度、精神境地、文化气象，包括意识形态特征等。因而觉得先锋、现代、后现代等概念已经是过去式了，这可能是错觉，《没有终点的列车》提醒了我，文学创作始终是多元的、立体的、驳杂的、连绵的、多种可能的。但看完该书第1页，我凭直觉判断，这部作品应该写出来时间不短了，读到后面印证了我这样的看法。十几年前如果我写小说也是这样的状态和气质，但现在老气过早地来袭，沉重劲儿来了，冲动的力量不够了。

就文学文本来谈这篇小说，《没有终点的列车》有几个有意味的特点。

首先是先锋气质，因为它的故事多打破约定俗成的规范和传统，表现出对既定的文学秩序、语言秩序，甚至道德秩序的离异，对传统观念文化文学中人们认为庄严的某知名高校，艺术殿堂的桂冠——诗歌，高雅之堂里的音乐、哲学，古今与中西方的思想大家，人们伦理的禁区——性等，有直接的颠覆常规常态的描写，有将禁忌神圣拉下圣坛与我同俗的快意，更有颠覆损毁后的无法安放和新生疼痛。作品中的几位主人公周行健、马洛、罗秉晖、吴先锋、王立言等，他们崇拜"垮掉的一代"之父——艾伦·金斯伯格，无不既追求着崇高，又践行着龌龊，既追求着超越，又干着低于世俗的一些事情，对自己进行放逐，不但没有达到疗伤的效果，反而更加疼痛，最终也没有落到安放处，还不得不面对疾病、死亡的恐惧。如此的写作，具有先锋文学的一些特点。客观地说，小说还不能算是真正的先锋小说，因为它没有创造新的艺术形式和风格，它主要表现在素材内容上和写作的态度上。所以说有先锋气质。

先锋的特点大体是在现代主义文学的范畴，《没有终点的列车》更有意味的是还具有典型的后现代主义文学的特点，足见作者受到过这些潮流的综合的影响。小说中的故事大多数是无厘头的，往往"没有什么理由"，缺少必要的发展过程，人物的行为缺少足够的情节成长，男人与女人相见，直达性的目的——那个原初的不被遮蔽的想法和冲动，这可能与作者从事过影像创作有关系，镜头是无法表现也不需要、不在意绵密的过程的。因而，作品表现出混乱、破碎、过激、怀疑、直接等后现代作品的典型特征，对反叛也是反叛的，对否定也是否定的，对不应该的也是不应该的（对应该的不应该是现代主义范畴）。它追求的不是符合生活逻辑的真实，也不是对生活逻辑与真实的简单反叛，而是追求符合心灵需要的某种逻辑和真实。作品中主人公的精神状态基本上都是孤独、疼痛、迷乱、无助、反抗、破碎、随意的，这也是后现代主义作品中主人公的通常特点。他们虽然因为年轻，在青春的成长中疼痛左右情绪，会把生活简单地涂糟，但通过这样的文学形式，实现的是过度和成长，最终他们不可避免地要成长、成熟、回归，这也是后现代主义文学的价值和意义之一。小说的结尾是非常有意味的，王立言最后出家礼佛，罗秉晖最后因为爱情疯了，马洛继续在苦恼中求索，尤其1号主人公周行健最后被迫两次回到了家乡却没有停留，但也不知道去往何处，会是没有终点的哪里？这种指向似是而非的写法喻示了超越世俗进行精神探险者的诸种可能，增加了小说的深度。

还有很明显的一个感受是,小说溢满才子心态,主要是因为小说写了一群自命清高的文人盲目自大,睥睨世界,清高孤傲,在现实中遭遇种种撞击的系列故事。表现了他们内心与现实,包括与自我剧烈的冲突,展现了他们的无法就俗、精神疼痛与力量多余。这种心态是许多文学青年曾有过的心态,自命清高,总觉得自己就是世界的主宰,但实际上未必然,注定会遭遇一系列挫折。但将之作为题材直接写成小说,暴露了作者较强的才子心态。才子心态是一种很好的珍贵的心态,它往往对应的是精英意识。才子心态驱使下,小说中引述了许多哲人的话语和诗歌等,一定程度上提升了小说的深度,增长了小说的文化气质和精神长相。

借用先锋文学、后现代主义文学来谈《没有终点的列车》,只是为了概念的方便,并不指向对这部作品的界定,整体上《没有终点的列车》是在努力讲一些青春迷惘与疼痛的现实故事。小说故事性很强,镜头感很强,可能与作者导演的身份大有关系,情节的推进更像镜头的切换,而对文学细节的精雕细刻、深刻表现和对语言耐人寻味效果的致力追求上是有意或无意忽略的,显出了不足。

如今,回头看看,当年先锋文学、现代文学、后现代文学等,曾经陪伴我们度过了一段珍贵而重要的文学时光,代表我们表达了对庸常秩序的不满,对自我陌生经验的新鲜放逐,对内心多余力量的转移支付等。这次,借着对《没有终点的列车》的阅读,我回到过那些新鲜与快意的初体验。

年度·房继农

《商道》的诗意

◎房继农

　　《商道》是宁夏作家张永生历经十年艰辛精心创作的长篇小说。褚耀先一家祖孙三代秉持信义经商,从拉骆驼起家而成为称雄于西北小城的信义商号。小说以独特的视角,深刻揭示了"达则扶危济困,贫则独善其身"的中国传统为人处世之道的传承之路,展现了大半个世纪中国社会变迁历程中的社会图景和中小商人、普通劳动者的命运轨迹,塑造了褚耀先、古勤孝、古全寿父子、春杏、麦香等一批富有时代特征和地域文化特色的文学人物,是一部近年少有的优秀乡土历史小说,也是一部诗意盎然的小说佳作。

一、主题上的诗意

　　任何作品的创作主题,都是作者基于历史的、现实的、艺术的、人生的思考的结果。在小说后记中,作者明确指出了写作这部小说的起因:"在利益的驱动下,一些人丢掉的不只是做人的良知,简直丧失了作为人的标准。难道,中华民族传统文化中优秀的东西真的不合这个时代的潮流了吗?答案是明确的。传统文化中'君子喻于义,小人喻于利'的观念,人的善良、真诚的品质,在任何一种社会制度下,都应是提倡的主流。"作者从在旧时代靠勤劳置业而被打成地主的大舅和游手好闲的二爷身上,以及一位解放后被打成地主而改革开放后率先成为包工头的老人身上,看到了时代的某种悖谬,更看到了没有被时代变迁所泯灭的闪光的东西:"他们抱着一种对财富的憧憬、追求,勤劳节俭,其意义仅仅是为自己享受吗?贫则独善其身,达则兼济天下。这曾是多少人固守的道德准则啊……我在写这个过去的故事的过程中,毫不隐讳地说,心里常常漫起的是对那些过去的人的温情。"

这样的创作立场、创作思想和创作情感,在我们这个时代的现实语境下,是饱含诗意的。这诗意,不是吟风弄雪伤春悲秋,不是小确幸小清新,而是一种满含文化情怀的时代忧患和文化使命担当的大诗意。从《诗经》"知我者谓我心忧,不知我者谓我何求"的抒怀,到《离骚》"路漫漫其修远兮,吾将上下而求索"的执着,从杜甫"致君尧舜上,再使风俗淳"的志愿,到白居易的"文章合为时而著,歌诗合为事而作"的宣言,再到鲁迅"寄意寒星荃不察,我以我血荐轩辕"的忠贞,在中国优秀知识分子身上,一直保留着中国传统的"修身齐家治国平天下"的文化基因,这基因一直滋育着一种以天下为己任的淑世情怀。

小说名为"商道"。在小说里,"商道"有着地理的、理念的、品性的和文化的多重内涵。

首先,商道是褚耀先祖孙三代的行商线路,是褚耀先的爷爷开辟出来、褚耀先的父亲又走了一生的驼道。褚耀先爷爷童年时从家乡民勤只身逃荒出来,流落在草原给人放牲口,长大后给人拉骆驼,常年穿梭于大漠和内地,把沙漠深处盐湖里的盐或当地的皮毛驮出来,把内地出产的布匹、粮食驮进去。褚耀先父亲继续踏着这条驼道,在驼背上逍遥了一生也辛苦了一生。褚耀先接过父亲的生意之后,继承和延续了这条传统的商道,又开辟出了卫宁县到西安城的新商道和泰昌商行西安分号。

其次,商道是褚耀先祖孙三代不同的经商理念。褚耀先爷爷的经商之道是"口攒肚勒",褚耀先父亲是"借鸡下蛋",褚耀先是"年轻人的雄心和不显山不露水的心计"。

再次,商道是褚耀先祖孙三代的共性,那就是重情、重义、重信。正如褚耀先告诫店员伙计的那样:"咱卖的是货,但也卖的是人品。"

最后,商道是褚耀先祖孙三代经商历史上传承着的为人之道和处世之道,那就是"达则兼济天下,穷则独善其身"。

一条从卫宁小城通向内蒙古大漠的驼道,长满了骆驼刺,偶尔窜出一条两条的溜沙耗子,颠簸的驼背,长长的苍茫,孤寂与激情,烈酒与女人,买卖与劫掠,仁义与卑鄙,这条在三代人脚下绵延的商道,也正像长长绵延的线条那样,一条内在的文化的行商之道,也在三代人心中绵延和流淌,驼铃叮当,生生不息,春去秋来,历久弥坚。这是变中的不变,这是恒久的东西。这就是作品内容所着力关注的地方,自然也成为理解作品主题的关键。

我们从褚耀先祖孙三代身上,能够清晰地梳理出为商之道与经商成就之间的因果关系。褚耀先祖父凭着一生的辛劳与积攒,终于在县城买了两间能勉强住人的小屋,并留下了十三峰骆驼。这样胼手胝足白手起家的原始积累,没有丝毫的血腥与灰暗,作品真实地反映了小农经济时代乡村中产阶层的历史本来面貌。褚耀先的父亲承接了父亲的商道和人际网络,又懂得了借鸡下蛋的奥妙,所以只用六年时间就在城里置下了一院挑檐出廊的房子,真正把根扎在了卫宁县城。褚耀先在爷爷、父亲两代人积累的经济基础上,开始了以生意为主的多种经营:田地交给喜娃打理,驼队交给六顺打理,商号自己经营,做大做强后,又将生意做到了西安。

作品以褚家三代脚下的长长商道,串起了主仆、内外、蒙汉、善恶、国共、今昔、卫宁与西安多个层面的广阔社会生活图景和众多人物形象,挖掘了他们身上的商道文化和商道精神,揭示了它的长度、广度和深度。国人总是习惯于相信和接受"无商不奸"的成见,但事实上,商亦有道,商亦有品,品之高者,也堪称商中圣贤。

作者对主人公褚耀先身上所集中体现的商道人格的描绘和赞美,鲜明地表现了作者的创作倾向和情感指向。这是作品创作思想与情感的诗性显现。这种主题内涵上的诗意,是作者的回顾,是作者的总结,是作者的告诫,也是作者的呼吁与憧憬。

二、人物塑造上的诗意

小说是用美的文字造型描述关于人的生存状态与生命价值的故事,故事进化成为小说,关键就在于有了人物。人物是小说艺术的核心,小说人物身上凝聚着作者的创作意图和艺术理想。创作出了自己的人物,小说家也才能取得自己的价值。"创作的新颖性,或者毋宁说创造力本身的最显著标志之一,即在于人物的典型性。典型人物就是作家的徽章。在真正有才能的小说家笔下,每一个人物都是典型;对于读者,每一个典型都是熟悉的陌生人。"(别林斯基语)

作为叙事文学的典型文体,小说最终是凭人物说话的。

《商道》人物系统的设计,是以褚耀先为中心呈辐射状展开的,纵向有祖、父、己、子四代;横向有母亲妻子、同行同志、亲戚伙计、情人四组,人物不论主次,或浓墨重彩,或洗练勾勒,皆力显其神,形成了一个壮观的乡土历史文学人物画廊。褚耀先、古勤孝古全寿父子、春杏、麦香等人物,是作品中较为典型的人物形象。

褚耀先是小说的主人公。褚耀先的思想性格,突出表现为知识的视野、传统的力量、人性的欲求之间的交织。他是那个时代少有的读过书的农家子弟。在褚耀先身上,传统力量首先表现为传统文化中的"君子喻于义,小人喻于利"的义利观,"穷则独善其身,达则兼济天下"价值观,"童叟无欺"的诚信意识,以及重情重义、温和仁厚的传统美德,这形成了他的思想性格乃至人格的核心。传统力量的另一面,是乡土文化中的敬畏天命、敬畏神灵意识,家长意识,长幼有别的礼教意识,重男轻女、男尊女卑的思想。表现在家庭生活中,因大妻春杏连生四女,为生下男孩为褚家续下香火,便娶了二老婆闰闰,也因此对三个女儿不甚关心致使女儿们集体拒吃儿子狗狗的百日寿面以示抗议;在处理大妻春杏和二妻闰闰的家庭矛盾上,他表现出了十足的夫权和家长权威。客观地说,这种权威是整个时代的社会共性,身在其中,自然而然。通过褚耀先这个人物,人们得以真切地走进造就他的那个时代和社会,从这个乡村社会精英的公众生活和私生活诸方面,感同身受了20世纪30年代到60年代中国西部卫宁县城的风土人情和社会风貌。

春杏是旧时代乡村生活中媳妇儿的典型。她长丈夫三岁,是她引导16岁的小丈夫完成了男孩向男人的蜕变。连生四女而无男,降低了她在婆婆和丈夫心中的地位。面对闰闰的年轻温顺得宠和连生两男的优越和强势,她必须强颜欢笑,得体大方,但这不等于她会坐以待毙。她瞅准时机果断出手,制造了"扇新媳妇耳光事件",稳、准、狠地打压了她所认为的闰闰的嚣张气焰,作品也由此揭开了一夫多妻时代婆媳关系和长妻二房关系的冰山一角。"尿盆"细节的运用,串联起了婆婆赵氏和儿媳春杏、闰闰两代家庭妇女的一生,可谓"草蛇灰线,伏脉于千里之外"。作品就这样从凡常生活中撷取精粹细节,对人物形象予以细针密线的钩绣,绘其形而传其神。

麦香这一被侮辱被损害者的形象,是时代苦难和命运不幸的化身,也是人性的丰富与脆弱的人证,是乡村世俗生活中最大的风情点和亮点,也是褚耀先人性欲求的见证和镜子。姿色出众的她,被赌徒亲哥用来以身抵债,巧遇古全寿;与古全寿婚后一心想过本分日子,不料古全寿却忽然人间蒸发,死活不明;她生计无着,孤独无依,只得攀附褚耀先,可褚耀先只愿偷情却不愿惹腥;她无奈缠惹上了褚家伙计门若柿,不料马鸿逵匪军叶团长到来后将她强占为己有,给前来幽会的门若柿带来了断腿之灾,而麦香也因之臭名远扬,随后随叶团长远走别乡不知所终祸福由天。她是骤雨中的一朵百合,激流中的一朵浮萍,利箭环伺中的一只黄鹂,所有人都觊觎她性感的肉体,可似乎从没有人疼爱过她善良的灵魂、护佑过她卑微的幸福希求。她是小说中最让人唏嘘感慨的人物形象,她身上有旧时代弱女子的创伤和瘢痕,更多的是人性的闪光。在小说中,麦香还是一个关键的黏合性人物,她承担着卫宁小县城众生世俗风情展示者的角色,自身的遭际也映照着时局的动荡。作品没有给这一人物贴什么标签,更遑论道德标签。当然,这个人物身上,我们依稀看到了《白鹿原》中那个美丽风骚又人人咒骂、最后被挫骨扬灰的小娥的影子。

没有惊天动地,没有传奇故事,没有纵横捭阖,没有大忠大奸,他们都是那个时代常见的、活生生的、不完美又不乏可爱、可悲又值得同情的芸芸众生,这些乡村历史上的凡夫俗子的人生,却构成了那个时代有声有色的社会图景,飘逸着那个时代的久远隽永的诗意。

《商道》的创作手法是现实主义的。作者像抟土造人的女娲,用乡土文化之水,调和乡土历史之土,按照生活真实,按照一位优秀作家心中的人性真实,按照文学人物的性格组合规律来塑造典型人物形象,才使得以褚耀先、春杏、麦香等为代表的"商道人物群"跃然在纸上,跃然在每位读者的心中,也必将跃然于宁夏乡土文学的人物画廊。

三、结构上的诗意

小说显示生活图景,是以语言为媒介描绘、经由具体可感的形象组合而成的。组合的方法与形态,也就是结构,在既成的艺术造型中,结构是体现作家美学思想和艺术素质的形式,是小说题材和主题化合成为一个艺术实体的外在形态。结构,是为美造型,是美的造型。

结构营建对长篇小说而言至关重要,长篇小说是结构的艺术。《商道》无疑是注重结构营建的。《商道》的结构美是整个作品艺术美的重要基础和重要体现。《商道》的结构美,主要体现在写人结构上的映衬生发,叙事结构上的开合虚实,叙事细节上的勾连呼应,叙事节奏的疾舒有致。

《商道》人物众多,关系错综复杂,如何布局,作品颇具匠心。一事写多人,使妍媸毕见,如以一方清潭映现天光云影四围竹树,使光影摇曳生姿,即是一法。

"堂屋挖宝"事件中,赵氏听后先是眼里浮上了伤心的泪水,她为自己一生操持却换不回丈夫的信任而悲哀,转念又想到短命鬼丈夫毕竟没拿挣下的钱都去填了那些女人的骚窟窿,她在丈夫过世百日后终于发现了他的好处:挖出了两坛金银后用红布扎了坛口又原样埋回原处后已是夜深,但赵氏一夜未曾合眼,她回忆起陈年旧事不禁旧怨翻腾,但最终落到埋在地下的钱财时,心里的怨恨又十分奇怪地淡了,甚至最后莫名地漫溢上来一股温暖,使旧怨无声无息地融化;但很快她的心又悬了起来,怕钱财招来横祸,于是就在心里一遍遍默念佛号,祈求佛祖保佑褚家人财两旺。褚耀先在父亲弥留之际即得到指示,却能够一直不动声色地忍到父亲百日佛事后的第三天。挖出钱财的当天夜里,他兴奋、憧憬,如腾云驾雾,对春杏的两性需求也没有回应,为掩饰激动,反倒指责春杏连生三个女儿生不出一个儿子,这指责,貌假实真,也为下文赵氏张罗着给褚耀先娶二房埋下伏笔。同时,此处以实写虚,又是对过世的褚父一生性格与心机的追叙式总结性刻画。小说一事五人,构思巧妙,笔墨经济,显现出作家对人生况味与小说叙事写人布局的老到拿捏。

同样,作品通过褚耀先老君山问道后执着等候潦倒书生这个情节,写尽了卫宁小县城的世相百态。褚耀先出手买下胡家烟枪下风雨飘摇的房产,盖起了一院全松木的四合院,势压全城,各家商号震惊之余纷纷聚议对策,但许久不见褚耀先挂匾开张,引得赵氏发急,老刘等一众伙计按捺不住,街上闲杂人等更是众口纷纭,猜疑者有之,探询者有之,轻蔑嘲讽者有之,幸灾乐祸者有之,衬出褚耀的城府深和成竹在胸,也自然引出了数月后董君儒的意外出现。

在叙事结构上,仅从这一两处情节即可看出小说河流般的开合蜿蜒。"堂屋挖宝"事件后,小说荡开一笔,引出了褚母赵氏的妹夫古勤孝、内侄古全寿二人,又引出褚耀先带着六顺、全寿驮货几进草原的情节,小说的画笔由卫宁县城伸进了广袤的大草原。祖父、父亲蹚出的草原商道,故交老苏木一如既往的热诚、乌云十二年如一日的不变等候,与乌云的旧情重拾。"等候潦倒书生"事件开启了董君儒回咸阳、乌云生下小钢嘎的重大情节,至此小说人物主要的性格空间已完成了主体拓展,也为解放土改之后褚耀先二走草原、"文革"中三走草原商道的情节埋下了深深的伏笔。一条宽阔的北方的河流,感情的河流,人生的河流,文化的河流,流过了上游的峡谷,开始进入汹涌壮阔的中流河段。

秋后六顺和童铁蛋带着驮队从草原驮货回来路上遭劫一节,情节的穿插和叙事节奏上处理得非常好,似断实续。紧接着,小说叙述转到了抢劫案的幕后主使孙石粮的一边,对事件进行了揭秘,并沿这条线写了孙石粮恶有恶报的结局。

在小说中,古全寿的"初现——失踪——复现"是贯穿全书的重要叙事线条,但这条线条的延伸绝非平板不变,线条的两端,全寿的"初现"与"复现"是明线实写,全寿的"失踪"完全是虚线侧写,"失踪"与"复现"之间,藕虽断而丝犹连,既精简了叙事进程,又留下了巨大的悬念,又给勾画麦香的人生与命运轨迹提供了前提和空间,同时还为刻画"复现"后古全寿的卑俗内心与可耻结局蓄足了势,有力地表现了"商道"的主题。而在虚线与实线之间,以"古勤孝之死"予以勾连——"古全寿梦见自家的后大墙突然倾倒向他砸来"一句,契合乡土文化精髓,妙接无痕,堪称匠心独运,苦心孤诣。

"疏处可以走马,密处不使透风",邓石如先生所言书法布局谋篇之道,同样适合于小说艺术。细针密线,是《商道》结构的另一特色。全书四十余号有名有姓的人物形象,长达大半个世纪的时间跨度,抗战前、抗战、解放战争、解放后土改、"文化大革命"五个历史时期,小说的内容和叙事不可谓不复杂,但作品仍然能做到百密而无一疏。驼队遭抢后,褚耀先好久没问过西安的生意了,他给西安写信时,忽然打了个大大的喷嚏,弄脏了信纸,引得大家谈笑不止,正说着,何青阳从西安回来了。二人在院中梨树硕大的树冠下叙谈,何青阳揭下头上的礼帽说:"我走时这树刚冒过房顶,二年多没见长这么大了。"一棵梨树,在小说的宏阔世界里是个微不足道的细节,但作者没放过这个细节,而且借此营造了故人重逢、西安商号佳音传来的喜悦和时光飞逝、树犹如此的人生意蕴。

这样的结构艺术,是高度诗化的布局塑形的艺术。

四、小说语言的诗意

小说的语言,必须是艺术的。艺术的语言,是口语的提炼与升华。鲁迅先生对语言有这样的要求:"要将活人的唇舌作为源泉,使文章更加接近语言,更加有生气。"张永生先生曾坦言自己对文学语言的追求:"用最普通的字词,造出最精练传神的句子。"乡土文学作品的语言,应该也必须是地域性民间语言的提炼和升华的结果——去除它的芜杂和散漫,留下它的民间文化滋养出的熨帖入微与活色生香。

《商道》的语言艺术是《商道》小说艺术的一颗明珠。《商道》语言中不乏中卫历史文化精神的结晶,是高度个性化高度诗化的语言。我们可以信手拈出几处来欣赏。

"人养人,吓死人。等收拾干净了再进去看你娃子!"赵氏扔下褚耀先,小脚咯噔着疲惫地向堂屋蹒跚而去。赵氏焚了香拜过佛,就敲响了木鱼诵声朗朗,把褚家院子里的喜悦渲染得更加祥和,更加喜庆。

早晨的太阳同往常一样从容不迫地照射在西边的窗棂上。和太阳一起升出的还有一根红布条儿,红布条儿十分惹眼地招摇地挂在门楣的铁环上。

这段文字极富乡土情味,语言自然,洗练,清新,富于节奏感,场面感强烈,人物个性表现鲜明,达到了鲁迅先生评《红楼梦》所指出的"由说话看出人来"的境界。

《商道》语言的艺术成就还在于高度的个性化且富于生活情味。

(16岁的褚耀先婚后第一次随父亲进草原,和乌兰一起玩)乌云最爱问他媳妇的事。乌云问:"你媳妇好吗?"他答:"好。"乌云再问:"要是碰上狼,你媳妇敢给你去打狼吗?"他说:"咱那里没有狼,她打个啥?"乌云十分失望,低着头不再吭声了。

(麦香新婚后和全寿经常看戏)麦香坐在戏园子里的那种感觉好极了,月白色的新布衫把身体箍得凸是凸凹是凹,尤其胸前鼓出的一堆,骄傲地挺着像要给所有看戏的男人喂奶一样,引得一些男人的目光像狼一样投注过来。麦香知道有很多的眼睛看她,就抓住全寿的一只胳膊亲昵地斜靠上去专心看戏。

——面对这样的语言,人们感觉到的是乡土文学的亲切美好,就像我们看着从小长大的邻家小妹和邻家大哥,涌上心头的是大地博大的亲情,是时光淘洗出来的透明水晶,岁月积淀下的深深感动。

诗意是构成文学作品的气质的核心。诗意是文学艺术由内而外的美的感染,由文字到心灵的美学指引。《商道》的诗意气质,源于作家创作中自觉的精品意识,更源于作家强烈的经典意识。创作如耕,人不负地,地不负人。天道酬勤,终不是一句老生常谈,而是严肃认真的高水平创作的必然结果。

让我们向诗意《商道》致敬,向诗人、小说家张永生先生致敬。

房继农,笔名房子,宁夏中卫中学语文高级教师,自治区骨干教师,宁夏作家协会会员,宁夏诗歌学会理事,宁夏文艺评论家协会理事,中卫市文艺评论家协会主席。

短评二篇

◎房继农

也谈旧体诗创作的前提性准备

相当多的国人有"古诗情结"。幼时的启蒙记诵,中小学的语文教育,弘扬传统文化背景下的古诗词热,对古代诗歌优秀作品千百年来的吟诵涵泳,其精粹隽永的艺术特质,使人们对古诗词的喜爱长盛不衰,这也促使现代旧体诗创作成为诗歌创作的一个重要分支,成为一种重要的小众文学创作形式。中卫旧体诗创作由来已久,涌现出了一批较为优秀的作者,有老一代诗人,如闫云霞、张怀玉,也有后起之秀,如孙晋。但中卫地区旧体诗的创作,整体上呈现出作者多而诗人少,作品多而精品少的状态,创作水准参差不齐,很不尽如人意。其中的一个关键原因,是众多旧体诗创作者忽视旧体诗的艺术特质,严重忽视旧体诗创作的前提性准备。

旧体诗尤其是格律诗创作,是有高门槛的。相当多的旧体诗创作只是在码字凑数,无视艺术的形象性本质,丢弃中国诗歌以意象营造意境,借以状物叙事传情言志的传统,语句别扭不通,语言直白如嚼蜡,其水平没有超过两千多年前七岁骆宾王《咏鹅》的水平。

旧体诗创作的前提性准备,包括阅读鉴赏的准备、古代诗歌素养的准备及长期的创作实践积累。对此,曹雪芹在《红楼梦》第四十八回《滥情人情误思游艺　慕雅女雅集苦吟诗》中借黛玉指点香菱学诗作了精妙阐述:

> 黛玉说:"你只听我说,你若真心要学,我这里有《王摩诘全集》,你且把他的五言律读一百首,细心揣摩透熟了,然后再读一二百首老杜的七言律,次再李青莲的七言绝句读一二百首。肚子里先有了这三个人作了底子,然后再把陶渊明,应玚,谢,阮,庾,鲍等人的一看。你又是一个极聪敏伶俐的人,不用一年的工夫,不愁不是诗翁了!"香菱听了,笑道:"既这样,好姑娘,你就把这书给我拿出来,我带回去夜里念几首也是好的。"

格律诗中五绝仅20字,七绝仅28字,五律仅40字,七律才56字;词中小令在58字以内,中调在59字至90字,长调为91字以外,最短的"十六字令"仅16字。这就容易给一些人一种错觉和误解,甚至容易引发一种轻慢之心——不就二十多字、五十多字、九十来字嘛!以字数多少衡量诗歌水平,尤其是古诗水平,以诗歌数量衡量诗歌成就大小,是对古诗和诗歌的常识性无知。事实上,格律诗的创作,绝句难过律诗,五绝又难过七绝。唐宋诗家若要跻身于名家之列,必须在绝句创作中有名作,或有名句。绝句名作堪称诗人的准生证,名句堪称诗人的通行证。

王之涣诗今存仅有6首,载于《全唐诗》卷二百五十六。这六首绝句,可以说首首都是好诗。其中《登鹳雀楼》《凉州词二首》是当之无愧的名篇。或者说,王之涣仅凭《登鹳雀楼》《凉州词·黄河远上白云间》两首诗,就可以成为大家,成为唐诗史上不可绕过的山峰。

与之相反的典型是,清乾隆皇帝一生批量生产"御制诗"43584首,但几百年来没人承认他是诗人。他发来发去的感想,无非是勤政爱民、谦虚自省、关心民生等固定套路,内容单调无聊,句法又烂俗拖沓,再加上一天几十首的批发产量和自我感觉良好的姿态,实在很难不遭人嫌弃。对于这样的成就,乾隆自己颇为得意。在生命的最后一年,他骄傲地宣称:"余以望九之年,所积篇什几与全唐一代诗人篇什相埒,可不谓艺林佳话乎?"只可惜,乾隆的"艺林佳话"在当代彻底破产。今天谈起乾隆,无论谈论者是否真的具有文学鉴别能力,其诗作与品位都已沦为笑柄。对乾隆的诗,长期以来只有钱锺书先生的《谈艺录》做过专业的点评。钱先生指出,乾隆诗的技术特征包括好用"当句对体"、对仗纠缠堆砌等。而他对乾隆最激烈的恶评,则针对其滥用虚字的毛病:"清高宗亦以文为诗,语助拖沓,令人作呕";"兼酸与腐,极以文为诗之丑态者,为清高宗之六集"。

我国古称诗国,古代诗歌是中国传统文化极具辨识性的精华部分。诗歌是中国文学王冠上的明珠,这就决定了古典诗歌的悠久传统和不朽魅力,而与这份传统和魅力相应的,是其令人敬畏的艺术高度与难度。由于现代诗歌对汉语音乐美(格律美)的整体性忽视,现代社会生活较古代社会生活形态迥异,旧体诗的创作比起现代诗歌样式和其他文学样式的创作,更依赖于大量的阅读、理解与鉴赏。没有这个前提,所说的创作就只能是凑字数,顺口溜,打油诗。如果还要以此沾沾自喜,甚至志满意得,那就无以言语了。

对于喜爱并有志于旧体诗创作的文友,我不揣冒昧,建议有四:一、加强人格修炼及生活积累、思想积累、艺术积累等诗学修养;二、欲学古诗,先学古文,通学王力教授所编的《古代汉语》,多读《古文观止》及《史记》《汉书》《后汉书》《三国志》;三、熟读《唐诗三百首》和《宋词三百首》,并深入理解,深入鉴赏;四、学习王力教授的《诗词格律》。如此,旧体诗的创作才会走上正路,也会走上坦途。

创作始于模仿,这个规律同样适用于古诗创作。古时儿童学诗,先入蒙学,熟知"三百千"(《三字经》《百家姓》《千字文》,此三者本身就是优秀的诗歌),这是识字过程,也是文化知识积累的过程,还是汉语音韵之美的长期熏陶过程。在此基础上,还要学习诗学类蒙学教材《千家诗》《声律启蒙》《笠翁对韵》《龙文鞭影》等,同时学习"课对",也即对子,从一言、两言到多言。

在这样扎实的文字功底和声韵涵泳基础上，再进入《唐诗三百首》《宋词三百首》之类的阅读鉴赏和仿写。出口成诗，除了才情因素之外，是对诗歌之美和诗歌诸要素的烂熟于心。所谓"熟读唐诗三百首，不会作诗也会吟"说的就是这种状态。

诗歌语言是文学语言的极致。旧体诗的阅读与创作尝试是诗歌创作和文学创作难得的高阶训练。在有限的句长与篇幅内，在严格的格律要求之下，要以意象营建意境，以形象涵载情思，言志抒怀，不啻艺术意义上的钢丝上的舞蹈。因此，古诗创作最终要在诗歌语言上痛下功夫。古人"推敲""炼字""苦吟"的佳话，白居易"酒狂又引诗魔发，日午悲吟到日西"的自况，其因过分诵读和书写，竟致口舌生疮、手指成胝的史实，启示着古诗创作对语言永无穷尽的追求。

所有的天鹅都曾是丑小鸭。初涉旧体诗创作，也必得经过一个从幼稚青涩到成熟独特的过程，人概莫能外。但诗歌创作的前提性、基础性准备是不该也不可被忽视的。漠视这个基础，甚至无视这个基础，而奢谈旧体诗创作，无异于沙滩上建摩天大楼，无异于水中取月、镜中摘花，缘木而求鱼。

心存敬畏，甘守寂寞，扎实筑基，苦练求索，旧体诗创作终将修成正果。

小议文学作品文本语言的可读性

很喜欢王小波在一篇文章中说的话，他用谦恭的姿态，向求学和文学创作之路上遇到过的那些老师们致敬："道乾先生和良铮先生都曾是才华横溢的诗人，后来，因为他们杰出的文学素质和自尊，都不能写作，只能当翻译家。就是这样，他们还是留下了黄钟大吕似的文字。文字是用来读，用来听的，不是用来看的——要看不如去看小人儿书。不懂这一点，就只能写出充满噪声的文字垃圾。思想、语言、文字，是一体的，假如念起来乱糟糟，意思也不会好——这是最简单的真理，但假如没有前辈来告诉我，我怎么会知道啊。"

音与调是任何一种语言的固有特征。所不同于拼音文字的是，我们的汉字是表意文字,每一个汉字都是音形义的结合体。汉字韵归诸部,调分四声。诗最早叫"歌诗"而非"诗歌"。因为诗最早是与歌与舞一体相连的,这使得诗必须合乐,合律,上口,这是诗之为诗的基因。从诗三百的"弦歌",到汉乐府的民歌,到魏晋南北朝时汉字声韵的进一步发现,诗人们开始有意识地研究汉字声与调,精心归纳音韵、声调搭配的美学规律,在言志的前提下,以求得最佳的声音效果,也即汉字汉诗的音乐之美。这种对汉诗音乐美极致的追求,就是唐代近体诗,也即格律诗的定型,将中国诗歌形式美与音乐美推向了顶峰。唐诗盛极而宋词兴,宋词盛极而元曲兴,诗体有变,但对诗歌意境美、形式美与音乐美的追求没变,承续绵延而不衰。宋词与元曲是乐曲的歌词,也即乐诗的诗歌部分,对音韵的要求更加严格。五四新文化运动后废文言而用白话,旧体诗式微,新体诗也即自由诗兴起。闻一多先生在20世纪30年代提出了新格律诗主张,主张诗歌"三美",即音乐美、绘画美、建筑美,奠定了新格律诗派的理论基础,这在一定程度上克服并纠正了五四运动以来白话新诗过于松散、随意等不足,对中国现代新诗的健康发展做出了特有的贡献。

中国文学的内核是诗歌,诗的抒情气质、诗的言志载道担当、诗的意境之美、诗的形式与音乐之美,成为中国散文、中国戏剧文学的内在血脉,滋养了中国文学的鲜花美草。离开了对诗的理解和鉴赏而谈中国文学,充其量只是门外张望,未登其堂,难入其室。

中国诗歌的历史有数千年之久,而新诗、新文学的历史不过区区百年。中国新诗、中国现当代文学如何面对中国文学的悠久、优良传统,这是文学发展的一个永久性话题。我们不必厚古薄今,更不能厚今薄古,否则只能坠入末流而不知。

文学的起点、终点都绕不过语言,文学是语言的艺术。语言是作家、诗人、文学家全部的、唯一的工具,而且这个工具,是现成的、固有的,不是由谁能给文学家们定制的。这个工具只能由文学家自我定制。因此,语言的先进性、适手度、个性度、创造性,就成为文学家文学表现水平、文学创作能力的标志。

在语言的质地中,语言的节奏美、声韵美、音乐美,是语言水平不可或缺的要素。

曹雪芹著《红楼梦》,"披阅十载,增删五次",必然包含了对语言本身穷极一生心身的追求,对比不同版本的《红楼梦》,可以清楚地看到这一点。伟大作家之所以被称为"语言大师",很大程度上是他们将本民族语言的表现力和视听之美挖掘、表现到了极致,极大地提升了语言的表达高度。史载白居易"昼课赋,夜课书,间又课诗,不遑寝息矣,以至于口舌生疮,手肘成胝"。法国作家都德在短篇小说《最后一课》中借教师韩麦尔先生之口说"法国语言是世界上最美的语言——最明白,最精确"。文学史上盛传福楼拜写完《包法利夫人》,在修改阶段,是在钢琴上模拟语言的音乐之美,来检验作品的朗读性和音乐性的。

鲁迅、老舍、孙犁、赵树理这些作家,都十分注意锤炼语言,重视作品语言的上口性,即可朗读性。好作品一定是可读、耐读的,是可以朗读和经得起朗读的,如《道德经》,如《庄子》,如《孟子》,如《滕王阁序》,如《岳阳楼记》,如朱自清的《春》,如老舍的《济南的冬天》,如傅雷译的《包法利夫人》,如朱生豪译的莎士比亚戏剧。

我们一向主张作家要锤炼自己的作品语言,反复修改,多次修改,直到改无可改。其中一个可行的做法就是:以当年上小学上初中时课堂上角色朗读课文时的心态,大声地朗读自己的作品,改掉一切长得上不来气、别扭得转不过舌头、生硬得不像常人说的地方,使之朗朗上口,珠圆玉润。这样,作品的语言质量一定会得到提升,上到一个新的台阶。

作品的语言品质来自作家的文学品质,文学品质来自作家的文学品位,文学品位最终会表现为作品的语言品位。对语言永无穷尽的追求,是作家与写手、优秀作家与平庸作家的分野所在。

拓展小说写作的无限可能

——杨军民小说艺术初探

◎房继农

读完杨军民先生的小说，有一个清晰的认识，即作家在努力拓展小说写作的无限可能。

一、小说家目光的"光谱"分析

每一位小说家在塑造小说人物的同时都无一例外地在塑造着自己的形象，小说家自己是自己全部小说的第一人物、母体人物，是自己小说世界的造物者。对造物者目光的"光谱"分析，是评论其小说创作的基本前提。

太阳用阳光照亮世界，小说家用目光透视世界。

阳光是白亮的纯色，但透过三棱镜，它是红、橙、黄、绿、蓝、靛、紫的光谱组合。

读完军民寄来的小说集，我对军民作为小说家的"目光"产生了兴趣，并试着做出"光谱"分析。

军民的目光首先是乡村的绿色，这是主色调，宁静而又生机。

《汭河叙事》是这种色调的代表作。小说以根娃的儿童视角尽情书写了昔日宁静时光里流淌的温暖。小说里熟稔的庄稼经、蔬菜经，奶奶、妈妈纳鞋底的细节，孩子们晚间捉迷藏的可爱可亲，父亲整夜给我找鞋的可叹，使这篇小说以集体记忆的方式,促成了读者广泛的共鸣。小说是一曲田园牧歌,它没有美化贫穷,没有渲染悲情,没有呈现批判和争斗,近乎世外桃源的书写。与马金莲《1987年的浆水和酸菜》异曲同工,但更为质朴自然。

军民的目光里还有温暖的赤色,这是太阳光热的红,炉火的温暖的红。

《吼叫》在城市养老背景下展现了权力与真情纠缠中的红与黑。《祭红》将风俗、传奇和人性剖析引向历史青铜般的幽深。《牵牛花》则将饱含希望和祝愿的温暖目光投向现实和青少年。《男左女右》《入殓师》都在生与死的互证中,将凝视的焦点指向乡村心灵的高贵:《男左女右》再现了生老病死主题下,乡村人物在现实困境下的道德困境;《入殓师》则动情地肯定了乡村社会传统的"朴拙"美德。《母亲学医》呈现了乡村微弱的文化亮色如何哺育出了人物性格亮色,又如何造就了人物命运的亮色。《只想和你唱秦腔》关注乡村老年失偶者,对他们与世俗陈习的抗争和对幸福人生、人世真情的追求寄予了深切同情和理解。

和火焰的暖赤互为表里的,是军民眼光中的黑铁般的冷峻。

《活菩萨》讲述了时代烙印下的乡村传奇,在乡村绿色背景中注入了铁匠自我救赎的铁一样的黑。《狗叫了一夜》则审视乡村在时代变革中各色人物的心灵图景和主人公们内心灰色的挣扎。《金色狮子》是一则魔幻现实主义都市草根生活的现代寓言,是作家对人类历史结构和社会生态冷峻如铁的反思。

绿为形貌,红为血肉,黑为骨骼,杨军民小说的抒情主人公的性格是纯朴的,炽热的,坚硬的,这使其小说呈现多样化的风格。

二、小说的语言构建

文化造就语言,语言构筑文化。语言是文学艺术的第一要素。小说的语言质量是小说艺术水准的试金石。

小说语言不同于诗歌、散文和戏剧语言,小说语言是口语基础上的文学提纯。杨军民小说的言语系统是对甘肃泾川汭河流域方言的成功提纯,并且呈现出了多样化的文学可塑性。这种基于深厚的黄土文化的方言,给予小说的不仅是基础的叙事语调,还有蕴含其中的精神基因、文化密码和地域风貌。杨军民对方言的这种成功提纯和改造,使他的小说具备了一种优质的可塑性极强的言语系统,让他在小说表达上有了多重选择,在一定程度上获得了言语自由。

《活菩萨》的语言是凝重的、黏稠的、苦涩的,有着石头般的沉默力量,很好地吻合了作品主题、形象与意境的幽深凝重。

《狗叫了一夜》是晓畅的、暗讽的、中立的。小说的这种语言选择,让小说对社会政治现实的表达举重若轻,自然平和地显露出了作家的情感、立场和思考。

《汭河叙事》的语言有诗意散文的怀旧,甜蜜,流动,典型的田园牧歌风,切合了人生中最为纯真最为快乐又初尝痛苦与忧伤的人生体验。

《吼叫》的语言是深婉的、曲折的、细腻的,对盲人生活、心理感知的体验之微,让人感同身受。

《金色狮子》语言荒凉如余华的《活着》,坚硬如芥川龙之介的《罗生门》,冷峻如鲁迅的《祝福》和《药》,很好地完成了作家对人类社会生存本质的表达。

《祭红》的语言是传奇的、跳跃的、蒙太奇化的。

《只想和你唱秦腔》的语言是亲切的、主动的、外向的。

杨军民小说语言上的统一与多样化,让人们的阅读体验犹如步入了汭河的四季山原,满眼生机,满眼丰富,满眼风光,赏心悦目。

三、小说叙事的"河流美学"

在文学体裁中,小说是对人类时间性生命进程最自然最直接的模拟,如同河流。小说是时间艺术,也是"河流艺术"。时间,是小说的神经中枢。小说对时间要素的不同考量,造就了小说不同的叙事策略和叙事风格。杨军民的小说,在不断地开掘时间要素的价值和可能性。

《活菩萨》的叙事,在时间考量上融合了代际传递、今昔交织和横向勾连。文章从铁匠晚年打铁链、安铁链的"今"入手,穿插小铁匠童年的"昔";铁匠"三次血光之灾"的回忆,又自然引出了几十年间铁匠与巧儿、李一刀、母亲、儿子、金花的爱恨情仇。小说对时间价值的深切理解,让杨军民小说叙事纵横捭阖,曲尽其致,自然紧凑,浑然一体。

《狗叫了一夜》的叙事相对简单,但视角独特,视域宽广深邃。在一连六夜的狗叫中,自然而然地完成了情节铺展和人物刻画。小说通过海成回答检查组长"漏报"的质疑,自然地回溯了原委,最终揭示了华美表象下的冷硬现实,巧妙自然又大快人心。

四、小说情节织体中的百密一疏

小说叙事的物理架构是叙事织体的编织。"织体"一词本是音乐术语,可以使我们产生形象化的联想,比如我们都穿的毛衣,它的结构可以是紧密的、厚实的,也可以是稀薄的、有露孔的。它可以是平平整整的,也可以是有许多类似浮雕的凸起花纹的。人物越多,性格越复杂,叙事织体的编织就越复杂。叙事织体的编织,除了主副、明暗、主体与背景的交织外,真实性(也即严密性),是一个重要方面。

杨军民的部分小说情节织体中存在着较为明显的百密一疏。在小说情节结构的关键处,偶尔会出现逻辑缺失的遗憾。

《活菩萨》中,第三次"血光之灾",铁匠从他乡深夜返家,撞见母亲与李一刀同居,怒不可遏,用改椎刺伤了母亲。此一节经不起推敲。小说中,铁匠父亲托孤于李一刀,李一刀之于铁匠亦师亦父亦友,"在露珠般密密麻麻的艰苦岁月里,他和他建立了类似父亲甚至超越父亲的情感,他对他的尊敬是无数细节堆积起来的一座高峰",长期相濡以沫的生活使李一刀已经成为事实上的后爹,铁匠对父爱的渴望,长大后对男女情事的理解,对母亲作为女人处境的体谅,都使作为正常人的他对此事不可能像白痴一样莫名惊诧,"血气上涌",怒火中烧。小说这样虚构,使铁匠性格空洞化,只有所谓冷硬、沉默的外壳。由于这一节是小说情节的重要节点，它的失真，让小说叙事架构的地基产生了塌陷和动摇。

《吼叫》中，小荷"嫁祸于富贵"，与现实情理存在很大差距。小荷被院长奸污受孕，小荷母女有足够的态势和能力暗中威胁院长，解决母亲入院工作的问题。小荷此举的不聪明，两头受损，损人不利己。

《狗叫了一夜》中，村长唯独不给哑巴上报危房安置令人费解。从利益、权势、声名、性格、人性角度，都得不出充足的合理的解释。而这一节是小说全部情节的源头和基础。基础不牢，地动山摇。

《男左女右》中，村长海成主持村集体分地，可就是没有把埋葬老伴的十八亩阶分给耀武老人，由此才滋生出后续的无限纠结。可根据小说描述，这一情节明显欠缺推敲。

小说叙事织体是时间前提下的编织艺术。作家在虚构和构思中，不能顾此失彼，造成穿帮。优秀小说在叙事上是完整无缺、浑然一体的，你越用现实逻辑和艺术逻辑的铁锤敲打它，它越能发出清亮的金石之响，如同天籁。

小说家是自己小说王国的君王。

杨军民小说创作的诸多成就，充分说明作者是一位有着坚实艺术积累，丰厚艺术修养和可贵开拓精神的作家。

祝愿杨军民先生更好地开拓小说艺术的更多可能性，创作出更多更优秀的作品。

年度·杨风银

西域:杨森君的诗歌物理

◎杨风银

"诗歌是强烈情感的自然流溢。"当我们承认华兹华斯的这个观点的时候,同时就得承认:诗人这个"容器"里关于诗歌的素材恰巧是诗人"液体般的情感"。这种观点确证了诗歌"诸要素"与诗人心境的紧密关系(艾布拉姆斯《镜与灯》,北京大学出版社)。作为空间范畴的"西域"需要盛下时间之河,成就其丰裕的内蕴;西域空域的空气雕刻出了西域自身的"地貌",同时也雕刻出了西域独特的文化性格;沉淀了时间的西域具有独特的心灵结构。对西域"地貌"、性格、心灵结构的诗歌表达,成为杨森君诗歌写作的自觉追求。关于西域的诗作,杨森君窥见西域里沉淀了时间的秘密:苍茫的西域空间,西域独特的意象,以及诗人深入生命内里的审美体悟。

人的审美感受不同于动物性的感官愉悦,就在于其包含观念、想象的成分。美不是一般的形式,而是所谓"有意味的形式",就在于它是积淀了社会内容的自然形式。(李泽厚《美的历程》)西域铸成了杨森君诗歌独特的物理结构和特征。

一、西域作为时间的空间

"西域时间"在一定意义上,是西域作为空间存在形态和属性的一种先天的规定性，它构成了西域作为空间的丰富内容。"现成状态"的西域，作为一种诗歌之源，它所包蕴的关于时间的丰富内容，是诗人诗歌写作的一个"理由"。诗人几十年西域，被西域的空气早已雕琢成了一个血脉与精气融合于西域的诗人：先天地具备了稳定的苍凉。西域的"地貌"与诗人的心灵地貌天然地吻合。"夕阳西下"这一惯常的时间现象，在诗人的体验里，成为与"古老的废墟"融通的空间内容，让"永逝之日少有的悲壮"盛满镇北堡：历史以现实里人世的故事在空间熔铸，——这不是一种诗学意义上的裂变，恰巧是西域作为诗歌空间的基本品性。西域，作为空间存在，它把关于时间的内容通过相貌展露给"此在"。时间是西域作为空间存在的基本品性，这种品性被窥见它的诗人捕捉，时间就在"现场"与诗人展开空间拓展，然后彼此都不得逃脱，成为空间的一部分，彼此"打扰"，相互生发。

西域作为西域诗歌的基本物理，不只是在时间的意义上成为诗歌本体的一部分。从诗意发生的那一刻起，就已经不可避免地袭击了世道人性。《镇北堡》作为杨森君笔下最具西域诗歌品质的诗篇，对这一物理呈现得一览无余。

"镇北堡"是"夕阳下"一"古老的废墟"，它所存储的时间会"秒杀"任一回到时间轨道上来的人，包括诗人。关于个人的生命体验在时间的意义上与空间熔铸的"个体存在"无差别地坠入"悲壮"。时间雕塑出了"西域"的基本面相，也雕塑出了"西域"沉稳的性格。

对生命中悲伤的认知源于时间，是时间把悲伤以及生死积淀在了生命里。生命中类似的"此在"成就了诗人诗歌中表达一种常人忽略的本质。在这个层面上，西域是一个历史存在，抛开时间，西域的成色就会减弱品相。诗人对西域的把握，基本上都是沿着这样的思路。

如果从诗歌意义的构成上看，西域诗篇里绝大多数的意象都是对西域地域的捕捉。瓷窑堡西夏瓷窑遗址、清水营、红山湖、巴彦淖尔、横城堡、水洞沟等作为地名存在的词，一经诗人之眼，它们悉数成为走向时间深处的空间，在这些空间里，除了荒凉便是"虚无"，它们都是"时间深处的秘密"：

"几百年的寂静,根深蒂固"!

窥见这些走进诗歌的意象,一律带着关于时间的痕迹,连暮色的到来都在加重这种症状:弥漫着寂静。万物的兴衰荣枯,最终都将归于寂静。悟透了事物"归于寂静"的苍凉本质,是诗歌力量的一个源头。杨森君诗歌以这样的品质向走进它的每一个读者并昭示关于生命的这一个秘密。西域,作为一个空间概念,具有时间雕刻而成、诗歌所需的"物理":被风蚀掉的棱角,被自我承认的遗忘,废墟,还有不会死去而消失的孤独,它们与时间妥协而存在的关系,与一个到访者过于相似的经历。从自在之物到经历时间之后而生成的时间证物,能在瞬间重塑一个人的认知结构,它在一定程度上完成着教育在世之人的生命意识,让人窥见生命流逝的样子,切身地感知时间。

西域作为地域,对诗人心灵结构的塑造,有如风对于西域的塑造一样,建构着每一个触到时间的存在者。关于地域对一个人的塑造作用,新疆之于刘亮程就是一个很充分的例证。"写《在新疆》时,我有了一个新疆人的感觉,新疆给我的东西太多:长相、口音、眼光、走路架势和语言方式等等。……我不知道自己为啥长成这样了,是风吹的,还是太阳晒的,或者是这里的饮食、空气、气味让我变成了这样。这个地方在不知不觉中让我的文字和生命都充满了她的气息"。(刘亮程《在新疆》,浙江文艺出版社)

西域的气候、地貌以时间的方式雕刻出了诗人感知世界的习惯和方式,以及他诗歌写作的基本物理。西域作为一个"世界",她所孕育的不仅仅是"留存"的物象或存在的形式,西域世界里的每一个意义呈现的状态都具有西域自己独有的内容,它们荒凉寂静,与世间的每一个孤独一样僻静一处,不争不辩,不哭不号,成为时间自身的一部分,躺在西域,看冰雪消融、寒来暑往、朔风一直吹。

《宋代城堡》只是一座遗迹:城墙,乌鸦,还有我这个闯入者。诗歌意境的建构不只是为了再现它的荒凉,意境完成的结果是一种知会:筑巢于此的乌鸦是"还魂的宋代战士"。西域就是这样许多个荒凉的遗迹,是许多自然的存在。许多完成着时间留痕的存在又在时间的河里生长成"西域"的"肢体"和"精气"。对西域时间性的把握成为"西域诗篇"的一个"使命",穿越时间,抵达时间的深处自然而然地成为诗歌写作的目的。

西域作为一个历史性的存在,对时间的容纳是其成为自身的一个特点,有别于自身之外的空间。对这种独有性的把握让诗人获得了对生命和命运的诗意领悟。存在主义哲学家海德格尔对生存意义上的这种存在有过深刻的揭示:"生存上的本真领会不是要从流传下来的解释中脱出自身,它倒向来是从这些解释之中、为了反对这些解释同时却也是为了赞同这些解释才决心把选择出来的可能性加以掌握。"(海德格尔《存在与时间》,生活·读书·新知三联书店)文学对地理空间的关心要完成这样的使命,诗人的任务就是要为达成这样的使命而写作。

二、西域作为意象的空间

情与景的关联是抒情文学的一个基本特征,优秀诗人都具有自己独特成熟的情景系统,并以此形成了独特的抒情风格。对诗人抒情风格进行解剖,进入到其作品的情景系统,我们会发现这样的密码:情感在个体体验里是有自我经历特色的,这种情感会借助诗人自我触碰到的景而昭示于世。杨森君作为当代诗坛一个个性的存在,不只是因其精心的短诗写作而知名,很大程度上是因其诗歌写作完成了其诗歌情景系统的建构而走向未来的,即在诗歌意象的选择和表达上具有明显的标示性。

从"西域诗篇"看,写进诗歌的意象都不具有"唯我独尊"的特点,每一个意象都是"西域"这一空域的一部分。作为单个的物象,都缺少个性的特色,只在诗歌的意境里才具备独一无二的"个性",它为诗歌抵达苍凉而活着。

让意象在意境里存活,是杨森君的诗歌胎记:它们会淡化自己的个性化存在,它们为着苍凉的意境而生。风,白雨,马,都没有自己的形象,都被诗人背景化在桑科草原上。风是一种亘古的存在,没有因为一个人的到来而变得特殊,而突出自己的存在;一匹马因草原而生,草原的广阔让一匹马渺小、孤独;后来的雨加速了文字的模糊和书的腐烂。风、雨、马一同成为时间走向的集体表征,一同让因时间而在的一切最终走向消亡,对生命的一种普遍的体验在这样意境的建构过程中弥漫满桑科草原。

我们从意境结构上来看,杨森君的西域诗歌都具有这样的特点:作为存在的物象,风,白雨,马,它们都有一个共同的流向,不为个别存在而彰显自己的特性,地域空间让它们完成着自己存在的命运,但都存属于它们所赖以存在的空间地域。从诗人表达的需要上看,它们又都有与人类命运相似的轨迹。在人与自然关联的层面上,人与自然的互动建构着诗人的认知结构(当然人的认知结构都是这样)。我们被"进化"出来的"直觉"能力,被我们用于去与自然之物交流,这样的"移情"流程就是诗歌灵感产生的内在动因。马孤独,因为草原的辽阔,但根源于到访者;风和白雨的到来是不可逆转的,它们是"命运"的一部分,就如字迹会在风雨里渐渐模糊、书在岁月里烂掉一样。诗人的感觉需要在这样的"存在结构"里完成自我生命的一次认知。但这不代表一种妥协,反而是一种敬畏的表现。这也是西域自然物理的一部分,并储藏有相当丰富的诗歌源泉。

将一本书置于自然消亡的自在之境,看上去像是一次冲动,但读到这种文字的人都似乎体验到的不是一本书,而是人之一世。人与物的在世有太相似的身世和命运,都在一个关于时间的流程里成形、苍老、消亡。所以我们不会在这样的诗歌意境结构里过多感伤于自在之物,而是深深地理解了生命之于自然的脆弱。人的灵与肉都是柔软的,触到了会痛,看见了时间会受伤,于是人就在寂静的时间里直面着自己的不堪和无奈。"西域"的意象物理让诗人完成了一次对生命的深邃体悟。

三、西域诗篇的意蕴特征

在对自然物象进行审美观照时,杨森君作为诗人,成熟地将个体生命的体悟置于时间的长河,从而让诗歌意象的物理与生命的苍凉天然地关联在一起,浑然天成。

如果将西域作为杨森君诗歌的意境,构成诗歌意境的意象是渺小的,甚至是卑微的:火车之于旷野,是渺小的,落日之于铁道一侧的空旷是渺小的。它们都是渺小的,卑微的,在天地之间本分地存在,没有压倒性"优势",它们没有存在上的突出感,也没有生存意义上的优越感,它们与周遭的环境自然地相处,和谐而安静,彼此相安无事。它们不以自我的存在或经过而破坏他者的完整。这种自身个体存在的渺小与卑微,对他者存在完整性的尊重,其所蕴含的审美意蕴却是深邃的。

窥见自然中的这一秘密,剩下的就只是用语言表达了,即西域诗篇的语言承载了杨森君诗歌的意蕴秘密。西域诗篇的言语"习惯"不应该只是一种特征,也应该是一种"恰切"的载体。我们如果能从这类诗歌的言语"习惯"里开始,把握杨森君诗歌的意蕴秘密,整理出一些读者角度的结果来,算是意外,也该是收获。

海德格尔在《在通向语言的途中》说:"语言是:语言。语言说话。如若我们一任自己沉入这个命题所指示的深渊中,那我们就没有沦于空洞。我们落到一个高度,其威严开启一种深度。这两者测度出某个处所,在其中,我们就会变得游刃有余,去为人之本质寻觅居留之所。"语言作为一种表达,是一种内在的表达,这种内在表达的形成或曰习惯,是需要一个人完成"回溯到某个内在之物"的旅程。

诗歌写作要完成一个世界和另一个世界的沟通,要一个"我的世界"与一个"外在的世界"完成沟通。这两个世界之间的沟通在诗人的视域里是"灵感"的一部分,也是诗歌意蕴生成的一个契机。这个契机的达成与实现,需要语言或曰表达作为基本的建构手段和途径。杨森君在西域诗篇的写作中,在诗歌呈现生态上明确地露出了这样的特征。"我的世界"作为西域对生命之我的雕琢和"侵蚀",感触到的关于生命的认知,客观上就是西域作为"外在于我的世界"的一个影子:其内在结构和其承载的大多内容,是西域空间生命体的基本内涵。比如干旱少雨的大西北,为生存而战斗的西北人,西北人为生存而辗转迁徙留存下来的遗迹,代代相传生生不息的对风的集体记忆,每一个生长于斯、生活于此的人,内心深处就有一种天生对这地域空间的感应系统。西域作为一个外在空间结构,它对生长于此的每一个生命个体的生命结构起着先天的决定作用。这里的大漠与西风,不会给人一个在雨与肌肤之间撑一把伞而营造一份朦胧与浪漫的机会。西域作为西域诗篇的意境名称,其自身被诗人在生长经验的意识里已经完全丰富成了一个生命体必须敬畏的对象,它先天地容纳了一些西域的秘密。

清水营是杨森君的家乡。他在这里出生,成长。后来在离这里不远的小镇生活,但常回去。他多次写过这个村庄,写过这个村庄里的这个"清水营":

> 据说清水营始建于明朝
>
> 也有人说这座规模宏大的城堡年代不详
>
> 我对各种口述都抱有兴趣,这样一座城堡
>
> 应该允许被误传,被虚构,被当地人据为己有
>
> 又放弃管理;对一座废墟,也许
>
> 遗忘是它被获准的命运
>
> ……
>
> 这里无比宽松,仅限于视野
>
> 在我反复来过的城堡外,环绕着辽阔的荒凉地貌
>
> 我不问是什么主宰着寂静
>
> 素有清水之称的河沟,我只能看到它干涸的局部
>
> 一座沙丘,压在宁夏与内蒙古的地界上
>
> 如果风向南吹,沙就向宁夏挪一点点
>
> 如果风向北吹,沙就向内蒙古挪一点点
>
> 无风的时候,就像现在,沙丘是安静的
>
> ……

在西域诗篇里,西域应该被准确成一方天地,因为"人生天地间"。如果从经验的层面讲,人面对的有两个重大的对象:历史和自然。在诗人的眼里,人类命运的印记,历史遗迹应该是最直白的秘密,它几乎存有个体生命经验和认知的全部秘密。对"人生天地间"的诗意理解,需要我们将自然置于"崇高无上"的地位,因为对于生存于西域的"个体",即便不具备足够的科学常识,也能把"天地"的恩情记在"心间",保持敬畏。一方天地里,人们都会在生活里精确地"趋利避害"。

诗人安静的言说与诗歌深邃的意蕴,远不止此。就诗歌文本而言,对于它的任意一次解读,都是一次"狭隘"的误解,它自身的丰富,就是许多个不同的读者读出许多不一样来。

杨凤银,宁夏灵武市一中高级教师,宁夏文艺评论家协会会员。

寂静世界里的纷繁复杂

——曹斌的诗歌世界

◎杨凤银

诗歌是自我的心灵史,是自我独有的,有诗人自己独有的灵魂和骨架。如我们都有的乡村生活经验,但对于"扶直炊烟"的冲动只有曹斌将其与自我的孤独融合一体,写出了寂静世界的涌动的情思。

自我世界,在大多数人那里,都是在不断"建构"或曰"重构"的,似乎这样也符合"心灵史"的建构逻辑,而对于一个拥有"寂静世界"的诗歌写作者而言,自我世界的完整性不需要别的"工程"来呈现和揭示,——便于与自我之外的世界沟通交流,成为唯一的必修课。自语式的叙述成就了诗歌文本"开放的自由度":让所有读者都能成为与"我"直接对话交流的"对象"。自我世界的"寂静"属性最大限度地容纳了最多的可能性:与节气更替,与失散的爱,与许多重的山水,与孤独的自己,与自我一样顾影自怜的乡村,与即将撤离的寒冬,等等。同时,在对生命本真状态直呈之时,顺从了"天意"的坦然增加了一份"可爱":生活本身就这个样子,或许生命就是这个样子,狗也叫,我们心里有烦恼,隔着山水的牵挂和思念一样遥不可及,就如面对寒冷,撤退也有"缓缓"的过程。

西绪弗斯的重复有其奥秘,这个神话本身的讲述,揭示了人类历史与个体经验间的深层关联。重复构成人类历史,每一个"一遍"积累着个体的经验。这里，不是看穿了个体体验的秘密，而是诗歌这种艺术形式，在完成自我经验书写的同时契合了人类历史的某些轨迹。西绪弗斯下山的过程，充满诗意，抛却苦与乐的简单二元对立，与大地自然建立亲密关系、恢复生命自身该有的诗意，这样的过程就生命过程中的某个春天，某个夜晚，某个寂静的时刻，它独属于"我"，就是在那一刻，卸下苦，卸下累，卸下自我之外的一切，让"心"到自我，思忖肉身之于存在的意义、经历与情感的先天关系。诗歌为我们打开的世界，一定意义上否定着"轮回"的认识：每一个一年四季可能都独一无二，这样的独特性之于个体的体验而言，就是诗歌的本质。心灵历史的建成就是个体生命体验的积淀。生命意义的呈现就是个体生命体验积淀过程的呈现，即对"轮回"过程的叙述和"轮回"过程中某个瞬间的描写。四季的轮回更替与西方文化语境中揭示"存在"本质的西绪弗斯的"重复"，在揭示人对生命认知的层面上是同理的：意义缺失的空间同样存在着一个充满诗意的中间地带，它引导人走向丰富的意义世界。"如果恰好在一阵风来，就让它在风里/慢悠悠晃走吧。反正不急/总会有一株草，一朵花。或许/一个人捡到的/读不读懂，春天/收留它/就像，总会有草木，和我一起/熬过这个冬天"（《写给春天的信》）在与自然的比照中，升华着我们俗世的体验，在对"重复"无聊至极的时刻，诗意会悄然登场。当然，需要诗人真诚地打开自己，向自我之外的世界全面开放，让生命力能真诚相遇与感知一切。

喜鹊与生锈的铜锁，这两个古老的意象，在诗歌里是个灵性的存在：喜与锈，这种形成了强烈反差的对比激活了人对乡村的所有记忆，关于出走和返乡的意义在这强烈的对比里恰当地涌现，牵连出了人心世界里数不清道不明的诸多情绪。乡村世界的寂静，被喜鹊叫醒，被生锈的铜锁紧锁，被这样孤独生硬的景象定格，又自带辐射，有过漂泊经历的人都会被击中。人世的喧嚣，或都市生活的嘈杂，在现代人的意识里似乎是更习惯了的，但我们都忽略了一个事实：世界本是寂静的。总有一些空间被寂静充斥着，来去匆匆的人群无法掩盖。或者是我们变得越来越浮躁，难以让自己平静地去审视身边的世界，——疾驰而过的噪声不会回应我们，它们是寂静的；夜空里闪烁的霓虹灯不会回应我们，它们是寂静的；匆匆而过的人也是寂静的，一棵树的荣枯也是寂静的。我们与自我之外的事物的关联也是寂静的，这种关联的纷繁复杂系于我们自己对自然世界的细微把握。

对世间细微之处的把握如一种终极追问，充满着悲凉。因为我们都是在活着的时候看见欢笑，体味冷暖，这一世的"人间烟火"伴着生命自身的"孤独"。世间的物象就是人类的"镜像"，在"观看"人间万象时，我们窥见了自我的"真相"。怎么样才能消解掉这"与生俱来"的"罪恶"，——一场大雪太及时，让一场纯洁的欢笑及时登场，哪怕是暂时忘却，也是一种"今生的幸福"。世间的美好是人猝不及防的，在与一场雪的角逐中人回到单纯，回到童年，回到嘴角露出微笑的时刻。而多数时间里，我们都是十分凄凉的。

孔子用这样的一句话鼓励过入世者："未知生焉知死！"将生与死并举同题，本是个忌讳，但诗歌要完成人"心灵"的建构，如此冒大不韪的做法就可获得原谅和尊敬。"人间烟火"是个多么富有生气的好词，而这"闪动的烟火"，不是人间的，与"我"在此刻形影相吊，互相笼罩，"像两个互相取暖的病人"，就算死亡，也不能制造出人间烟火的"盛世"。本是个回暖的走向，最终坠入"寂静而冰冷"的深渊。诗人内心世界对人世的"海涵"孕育了这样的诗歌张力，也催生了人之所以为人的"柔软"。

独语式的书写将自我纷繁的世界敞开，曹斌的诗歌写作具有这样的特点。诗歌作为诗人内心的"秘密"，只有作为独语的面目才能完成表达的任务。在许多情景下，在诸多特别的时刻，预想有一个唯一的可对话者，倾诉式地说出，即就是这样清苦的言说，诗歌已然具有秘不可宣的内容。

表达出属于内心的"冰山"，还有许多不能言说和无法言说的，郁结在心底，成为"死结"。这被表达出来的"冰山一角"，暗示了内心"秘密世界"纷繁复杂的一面。诗人将世间繁杂过滤、占有、孕育成自我世界的一部分，寂静的时刻摆开，然后与之展开对话，完成生命中的一个过程：自我世界的建构。诗歌实现了诗人自我言说的使命，同时也完成了诗人自我"秘密世界"

的建设。这样的旅程,需要谦卑,需要"虚怀若谷",需要将尘世弃之不顾地重新捡拾起来,需要将内心澄澈了的勇气,更需要一种孤傲——拒绝得了聒噪,在恬静封闭世界里审视季节和人事的变换,因而"我"是弱小的,关于"我"的一切都是弱小的,连一次烙着"本能"的爱也是。生命里总是充满渴望,窥见了时间"霸道"特质的诗人,小心谨慎地说出自己的"情事"——在爱的面前,所有投入这场战斗的都是"身被八创"而归,都是"失败者",柔弱的语词成为自我安慰的唯一良药,也是唯一的知己,寂静时刻彼此扶持、对话。写出最小的"我"的最弱的内心,道出了人的真相:面对自己时,我们都是弱不禁风的!

一个孤独至今的人,一个将自我无情解剖的人,一个始终在静下来时与自我对话的诗人,有他与众不同的"结构"。

将自我从喧嚣剥离。"旁观的视角"证明了一个诗人的特立独行:身处乡村,将"炊烟"这个跟人类历史一样古老的意象等比为"自我",欲扶直炊烟而扶直抖抖斜斜的自我。这种将"苦难"的生存机遇深植于生命里的体悟,属于高格,能穿透尘世的喧嚣。

对整个外在世界"对立"。内心的秘密,不便言说,——"理解"与"沟通"存有障碍,所有的"话"都成为了一种"自语",站在外部世界的对立面讲出来,这是一种温情与歇斯底里的融合。无人回答的交流,如一次问候的短信,无人回复,包括对爱的追逐,只剩"白眼,漠视"。自我世界是寂静的,除了自我言语之外,没有任何回音,——诗人立于外在世界的对立面,完成了坚强自我的塑造。